女医生的诞生

第一代女医生如何变革世界

[美] 奥利维娅·坎贝尔——著
戚译引——译

译林出版社

图书在版编目（CIP）数据

女医生的诞生：第一代女医生如何变革世界 /（美）奥利维娅·坎贝尔（Olivia Campbell）著；戚译引译. 南京：译林出版社，2025.6. --（医学人文丛书 / 梁贵柏主编）. -- ISBN 978-7-5753-0625-6

Ⅰ. I712.55

中国国家版本馆CIP数据核字第2025DL0674号

Women in White Coats: How the First Women Doctors Changed the World of Medicine
by Olivia Campbell

著作权合同登记号　图字：10-2021-298号

女医生的诞生：第一代女医生如何变革世界　［美国］奥利维娅·坎贝尔／著　戚译引／译

责任编辑　黄　洁
装帧设计　尚燕平
校　　对　梅　娟
责任印制　单　莉

原文出版　Park Row Books, 2021
出版发行　译林出版社
地　　址　南京市湖南路 1 号 A 楼
邮　　箱　yilin@yilin.com
网　　址　www.yilin.com
市场热线　025-86633278
排　　版　南京展望文化发展有限公司
印　　刷　苏州市越洋印刷有限公司
开　　本　850 毫米 ×1168 毫米　1/32
印　　张　11.5
插　　页　4
版　　次　2025 年 6 月第 1 版
印　　次　2025 年 6 月第 1 次印刷
书　　号　ISBN 978-7-5753-0625-6
定　　价　78.00 元

献给母亲、祖母、劳拉、埃伦、露易莎、玛丽安、拉拉、
萨拉，以及我生命中所有的女人，她们向我证明，
没有坚定的独立女性办不到的事情。

目录

序言　被遗忘的疗愈史

当伊丽莎白·布莱克韦尔决心成为第一个女医生的时候，她在很多方面其实并不是第一个。几个世纪以来，世界各地的女性一直在提供医疗服务，她们是草药师、兼任治疗师的祭司、萨满、药剂师、治疗师、智者、巫医、占卜师、外科医生、护士和助产士[1]。[1]但这段丰富的历史在很大程度上被忽略了，只有极少数名字经住了时间的考验。

阿格诺迪斯是历史记录中最早留下名字的女医生之一。[2]传说她是公元前 4 世纪的一位医生，拯救了雅典的妇女，使她们不再因为不想看男医生而死于本可以治疗的疾病。那时女人当医生是违法的，所以阿格诺迪斯化装成男人执业。为了向病人证明自己的身份，她会飞快地亮出下体。很快，嫉妒的男医生们就发现了，他们指控阿格诺迪斯非法行医。在戏剧性的最后关头，雅典的女人们拥进法庭为她辩护，针对女医生的禁令

1　在过去，产科护理通常不被视作医学。——作者注

也被推翻。

这个故事只有一个问题：古希腊没有禁止女性行医的法律。由于这处与历史的不一致，以及故事中的传奇元素，一些学者认为阿格诺迪斯并不存在。另一些学者则认为确有其人，而且肯定遭到了迫害，即使她没有违反任何明文规定。

这就是我们了解历史上的医疗界女性的方式：她们的传记中处处是怀疑、警告和备注；她们的生活被一个又一个学者置于显微镜下仔细解剖，他们寻找一切犯错的迹象或编造的痕迹，以便欢乐地四处宣扬这个女人并非我们所想象的那样。我们不常听闻女性的医疗才华留下的历史贡献，即使听到这样的信息，我们也被教导要质疑它的核心内容。而男性极少受到这样的审视。

历史文本中被正式认定为专业医疗实践者的女性相对罕见，这不是因为她们不存在，而是因为她们的工作通常不像男性那样得到认可。[3]作为“神婆”治疗师或助产士，她们的工作可能被认为不足以列入正式记录。而且，在历史上大部分时候，一个男人的整个家庭都会参与他的职业活动。医生或药剂师的妻女会帮忙混合药物、探望病人和给予治疗，理发师兼外科医生的家人会帮他拔牙或把断骨复位。丧偶的女人们会接手这样的家庭事业。

过去，欧洲的大多数地区都有一个女智者或男智者，他们承担了乡村疗愈师的角色；而女性常常被要求照顾生病或垂死的家庭成员，或被派去照顾没有家人的病人或垂死之人。

迟至16世纪，英国国王亨利八世仍然偶尔为女性颁发行医执照，“确保那些无力支付正规医生费用的穷苦病人能得到妇女的照料”。[4] 在中世纪的法国，大约有100名女性被认定为医疗从业者（同一时期的男性从业者则有7 000人）。[5] 修女很快就成了医术的主要实践者，而修道院可被视为医院的前身。修女会照料药草园，为士兵包扎战伤，并护理生病的村民恢复健康。[6]

13世纪，当医疗开始固化为一种职业，其实践需要大学培训和执照的时候，父权制就掌控了它。[7] 妇女无法成为“正规”医生，因为大多数大学都不招收她们。在英格兰和法国之外的一些机构则比较宽容。1390年，意大利内科医生多罗泰娅·布卡接替父亲的职位，成为博洛尼亚大学医学院院长，她在这个职位上工作了40多年。[8] 不过，这样的女性仍属例外，而非常态。

专业化使女性进一步边缘化，因为到这一时期，书本知识被认为优于任何口头传授的智慧，而妇女的民间医学大多属于后一种类型。

妇女对自身医疗能力的声明立即受到质疑，这些质疑不是来自历史学者，而是来自刚刚完成职业化的同一时期的男性。民间女疗愈师被诋毁为危险的庸医，因为她们缺乏正规教育（然而即使她们想获得这样的教育也不可能）。1421年，英格兰医生向议会和亨利五世国王请愿，要求以“痛苦的长期监禁”和高额罚款禁止妇女行医，并宣布那些试图行医的都是“毫无价值、自以为是的妇女，她们篡夺了这个行业”。[9]被判定非法行医的妇女会被逐出教会并处以罚款，而当教会介入时，事情发生了致命的转变。

教会控制了大多数大学医学院，并希望确保他们也能垄断医疗实践。1400 年至 1700 年间，天主教和路德宗教会开展了一场大规模的运动，以清除欧洲的女智者，给她们扣上女巫或魔女的名头——连修女都不放过！[10]他们的理由是只有借助上帝的力量才能治愈一个人，而妇女没有被上帝赋予这样的权力，所以她们使病人康复的能力必然来自魔鬼。虽然教会声称自己是在打击黑魔法，而不是医疗或妇女，但在这场运动中，超过 10 万名女疗愈师被烧死在火刑柱上。

长期以来，对女疗愈师的歧视为医疗这个职业蒙上了一大片阴影。即使妇女想方设法取得了专业资格，她们也会被划入被视为女性化的专业领域：她们可以提供健康护理，但只能以护士或助产士的身份从业。

维多利亚时代的一些女性设法闯进由男性统治的医疗领域，如伊丽莎白·布莱克韦尔、伊丽莎白·加勒特（昵称莉齐）和索菲娅·杰克斯-布莱克。她们以激进的做法争取平等的对待，这意味着她们不能只做学生，还必须成为女权活动家。如果她们希望重新以医生的身份完全投身于医疗领域，她们就必须进行一场艰苦卓绝的斗争。

每个女人获得医学学位的旅程各不相同，动机也大相径庭。其中，有人在苏格兰设法获得学位，后果却是灾难性的；

有人被迫前往法国攻读学位；还有人的大学入学申请被当成一场恶作剧。每个人都在努力界定妇女的工作和使命——作为姐妹、妻子、母亲、女儿、养母、单身母亲、同性伴侣。

但是，她们每个人自求学之初就清楚自己的角色是为后人开路。她们知道，她们的行动将使未来几代女性能够选择自己的道路，主动定义妇女的工作是什么。她们永远不会停止战斗，因为她们看到女医生能给医疗带来彻底的变革，不仅仅是为了女病人的利益，而是为了所有人。这些医疗界的女性将创造历史。

第一章　一位女医生

玛丽·唐纳森奄奄一息。[1] 1845 年初的一天，玛丽的邻居伊丽莎白·布莱克韦尔来这里短暂探视，为这个备受煎熬的女人带来一些慰藉。这场发生在辛辛那提郊区的茶余闲聊将改变医疗史的进程。伊丽莎白是个极其瘦小的女人，有着细巧的鼻子、甜美的嗓音和一双出奇纤弱柔软的手。[2] 她的一切都显得娇小可人，除了她的头脑。

谁都知道，作为家里的第三个孩子，伊丽莎白是父亲的最爱，他亲切地称她为“害羞鬼”。[3] 她在社交方面有些笨拙，有时还相当执拗，乐于花上全部精力证明一件事情。在那个时代，大多数女性被培养成男性的附属品，而伊丽莎白的父母鼓励他们所有的孩子渴求知识，独立思考，勇于说出自己的想法。

伊丽莎白一家刚搬到辛辛那提不久。在伊丽莎白的成长过程中，他们经常搬家。起初，在她 11 岁的时候，她的父亲把整个家庭——包括八个孩子、怀孕的妻子、家庭教师、两个仆人和两个阿姨——从英国的布里斯托尔搬到美国纽约州的纽约市。他们搭乘“科斯莫”号商船航行了七周，在此期间伊丽莎白经受了可怕的晕船。接下来，他们又搬到泽西城，然后是辛辛那提，她的父亲在那里度过了他最后的日子。

现在，24 岁的伊丽莎白坐在玛丽·唐纳森的床边，听她讲述过去的几个月，她如何在日益恶化的腹痛中度过。玛丽很可能患了晚期子宫癌。她起初并没有为她的症状寻求治疗，而当她寻求治疗时，医生似乎只是让她更加不舒服了。

“我的病最糟糕的地方是，我得让一个粗鄙又冷酷的男人给我治病，”玛丽向伊丽莎白倾诉，抱怨她接受的检查和治疗几乎和疾病本身一样难以忍受，“如果我能得到一位女医生的治疗，我就不会遭受此等痛苦。”[4]

伊丽莎白也认为这是一种不幸的状况，并尽可能地给予同情和安慰。几绺短短的红棕色卷发从光滑的发髻中溜出来，散落在她的前额上。

“你这么爱学习，身体健康，又有时间，为什么不去学医？”玛丽敦促伊丽莎白。

这个问题仿佛悬在了空中。起初，伊丽莎白不同意，她大大的蓝灰色眼睛里流露出无法掩饰的震惊。“我讨厌与身体有关的一切，一看到医学书我就受不了，”她抗议道，“一想到要整天研究身体的生理结构和各种各样的疾病，我就感到十分恶心。”

那时候，伊丽莎白对医学领域的了解应该是有限的。历史上大多数女疗愈师对这一行的兴趣都来自某个行业内的家庭成员，但伊丽莎白的情况并非如此。她的父亲是制糖师傅，母亲是虔诚的基督徒，一直忙于抚养九个孩子。她的叔叔和祖父都是珠宝商。外祖母则经营着一家成功的女帽商店来养家，此前她的丈夫因伪造五英镑纸币被判刑，流放到澳大利亚。

伊丽莎白最近一次和医疗打交道还是在七年前，当时她的父亲病得很重。她看着医生们给他灌下白兰地和混着葛根粉的鸦片酊，用水银软膏擦拭他的关节。他们离开后，她和姐妹们接管了护理工作：用海绵蘸着盐酸溶液为他擦拭身体，给他喂肉汤和白兰地，服侍他吃药。他在生病后不久就去世了。这段参与医疗护理的一手经验并未引起当时 17 岁的伊丽莎白对医疗的兴趣。

伊丽莎白最初对成为医生的前景感到厌恶，这点毫不令人意外。在 19 世纪上半叶，行医是个令人毛骨悚然的行当。当时通行的疗法都是些“英勇”的手段，如放血、发疱[1]和灌肠。[5]希波克拉底的体液理论仍然被奉为圭臬，它断言疾病的成因是四种体液的失衡，这四种体液分别是黑胆汁（冷而干燥）、黄胆汁（暖而干燥）、血液（暖而潮湿）和黏液（冷而潮湿）。[6]不同的食物或治疗方法可以使体液恢复平衡，从而使人恢复健康。感染被认为是由血液过多引起的，所以放

1 发疱，指用炙热的物体或有刺激性的药物促使皮肤出现水泡，再将里面的液体放掉。——译注（除特别标明外，本书页下注均为译注。）

血应该能治好发热。[7]

维多利亚时代早期的人们最喜爱的一些药物中含有有毒金属。[8]甘汞（即氯化汞）被认为包治百病，包括癌症、肺结核、霍乱、梅毒、趾甲内生[1]和流感。它可以制成一种白色无味的粉末，人们用它给婴儿缓解出牙痛。19 世纪 40 年代前后，大量用药蔚然成风：一次 20 粒，一天四次。[9]当人们出现剧烈的深色腹泻（这其实是身体在试图清除毒素），流口水流了三品脱[2]的时候，治疗就起作用了——如今我们知道这实际上是汞中毒的迹象。

砷虽然是一种臭名昭著的毒剂，但人们认为它在少量使用时具有治疗作用。[10]砷酊剂被用来治疗各种疾病，包括发热、情绪紊乱、性欲减退和哮喘。它一度被列入《英国药典》，直到 1907 年才被剔除，又到 1950 年才从《美国药典》中剔除。另一种流行药物是永宝丸。[11]它由有毒的金属锑制成，吞服后会引发一阵有“排毒”作用的呕吐和腹泻。然后，人们会从病人的排泄物中取出药丸，洗净保存，供家里下一个生病的人再次使用。

生殖器官的疾病被视为女人背负的宿命，而癌症被认为是女性化的疾病。[12]1846 年，肿瘤学研究先驱沃尔特·沃尔什医生宣称：“在癌症的历史上，没有任何事实比性别对其发展

1　趾甲内生，指脚指甲一角或一侧长入肌肉中，可造成疼痛、肿胀等症状。
2　1 美制湿量品脱约合 471 毫升。

的影响更有说服力。这个国家的女性人口受癌症摧残的程度大约是男性的二又四分之三倍。”

例如，1830年至1840年期间，在巴黎与癌症有关的9 118例死亡中，近3 000例是由子宫癌造成的。这一严峻的统计数字背后有多方面的原因，例如女性生殖系统癌症的症状往往要到后期才会表现出来，而且它容易被误认成不那么严重的疾病。[13]另一个问题是，妇女经常拖延向男性内科医生求诊，或者根本不去就诊，而癌症在早期阶段更容易成功治疗。由于人们已知道癌症具有遗传性，寻求治疗也可能让一个人在社会上背负污名。即使患者能活下来，这样的诊断也足以毁掉一个女人的浪漫爱情、社会关系和职业前景。

总之，医生对像伊丽莎白的朋友玛丽这样的病人几乎无能为力。他们能做的最好的事情就是用吗啡或鸦片缓解痛苦，并提出一些改进生活方式的建议，以期改善体质：减少食物摄入，保持大便通畅，避免劳累，以及禁欲。在当时吹捧的许多癌症治疗方法中，有土大黄根、牛奶煮土耳其无花果、电击肿瘤、对肿瘤注射铅和硫黄、用一种面团和猪油的混合物外敷，以及催眠术，这种疗法据称可以利用所有生物的无形自然力量进行疗愈。

“我的朋友死于一种痛苦的疾病，由于它的尴尬特性，治疗方法对她造成了持续的痛苦，”伊丽莎白就玛丽的病情写道，“一连几周，我坚决地想要忘掉我的朋友提出的想法，它却一再涌上我的心头。”[14]她想得越多，那个想法就越发显得合理。

此时伊丽莎白刚刚结束了一份令人失望的工作，从肯塔基州的一所女子学校辞去教职。在父亲去世后，她做了多年的家庭教师和学校教师，以补贴家用。她对这类工作不是很感兴趣，选择它仅仅是因为对于受过一定教育的女性来说，她们可以从事的非工人阶级职业就只有这一类。她的姐姐安娜在纽约教书，妹妹埃米莉还在上学。她们在辛辛那提郊区的新家显得异常安静，这给了她足够的时间去思考。

伊丽莎白梦想着发现一种“更吸引人的追求”，她感觉自己就像一束没有燃料的火花。[15]玛丽恰好在这个时刻恳请她考虑从事医疗工作，这简直巧得不能再巧了。目睹朋友仅仅是因为当时没有女医生，就在无谓的痛苦中死去，这恰好是伊丽莎白所需要的动力。

除了可以治疗像玛丽这样的生病的妇女，伊丽莎白之所以对行医感兴趣，也因为她相信这是个完美的领域，可以借此扩大妇女的活动范围。如果还有与她志同道合的妇女致力于成为医生，将来就不会有女病人像玛丽那样受苦了。

从很小的时候起，伊丽莎白就认定她的智力和力量与男人相当。她身材娇小，却强壮得出奇。在她的少女时期，有一次，一名绅士到她在布里斯托尔的家中做客，向伊丽莎白一家人讲述他对女性身体劣势的看法：就连最弱小的男人也能胜过最强壮的女人。[16]

“这当然是错误的，”伊丽莎白的兄弟们反驳道，“看看伊丽莎白，她要是不怕麻烦，和我们比试力量，那么她在摔跤或举重方面都能轻松胜过我们任何一个人，她还能轻轻松松扛起我们走。”

“她可没法举起**我**！”那人以难以置信的轻蔑态度抗议道，“要是我不配合，这世上没有哪个女人能举起我。试试吧，伊丽莎白，”他怂恿道，打量着这个小个子竞争对手，“尽你最大的努力。我打赌你没法把我从这把椅子上挪开。”年少的伊丽莎白慢慢穿过房间，然后一把将这个人抱起来，用左臂托着他。他扭动身体想要挣脱，她却扛着他在客厅里转了三圈。

“你看，有些女人和有些男人一样强壮。”伊丽莎白说着，把他放回椅子上。房间里爆发出笑声。步入成年后，伊丽莎白仍然把摔跤作为一种休闲爱好，在业余时间经常与地主们比试。

伊丽莎白希望借由医疗领域撬动社会的变革，扩大女性受教育和职业发展的机会。伊丽莎白扩大妇女活动领域的渴望，和她关于如何最好地实现这一目标的想法，在很大程度上受到了女权主义者玛格丽特·富勒的著作的影响。[17]大约就在伊丽莎白到邻居家探病的同一时期，富勒出版了《19世纪的妇女》一书。富勒还与拉尔夫·沃尔多·爱默生一同担任超验主义杂志《日晷》的编辑，而伊丽莎白是这份杂志忠实的订阅者。富勒的女权主义思想推崇一种更温和的性别平等，其实现方式是劝说和坚持，而非攻击和对抗。富勒和布莱克韦尔都希望看到妇女获得更多的机会，扩大影响力，同时不从男人那里夺走任何东西。她们认为远离男性对促进这项事业毫无益处。

事实上，伊丽莎白并不将妇女在社会上的屈从地位归咎于男性。她认为女性可以大胆表达更深的愿望，要求拓宽自己的视野，她经常感觉只喜欢聊家长里短的女伴们令人厌烦。伊丽莎白觉得，女性心胸狭窄，目光短浅，“对自己的能力一无所知”。她认为她能帮助她们发挥出自身的全部潜力。[18]

她的另一位邻居哈丽雅特·比彻·斯托并不认同伊丽莎白新发现的职业计划。[19]后来创作了小说《汤姆叔叔的小屋》的斯托说，一个女人当医生的想法不切实际。伊丽莎白说，哈丽雅特警告她“将遭遇强烈的偏见，要么去粉碎它，要么被它粉碎”。

一想到这种普遍存在的反对意见，伊丽莎白就感到一阵眩晕。她乐于想到自己即将踏上一条阻碍重重的道路。这样的道路肯定是高尚的。“我正在切断与生活的寻常联系，准备违背我最强烈的倾向行事，”伊丽莎白思索着，“但当时和往后，似乎有一股比我自身更强大的力量在引导我前进；我面前有一个使命，我无法逃避，只能设法完成它。赢得医学学位逐渐呈现出一种伟大道德斗争的面貌，而道德斗争对我具有强大的吸引力。”[20]

一份使人投入的职业也有助于让伊丽莎白把注意力从男人身上转移开来。由于从小受到的宗教教育，她对自己强烈的欲望感到不安。[21]“我一直都极其容易受到那种影响，”伊丽莎白写道，“从我七岁时初次爱慕一个拥有红润脸庞和亚麻色鬈发的小男孩开始，我就不记得我有哪个时期不曾或多或少地遭受着那种常见疾病的困扰，那就是相思病。”

她推断，成为一名医生将使她远离结婚的期望。她被男性所吸引，却常常发现他们不够聪明，令人失望，或想到要发生性接触就让她感到羞耻。如果有什么东西可以让她沉浸其中，她就能忘记对浪漫爱情的渴求，“一些人生目标可以填补这种真空”，“防止这种可悲的心灵耗竭”。[22]她已经接受了自己可能永远无法觅得佳偶这件事，因此她需要实现经济上的自给自足。

下定决心后，伊丽莎白开始了前往医学院的求学之旅。获得学位并非易事。人们会贬低她，嘲笑她，羞辱她，试图阻止她。前面的道路将阻碍重重，她的决心将受到她无法想象的考验。

第二章　这是个玩笑，对吧？

没有一张现成的地图能告诉伊丽莎白如何实现目标。当时在美国，只有两三所历史悠久的大学向女性开放申请，而且它们都没有设立医学院。有许多专门为女性设立的高等教育机构，但它们几乎都以培养教师为唯一目标，那是她们的性别唯一能够从事的职业。大学中男女同校的想法正在成形，但它还远未成为常态。伊丽莎白只能独自开辟一条路。

她面临的第一个障碍，就是克服她看到体液和身体机能时的反感。当时的一种刻板印象认为，女性无法应付医学涉及的种种怪异现象，所以不适合从医。人们普遍认为想当医生的女人肯定有什么问题。医学教育涉及解剖和其他令人不快的场面，这肯定会让一个真正的淑女发出尖叫或晕倒。行医无疑不是淑女的作风，即使仅仅是对医学感兴趣，也意味着彻底告别你的女性气质。

1865 年，《澳大利亚医学杂志》是这样支持这种观念的："一个女人，她做解剖，验尸，验尿，衣服口袋里或许还装着病理标本，能给男人插导尿管，刺破肿大的淋巴结，探查鼻窦，检查化脓的分泌物，给痔疮做结扎，没准还刚刚做完肛瘘手术——对于这样一个女人，你不会期望在她身上寻找温柔贤惠的品质。”[1]

伊丽莎白的胆怯可能源于对女性的刻板印象，但不管怎么说，它确实是一个障碍，需要用钢铁般坚强的意志去克服。伊丽莎白说：“我花了很大的努力去对抗我对医疗事业的天然厌恶感，我很犹豫到底要不要做出这个无法回头的决定，就此进行了大量激烈的内心斗争。”[2]

但她最终下定了决心。她写信给所有她通过家庭关系认识的医生，征集他们对她成为一名女医生的意见。据伊丽莎白描述，他们的答复出奇地一致。他们认为这是个了不起的想法，但不可能实现。

在考虑申请医学院之前，伊丽莎白还需要准备上学的钱。根据她的计算，她需要 3 000 美元[1]来支付生活费和学费。她不得不将梦想搁置几年，自己去挣这笔钱。

伊丽莎白去了北卡罗来纳州阿什维尔的一所学校教音乐，在那里开始自学医学。工作就是工作，但学校的校长约翰·迪克森牧师当过医生，这一点可能促使伊丽莎白接受了这个职位。迪克森恪守宗教戒律，不赞成棋牌游戏、小说或其他肤浅的娱乐活动，但他赞成伊丽莎白的医疗抱负，非常乐意让她阅

---

1 约相当于今天的 95 000 美元。——作者注

读他的医学藏书。于是伊丽莎白利用休息时间，钻研他那些关于生理学、营养学和流行医学理论的书籍。

当那所学校在年底永远关闭后，伊丽莎白去了南卡罗来纳州的查尔斯顿，投奔迪克森牧师的弟弟塞缪尔·迪克森，并在当地女子寄宿学校教音乐。塞缪尔是一位著名的医生和医学教授，拥有更为庞大的图书收藏。不教书的时候，伊丽莎白就在塞缪尔的书房里埋头阅读医学书籍，那里有千余本教科书。不到一年，她就感叹道："我现在真觉得自己像个**医学生**了。"[3]

伊丽莎白坚信，现在没有什么能动摇她："我已经下定决心。我在这个问题上没有丝毫的犹豫：对医学钻研到底，我很有决心；那些恐怖和恶心，我毫不怀疑我能克服。我已经克服过比现在残存的一切更强烈的厌恶。至于人们的看法，我毫不在意。"[4]

现在，伊丽莎白终于攒够了钱，准备去一所货真价实的医学院学习了。要想被美国的医学院录取，不需要什么高级的教育证书，而且对大多数男性来说，提出申请基本只是走个形式。这个学科基本上不过是本科生的众多职业道路之一。在学习医疗实践方面，医学院直到最近才开始取代学徒制，但它们发展得很快。[5] 1830 年到 1845 年间，美国的医学院数量增加了一倍多。伊丽莎白本能轻松找个师傅当学徒，但她想尽可能严格地遵循当下的教育规范。她想获得真正的医学博士学位，并像她的现代医疗同行一样接受高等教育。

伊丽莎白将目光投向了费城，这里是美国医学教育的发源地，坐拥四所医学院。1765 年，北美的第一所医学院诞生于宾夕法尼亚学院，该校后来更名为宾夕法尼亚大学。[6]这所医学院由两名曾在爱丁堡大学学习的美国人创办，遵循苏格兰的制度：学生要接受两年的课堂教学和一年在大型医院的临床培训方可毕业。

到 19 世纪初，医学院在欧洲已经有几个世纪的历史，但仍有许多学校只教理论，而另一些只教实践。苏格兰的爱丁堡大学和格拉斯哥大学的医学院（分别成立于 1726 年和 1751 年）率先意识到让医生兼顾两方面学习的必要性。除了陪同医生查房见习，还出现了一种附加培训手段，那就是临床讲座。医生和外科医生会把生病或受伤的人带到讲台上，教授台下的学生如何识别症状，进行治疗。

19 世纪中叶，从美国医学院获得学位大多只需要两年时间，而培训内容是否包含实践或临床经验则取决于学校的情况。相比之下，在欧洲，获得医学学位大约需要四年时间。

伊丽莎白写信给费城的内科医生、虔诚的贵格会成员约瑟夫·沃林顿，征求他对就读医学院的建议。沃林顿致力于为当地的贫困妇女提供她们应得的优质产科护理。[7]他于 1828 年发起了费城贫困妇女产后居家护理慈善组织，1839 年又创建了费城护士协会，开展产科护理培训等业务。这样一位妇女健康和医学培训的倡导者肯定会支持伊丽莎白的计划。

“我承认，我亲爱的女士，我看到在实现目标的道路上有许多困难。”沃林顿答复说。[8]他告诉伊丽莎白，他认真思考了这个问题，甚至“私下询问了我认识的一些最聪明、思想最开明的女士，她们能在多大程度上认可一个受过良好教育的女医生的服务”。

女士们一致回答，她们不会接受任何一个女人行医。也许这些自由派女士害怕现状受到破坏，也许她们担心没有一个女性能获得足够的教育，以提供高质量的医疗服务。听到社会不断强调女性作为低等性别的劣势，总有一些妇女会信以为真。还有可能是因为这些女士足够富有，在选择医生的时候才会如此挑剔。如果沃林顿对费城的工人阶级妇女进行调查，他可能会得到更支持伊丽莎白成为女医生的回应。

尽管听到了这些警告，但沃林顿还是邀请伊丽莎白到费城来。他希望能说服她，“女人被设计成男人的助手”，更适合做护士而不是医生。他希望伊丽莎白也许能意识到，她真正的使命是履行护理的神圣职责。

伊丽莎白对护士没什么意见，但她认为没有理由不允许她成为一名医生。她宣称：“一个女人离开从属地位，寻求获得完整的医学教育，这种尝试似乎是革命性的。”[9]

伊丽莎白带着她所说的细心积攒的收入，前往费城。在这里，她再次住在当过医生的威廉·埃尔德的家里，他为她提供了支持和建议。她需要得到尽可能多的鼓励。1847 年，当她开始申请费城的医学院时，她得到的回应十分冷淡。

伊丽莎白尝试进入的第一所学校是杰斐逊学院。她登门拜访塞缪尔·杰克逊医生，费城年纪最大的教授之一。她走进他的办公室，这个矮小的白发男人将视线从报纸上移开，瞥了一眼。他显然很不耐烦。

“嗯，怎么了？你有什么事？”他问道。

“我想学医。”伊丽莎白宣布。

杰克逊大笑起来。“为什么？”他问。

她慢条斯理地详细讲述了她的计划，他的态度便发生了变化，开始认真对待她。“存在很大的困难，但我不认为它们是无法克服的。”杰克逊承认。他告诉她，他将与学院里其他的医学教授协商，看看大家对招收女学生是什么态度。“我将在周一答复你。”[10]

当她重返杰克逊的办公室时，他告诉她他已经尽力了，但所有的教授都反对她入学。真是出师不利，但伊丽莎白尽力保持乐观。在这个城市还有三所学校需要申请。她名单上的下一个学校是宾夕法尼亚医学院。那年6月，她拜访了威廉·达拉赫教授，她后来形容他是“我见过的最不愿意表态的人。我对着他滔滔不绝，而他就坐在那儿，整整五分钟，一言不发”。

“你能给我一点鼓励吗？”她最终厌倦了沉默的等待，向达拉赫发问。

“女士，这个话题真是新奇，”达拉赫终于吐出一句话，“我没有什么可说的，无论是支持还是反对……我无法以任何方式向你表达我的观点。”

“我担心，你的意见对我不利。”伊丽莎白沮丧地说。

“我不是这个意思……我觉得我无法自由表达我在这件事

情上的态度。”达拉赫说道。

“要不我去找你们学院的其他教授？”伊丽莎白使出激将法。

“如果你要走这条路，我无法为此负责。”达拉赫不情不愿地说。

“既然你好像并不反对我的计划，那你能不能让我去听你讲课？”她追问。

“我没有说过这样的话；我没有表达任何意见，不管是赞成还是反对。”达拉赫坚持说。这位教授也许打心底里反对她的计划，但他太胆小了，不敢当面拒绝一个如此坚决的女人。他也可能被女人当医生的提议吓了一跳，他只是需要更多时间来消化这个想法。

达拉赫含糊其词、不置可否的回答激怒了伊丽莎白，她起身离开。

伊丽莎白感到沮丧，但没有气馁，她去拜访了沃林顿。尽管他在信中强调她选择的道路困难重重，但他比她在这个城市遇到的医学界的其他大多数男性更能鼓励她。即使这个人仅仅对她的计划抱着模糊的开放态度，他也可能成为一个好的盟友，或者至少为她担当传声筒。尽管沃林顿倾向于让她走争议较少的护理道路，但他仍然成了她经常寻求建议的知己。而他和她相处的时间越长，就越能够接受她的想法。他邀请她使用他的医学藏书，探视他的病人，去听他讲课。

伊丽莎白很喜欢自学医学教科书，但她明白这种方法有很大的局限，她需要老师的指导。她才不会坐着干等，也开始在一所私立学校学习解剖学。当她第一次接触真正的人体内部结构时，她感到的不是反感或厌恶，恰恰相反，她感到了敬畏。

“肌腱之美和这个身体部位的精致构造触动了我的艺术感，”[11]在以连自己都惊讶的冷静和好奇心解剖了人的手腕之后，她露出了笑容，“我开始感到，我对科学的热爱比我曾经以为的还要多。”[12]一旦有机会在学校学习男性所学的每一个科目，许多女性就会发现，她们实际上可以被这些领域深深吸引，甚至在其中出类拔萃，尽管此前她们被告知这会冒犯她们的情感，或超出了她们的理解能力。

伊丽莎白继续申请医学院，现在她的搜索范围扩大到了费城以外。她的私人课程是通往大学课程的垫脚石，而非替代品。伊丽莎白总是敏锐地意识到她的开拓者身份，总在思考她会树立什么样的榜样。她担心如果她接受私人教育，或以学徒的方式入行，可能会促使一群无知女性接受低质量的培训，然后开始毫无章法的医疗实践。尽管她的这种尝试可能会招致磨难，但伊丽莎白仍然决心进入一所传统的医学院，获得医学博士学位，这既是对她自己学业的认可，也是为其他女性做出表率。她不想和众多所谓的野鸡医学院扯上关系，当时这类学校正在和正统的医学院一样迅速涌现。

社会对替代医学和未经测试的时髦健康疗法的兴趣远非新鲜事，不是所有人都认同当时的内科医生青睐的严酷手段的治疗作用。事实上，放血和发疱疗法很容易导致本来就虚弱的病人二次感染。由于医学界对消毒剂和疾病传播方式一无所知，你从医院出来时，身上的病没准比进去时还要多——如果你还能出来的话。

随着西方医疗转变为一个需要经过教育才能进入的职业，形形色色未经测试、承诺给病人更加“自然”的解决方案的疗法蔚然成风。其中包括植物药、折中疗法[1]、信仰疗法、水疗、汤姆森主义、顺势疗法[2]和催眠术。[13]汤姆森主义（又名汤姆森系统）由自学成才的植物学家塞缪尔·汤姆森提出，主张使用草药排毒，用蒸汽浴和辣椒温暖身体。水疗则通过洗澡、出汗和绷带湿敷带走毒素。

即使这些医生提供的都是老一套的蓝色甘汞药丸，病人也往往更喜欢他们的服务。新出现的职业化医生又叫对抗疗法[3]医生，一些病人感到他们过于自负，而且态度恶劣。在问诊时，他们用于倾听病人的时间越来越少。这种不满情绪如今仍在将许多人推向替代医学的怀抱。

由于对医疗感兴趣的女性无法进入传统的医学院，许多人选择学习和践行各种替代医学。哈丽奥特·亨特就是这样一位著名的行医者。[14]她在波士顿开设诊所，用草药、休息、水

1 折中疗法，强调不遵循一种疗法或理论，而是从多种方法中选择。

2 顺势疗法，宣称“以同治同”，认为可以使用高度稀释的致病物质唤醒人体自愈能力。

3 对抗疗法，强调对症治疗，直接对抗、移除疾病的成因，是现代医学所使用的理论。

疗和心理疗法的健康组合来治疗病人。伊丽莎白拒绝被贬为医疗界的边缘人，与那些“江湖游医”混为一谈。为了创造她所设想的那种社会变革，得到与男医生同样的尊重，她需要像传统的男医生那样接受正式而全面的教育。

去巴黎学习的可能性一直盘桓在伊丽莎白的脑海中。她拜访的许多医生和教授都提出了这个想法，因为巴黎的大学更欢迎女学生。但是，当她提出她可能以单身女性身份留在巴黎时，一位著名的辛辛那提医生简直害怕极了。沃林顿也和他一样害怕。

“你，一个年轻的未婚女士！”沃林顿抗议道，“去巴黎吧，去那个可怕的不道德的城市，在那里，每一种感情都会受到伤害，你每走一步都会受到侮辱；在那里，罪恶就像空气一样自然，没有一个年轻人能够呼吸着它而不被污染！不可能，你去了就会迷失的。”[15]

“如果责任的道路把我引向地狱，我就下地狱，”伊丽莎白断然回答，“我不认为和魔鬼在一起，我自己就会变成魔鬼。”沃林顿被这种情绪吓了一跳，他呆坐在那里，吃惊地瞪着她。

事实上，虽然她知道在巴黎有更好的机会实现她的目标，但她不想把她争取教育的斗争带到欧洲。她认为美国的社会革命时机已经成熟，拒绝被迫到另一块大陆获得医学学位。然而，也许美国并不像她所希望的那样成熟。几个月来，失望的事情越来越多。一次又一次拒绝袭来，每一次都比上一次更让人刺痛。她申请了美国的 29 所医学院，包括大型大学和较小的“乡村”学校，都被拒绝了。很快，她就会穷尽所有的选择。

一种确切又沉重的悲伤开始降临，然而她的决心从未动摇。“我一直努力镇定地直面每一个困难，”伊丽莎白解释说，“我发现没有任何困难在我看来是不可战胜的。”[16]伊丽莎白遇到的一个困难是，男医生们害怕女性从业者可能带来的竞争。一所较小的学院的院长对她的入学申请做出了令人惊讶的坦率答复，他回信说：“你不能指望我们为你提供一根棍子来打破我们的头。”[17]这一切使得伊丽莎白得出了令人悲伤的结论：医学院强烈反对女性以任何正式身份进入这个行业。

“伊丽莎白，尝试是没用的。你没法被这些学校录取的。”沃林顿恼火地叹了口气。[18]他对如何实现巴黎之行有了一个新的想法。“你必须去巴黎，穿上男人的衣服，才能获得必要的知识。”沃林顿不是第一个建议伊丽莎白女扮男装来获得学位的医生，但这个策略也不符合她的宏伟计划。她要以**女性**的身份获得医学学位，公开展示女性的能力。

终于，在 1847 年 10 月底，她收到了来自纽约州西部的杰尼瓦医学院的一封信。读到信的内容，她高兴得跳了起来——学校邀请她立刻入学！ 这所学校拥有七名教授和一栋新的大楼，楼里有最先进的实验室、宽敞的阶梯教室和优质的标本收藏。与全国各地类似的小型医学院相比，这所学校的条件要好得多。学校的学期从 10 月到来年 1 月，所以她只错过了前几周的课程。

当时伊丽莎白不知道，她的录取并非出于学院的意愿。沃林顿曾主动给那所学校的教授们写信，恳请他们录取她。教授们不想得罪这位费城名医，于是他们让学生们决定是否允许一个女学生进入他们的行列。她肯定会被拒绝的，但那是学生们的错，而不是他们的错。然而在投票表决的时候，学生们以为这是附近敌对学校的学生的恶作剧，他们一致同意让她入学。[19]一个女人认真地希望进入医学院，这肯定是个玩笑。学生们很快就会知道，伊丽莎白·布莱克韦尔可不是来开玩笑的。

11 月 4 日，收到录取通知书后仅仅一两周，伊丽莎白便动身前往杰尼瓦。[20]几天后，她就在飘着细雨的寒冷天气中艰难前行，与学院院长会面，注册学号为 130。在 26 岁这年，她第一次上了大学，成了全国第一个女医学生。

由于其他租客威胁说，如果让她住下来他们就搬走，她被好几家合租公寓拒之门外，她开始担心自己可能永远找不到房间。最后，伊丽莎白终于在一家大型合租公寓的顶楼找到了一个舒适的房间。这里离大学只有三分钟路程，并且只要走上一小段距离，就能来到镇上风景优美的塞尼卡湖的堤岸。这个房间每周的租金是 2.5 美元[1]，包括燃料和照明的费用，但她觉得自己一个人住在顶楼有点孤单。

要从杰尼瓦医学院毕业，学生需要度过两个为期 16 周的学期，提交一篇论文，然后参加口试。1790 年至 1820 年间，

---

1 约相当于今天的 80 美元。——作者注

美国大多数州都对行医执照做出了要求，但基本上没有任何规定可以阻止任何人宣称自己是一名疗愈师。[21]为了与所有的江湖游医割席，并确保他们的对抗疗法（或者说基于科学的疗法）这个分支在医学界占据主流地位，医生们决定他们需要国家标准。

1847 年，也就是伊丽莎白入学的那一年，美国医学会诞生了。[22]来自 40 个医学团体和 28 所院校的 250 多名代表聚集在费城，确定关于医学教育和行医执照的国家政策。他们规定，医学院教育应该持续至少六个月，而不是只有四个月；课程必须包括解剖学、生理学、病理学、化学、治疗学、外科学、药学、助产术、妇科与儿科疾病、法医学、药学，以及医学理论和实践。

在伊丽莎白上学的第一天，院长查尔斯·李让她在外面等着，他要把她介绍给全班同学。这是一个激动人心的时刻——她要第一次在医学院正式上课了！李院长以一种不寻常的亢奋状态走进阶梯教室。学生们被他的情绪吓到了，担心他可能要宣布学校关闭，或者带来其他什么可怕的消息。

“那个女学生……已经到了。”他用低沉而颤抖的嗓音说道。[23]门吱呀一声打开，她走了进来。“这是伊丽莎白·布莱克韦尔小姐。”他宣布。房间里一片寂静，所有的学生都坐在那里，瞪大了眼睛。这 129 名医科学生通常都很闹腾，有时候甚至吵得你没法听清教授讲课，但这天，他们整堂课上都安静得出奇。伊丽莎白是那天早上唯一做了笔记的人。

这一天余下的时间过得阴郁又忙碌。外面大雨倾盆，她在大楼里东奔西跑，寻找接下来的四堂课所在的教室。她没有教科书，也没有人告诉她去哪里找。解剖学教授那天不在，而演示者（职位类似于教授的助理）无法决定要不要允许她进行解剖。

第一天听完课之后，伊丽莎白宣布："这比读书强多了！噢，这才是学习的方式！"[24]第二天，解剖学教授詹姆斯·韦伯斯特医生回来了。当李院长在课前把她介绍给他时，伊丽莎白无法预想会发生什么。

"你的计划事关重大。"韦伯斯特说着，热情地与伊丽莎白握手。[25]韦伯斯特体格强壮，性格更强硬，头脑机智又直言不讳。他打趣说教一个女学生真是件新鲜事，然后问道："你都学习了哪些医学分支？"

"所有，除了外科手术。"伊丽莎白自信地回答。

"嗯，你是说你要操刀做手术吗？"李院长插话道。

"怎么了，她当然要操刀！"韦伯斯特替她插话说，"想想那些股疝的病号；想想一个受过良好教育的女人在纽约这样的城市里能做什么！天哪，亲爱的先生，她很快就会忙得不可开交，她会大获成功的。没错，没错，你会通过课程考试，以优异成绩获得文凭。我们会给你这样的机会。我可以告诉你，你会引起轰动的。"

伊丽莎白喜笑颜开。她把沃林顿医生的介绍信递给韦伯斯特。

“我要把这个读给学生们听，你留在前厅里。”韦伯斯特对她说。她希望他能提醒他们在投票录取她时所做的承诺，要他们好好表现。韦伯斯特走进阶梯教室，伊丽莎白在门口听着他朗读那封信。最后，他们爆发出了热烈的掌声。

如此热烈的欢迎令伊丽莎白又惊又喜。她脸上洋溢着笑容，走进阶梯教室，安静地坐下来。讲台上演示了精细的手术，她再次认真做了笔记。那天，伊丽莎白注意到的唯一不寻常的事情是，阶梯教室竟然满员了，许多在场的人都在盯着她，眼神中充满了似乎是善意的好奇心。授课结束后，韦伯斯特和李院长再次找到伊丽莎白。

“布莱克韦尔小姐，你吸引了太多的注意力，”韦伯斯特笑着说，“今天下午有不少陌生人在场。今后我要防止这种情况发生。”

“是的，”李院长赞同道，“我们今天还在说，这一步可能对学院起到相当好的广告作用。即使没有其他的好处，它也能吸引不少人的注意。我要把这件事发在医学杂志上。我敢说在十年之内，我们学院的班级里就会有三分之一的女学生。一旦你开了这个先例，人们的眼界就会打开。”

记者们确实是大开眼界了。男人们都来围观这个国家的第一个女医学生，她被录取的消息已经传遍了全国的医学杂志和新闻报刊。马萨诸塞州报刊《共和党人》对这个杰尼瓦新生进行了简单的报道，也许那名记者就是课堂上的不速之客之一。

“一个非常值得注意的事件：在医学课堂上出现了一名年轻女学生，芳名布莱克韦尔。她是女性性别中一个可爱的样本。她非常镇定地走进课堂，摘下她的帽子，放在座位下面，露出漂亮的颅相。她对全班同学产生了良好的影响，她在场时大家都表现得有礼有节。富有活力的巴尔的摩《太阳报》[1]评论称，如果她被允许从业的话，治疗范围应仅限于心理疾病。”[26]

在给姐妹的一封信中，伊丽莎白称她对周围的关注完全无感。“我安静地坐在这一大群年轻男子中间，他们也可能是女人或木乃伊，我不在乎。我想教授们并不确定该把我划入人类家族的哪个物种，而学生们也有点不知所措。其他人起初对我持怀疑态度，但我是如此平静、温和，所有的怀疑都变成了惊奇。”

杰尼瓦小镇不知道该如何看待她。每天，在她步行上学或回家的路上，小男孩、绅士和淑女都停下来，目不转睛地看着她。确实是一种奇怪的动物。

“她来了！来啊，让我们好好看看这位女医生！”[27]她听到衣着光鲜的淑女们喊着，冲到她面前。伊丽莎白对她们不屑一顾。人们最终也就见怪不怪了。

尽管小镇居民的惊讶之情溢于言表，但伊丽莎白起初并未意识到更加恶意的流言蜚语。她后来承认：“我完全没有察觉

---

1 《太阳报》，现更名为《巴尔的摩太阳报》。

我作为一个医学生出现在这座小镇所引起的骚动。但是，慢慢地，我意识到同桌的一名医生的妻子避免与我进行任何交流。我后来发现，我大大挑战了杰尼瓦的规矩，以至于人们确信这样一种说法——要么我是个**坏女人**，会逐渐暴露出我的图谋；要么我是个疯子，很快就会精神错乱发作。”[28]

伊丽莎白断定，待在学校和合租公寓里是最安全的。学院成了她的避难所：“我发现只要把身后的大门一关，就能把所有不友好的批评拒之门外，很快我就能自如地和同学们相处了。”

然而，仅仅过了几天，几个同学就开始在课堂上纠缠她：有时是从后面挑衅地拍她的头，有时是在阶梯教室另一头发出下流的嘘声。她置之不理，从不表现出不安，以免让骚扰者感到得意。在一节特别艰深的课上，一张叠起来的纸条从高处的座位上飞过来，落在她正在做笔记的手臂上，雪白的纸片在漆黑的袖子上显得格外扎眼。

“她本能地感觉到，这张纸条包含着极其无礼的羞辱；教室里的每一双眼睛都在注视着她，如果她想留在学校里，她就必须时时刻刻反击这样的侮辱，以杜绝任何类似行为的发生。”她的姐姐安娜称。[29]

伊丽莎白假装没看见那张纸条，她连眉毛都没挑一下，继续做着笔记。当她完成后，她举起手臂，确保房间里的每个人都能看到。接下来，她的眼睛一直盯着笔记本，手腕轻轻一抖，把没拆开的纸条抖落到地板上。教室里响起了热烈的欢呼声，还有学生对肇事者发出了嘘声。

"她的行动既是抗议又是呼吁，学生们完全理解了。"安娜称。伊丽莎白坚持她平静的态度，坚决不做反应，以尽快平息那些胡闹行为。这种做法奏效了。她通过了考试，学生们再也没有打扰她。事实上，学生们很容易就适应了她的存在。因为她的年龄比大多数同学都大许多，他们开始把她当姐姐看待。

但伊丽莎白的麻烦还没有完全结束。很快，她就被要求放弃参加某些课程。当她在学校的早期支持者韦伯斯特要求她不要参加涉及生殖系统的解剖演示时，她不再保持平静。她写了一张便条给他，请他重新考虑。

"解剖学是一项极为严肃的研究，它激发人的敬畏之心。"[30]她写道。她提出，她来这里是为了做一个勤奋的学生，应该得到与其他学生相同的对待。然而她也承认，如果同学们希望她离开，她会顺从他们的意愿。韦伯斯特向全班同学朗读了这张便条，而伊丽莎白再次在前厅等待。她听到了学生们的热烈响应，于是悄悄走进去，坐在自己的座位上。伊丽莎白不会再被要求缺席任何课程了。

在学期初的一次特殊的解剖中，她的决心经受了考验。伊丽莎白从未透露当时解剖的是什么，但她详细描述了学生们的反应。在房间里，有些人脸红了，有些人歇斯底里，还有些人低下头开始发抖。

"我的情感当然受到了震撼，"她在日记中写道，"我不得不掐着自己的手，掐得几乎要流血了，同时祈求耶稣保佑我不要笑，那会毁了一切；但我严肃地坐在那里，无动于衷。”[31]

伊丽莎白了解得越多，就越是感觉到人体生物学的美。在继续学习期间，她宣称：“人体的奇妙构造激发了我的兴趣和钦佩之情，轻松抹去了更肤浅的厌恶。晚上我一个人在学院里度过了一个又一个小时，描绘各个部位的结构，直到我突然被周围巨大的寂静所震撼——原来已经接近午夜，这个小镇的其他人都已入眠。”[32]

1月，在第一个学期结束后，伊丽莎白回到了费城。可惜她是空着手回去的，教授们都没有为她开具他们所承诺的介绍信，而她需要这封介绍信，好在两个学期之间获得学徒资格。也许他们担心和一个女医学生扯上关系可能对他们的职业生涯造成灾难性后果。她再次住进埃尔德家中，通过出售一些短篇小说和教授私人音乐课来赚取收入，并着手自己找一份学徒工作。

布洛克利慈善医院的院长以最友好的态度接待了她。这所医院占据一座四层大楼，有2 000个床位，接收费城最贫困的身体或精神疾病患者。[33]慈善医院的传统发源于英国，由宾夕法尼亚州的开拓者威廉·佩恩带到美国。随着美国人口的增加，对这类机构的需求也与日俱增，到19世纪初，大多数城市都有了慈善医院。为了获准取得学徒身份，伊丽莎白必须说服慈善医院董事会中的三派政党全部支持她。经过好一番游说，她的请愿书在下一次董事会会议上被提出，董事们全票赞成录用她。[34]

三楼妇女梅毒病房中的一个大房间已经为她准备好了，供她在实习期间居住。在发现几个好奇的病人鬼鬼祟祟地从门后偷看之后，她把桌子上的一摞摞书和文件排列好，使它们与钥匙孔齐平，以阻挡视线。主治医生允许她进入所有的妇女病房。她为他对待病人的态度所深深吸引，形容他是个“坦率、有活力、有冲劲的人，而且很善良”。[35]久而久之，护士们也对她热情起来。至于年轻的住院医生们，伊丽莎白一走进病房，他们就出去。

在这些刚毕业的男人看来，一个女人竟敢在他们辛苦打拼下的地盘上撒野，堪称侮辱，她的动机也令人怀疑。要是她发现他们犯了错怎么办？他们阻挠她的学习，不再在床头的卡片上写下病人的诊断结果、治疗方案和病例描述。为了避免冲突，她在房间里学习，直到他们结束查房，这时她才能不受阻碍地在病房里闲逛。他们的拒不合作令伊丽莎白感到很沮丧。要不是他们躲着她，她本可以学到更多的东西。

对伊丽莎白来说，这段经历也是一门观察苦难、精神疾病和人类境况的速成课程。她在这里学到的关于治疗病人的知识比她在十年的大学课程中所能学到的还要多。她的姐姐安娜曾向她解释，性并不仅仅发生在婚床上，但没有什么能让她对在布洛克利看到的一切做好心理准备。伊丽莎白第一次直面贫困和男性淫乱泛滥的现实：被性病摧残的性工作者；被雇主侵犯的仆人；强奸和乱伦的受害者；一些人因此怀孕，其中许多人自己还是个孩子。

"我时常看到种种痛苦的景象。在一周内，有个疯子把自己烫死了，有个女人割开了自己的喉咙；有个人从地窖口摔下去，摔断了两条腿，第二天就死了；还有个人翻过栏杆，摔断了双脚脚踝。"[36]她透露。

"昨天晚上，我刚睡下，就被走廊上的奔跑和尖叫声惊醒。我跳下床，跑到窗前向外看。环绕大楼的围河深得令我头晕目眩，那里面躺着一堆浑身是血的白色东西，发出一阵可怕的声音，半是呻吟，半是喘息。那是个女人，之前被关在我隔壁的房间里，她从三楼的窗户跳了出去，"伊丽莎白描述道，"她躺在月光下，痛苦不堪，一个个衣冠不整的苍白人影从窗户里探出了灯，为这可怕的景象添上奇异的一笔。"

总的来说，她宣称她在布洛克利的经历给她带来了身体和精神上的双重痛苦。一旦她打开眼界，看到世界上的苦难和社会不平等，她就再也无法闭上眼睛。

伊丽莎白对女性的评价仍然低得令人惊讶。她告诉妹妹埃米莉，男女之间永远存在着智力上的差异。那年夏天，早期的女权主义者聚集在纽约的塞尼卡福尔斯（位于杰尼瓦以东仅10英里[1]），争取妇女的受教育权和选举权，她对这群人的支持并不多。

10月，伊丽莎白回到了杰尼瓦。当地居民似乎越来越不关注她了。如果她有更多的时间进行社交活动，她甚至有可能

1 1英里约合1.6千米。

与他们交朋友。只不过，课程和学习占据了伊丽莎白大部分的清醒时间，她的人际交往也只能局限于教授和同学之间。“我对外面的世界没什么印象。”

她继续做一个专心致志的学生。她在李医生的一堂药理学课上写下的笔记展示了她是多么勤奋，也让我们得以一瞥当时医学生的学习内容。[37]当涉及女性时，教诲是，女性敏感的神经系统需要“像婴儿一样得到谨慎对待，给一名柔弱女子的用药不应与爱尔兰大汉等同”[1]。医生还必须询问患者是否处于经期，李解释说，这是因为女性的神经系统在经期会持续兴奋。在经期、更年期或怀孕期间应避免使用强效药物，否则可能导致歇斯底里或流产。

没过多久，伊丽莎白就参加了艰苦的期末考试。“我的脸颊发烫，整个人都很兴奋。”她在考试结束后感叹道。除此之外，“我心中如释重负”。[38]很快，她为艰苦的自习、复习和课堂学习所付出的所有时间，以及为回避各种形式的社交生活所做出的牺牲，都将得到回报。

毕业前一周，她的弟弟亨利来到她身边。他穿越可怕的暴风雪而来，在她的特殊日子里陪伴她。

“我看到 E.[2] 兴致很高，正如你们所想的那样。”[39]亨利写信回家报告。周一上午，亨利陪同伊丽莎白来到学校，她在那

1 19 世纪，英美国家对爱尔兰人存在刻板印象，认为他们在进化上较为落后。

2 E. 是“伊丽莎白”（Elizabeth）的简写。

里和毕业班的其他成员一起参加了第二次考试。学生们非常热情地欢迎了亨利，他们的才智和好客给他留下了深刻的印象。考试期间，其他学生坐在炉子旁与亨利聊天。

“好了，兄弟们，我们的伊丽[1]今天早上感觉非常好。你有发现她看起来有多高兴吗？”一个学生评论道。

“是的，确实如此，”另一个学生附和道，“而且我认为她有理由高兴，她通过了昨天的考试。”

“所以莉齐[2]最后肯定能拿到学位！”第三个人感叹道。他们都同意，“我们的伊丽”是个“了不起的姑娘”。亨利很快意识到，姐姐已经得到了教授和同学的普遍喜爱。

“我们的姐妹大获成功，还成了全班的领头羊。”亨利欣喜地向家人报告。下午，学生们被要求轮流宣读自己的论文。亨利前去观看，但伊丽莎白没有机会宣读论文，因为她的论文还在布法罗印刷。

毕业典礼的大日子终于到来。1849 年 1 月 23 日，周二，雪地反射着明亮的阳光，光线透过窗户，洒满了杰尼瓦长老会的教堂。座位上挤满了人。这一年的典礼上，房间里充斥着一种不同寻常的声音——裙撑的窸窣声。教堂里攒动着一顶顶无边帽，下面是女人好奇的目光。镇上所有的淑女挤满了观众席，等着见证这一历史性的奇观。作为伊丽莎白的忠实支持

---

1 伊丽，伊丽莎白的昵称。

2 莉齐，伊丽莎白的昵称。

者，同时也是一个喜欢看热闹的人，韦伯斯特看到教堂里坐得满满当当，喜不自禁。

上午 10 点 30 分左右，在纽约主教和学校教职工的带领下，毕业生列队进入大楼，一支激昂的美国原住民乐队为他们伴奏。韦伯斯特急于让伊丽莎白加入毕业生的队列，但她拒绝了。伊丽莎白想和亨利一起进入教堂。她挽着弟弟的胳膊，心脏在胸腔里骄傲地跳动。考试的紧张情绪已经消散，留下的只有兴奋。登上学院的台阶时，韦伯斯特再次敦促她加入他们。

“这不符合淑女的标准。”[40]她坚称。

“不符合吗？天哪，我竟然忘了——我想确实不符合。”他回答，显然是第一次碰到这种事情，不知道该怎么办。

伊丽莎白没有穿着她平日里朴素的着装，她攒够了钱，特意为这个场合购置了一套华丽的黑色缎子长袍和披风。它用黑色丝绸流苏镶边，并在领口和袖口装点了一道精致的窄蕾丝。她总结，这是一笔她无法避免的开支：“我不能穿着寒酸的礼服，让女性、学院或布莱克韦尔家族蒙羞。”[41]她为这套礼服搭配了墨绿色的手套和黑色丝袜。她的头发编得很漂亮，并且没有像大多数女士那样披披肩、戴帽子。

当所有人都坐好后，校长黑尔[1]做了祷告，然后小提琴手开始演奏，唱诗班唱起了歌。唱诗班里有名女士声音高得吓人，

---

1 黑尔，即本杰明 · 黑尔（1797—1863）。

而且歌词里重音的位置和别人都不一样，吸引了观众的注意力。接下来，黑尔叫毕业生四人一组上台接受学位证书，每张证书都卷起来封好，系着蓝色丝带。黑尔向每一组学生脱帽致意，但他始终坐在座位上，只用拉丁语简短地宣布他们获得的学位。学生们回以同样简短的感谢，然后回到自己的座位上。

在所有的“毕业生”（Dominus）都被点名上台之后，终于轮到了“女毕业生（Domina）布莱克韦尔”[1]。黑尔扶帽致意，然后站起身来，等着她迈上台阶。寂静笼罩了整个教堂。黑尔递上学位证，然后鞠了一躬。伊丽莎白停顿了一会儿。

“先生，我感谢您，”她说，“在上帝的保佑下，我将毕生努力，为这张文凭增光添彩。”[42]观众席上响起了热烈的掌声。伊丽莎白两颊绯红。她鞠了一躬，匆匆走下台去，和她的新晋医学博士同学们一起坐在前排的座位上。她以班级第一名的成绩毕业了。

对于即将追随伊丽莎白的脚步前进的女性来说，大门不会那么容易打开。一个女人或许能够溜进大门，成为一种侥幸、一个孤例，但如果她们成群结队而来，这个行业就不能容忍了。在伊丽莎白毕业后不久，下一个女申请人就出现了，而杰尼瓦医学院的一名教授坚持认为，布莱克韦尔的入学是一场实验，而不是先例。

1 英语中称呼毕业生的头衔源自拉丁语，意为“主宰”。Dominus 和 Domina 分别为该词的阳性和阴性形式。

第三章　另一位开路的伊丽莎白

9年后，在大西洋彼岸，21岁的伊丽莎白·加勒特读着1858年4月的《英国妇女杂志》，第一次接触女医生的概念。[1]莉齐[1]住在她父亲在奥尔德堡为一家人建造的大宅子里，这里是英格兰的一座沿海城镇，位于伦敦东北约100英里处。她有一头红棕色的长发，整齐地从中间分开，向后梳拢，在后颈盘成一个宽大的旋涡状发髻。

那个夏天是英格兰有记录以来最热的夏天之一。正当莉齐享受着萨福克郡海岸线上凉爽咸涩的海风时，伦敦的居民几乎无法呼吸。这次事件后来被称为“大恶臭”，高温导致肮脏的泰晤士河产生了令人难以忍受的气味。[2]为了过滤这可怕的臭味，议会大厦朝向河边的窗户上挂起了用石灰水泡过的布，议员们用喷了香水的手帕捂住鼻子。[3]

1　伊丽莎白·加勒特的亲朋好友称她为莉齐。为表述清晰，避免将她与伊丽莎白·布莱克韦尔混淆，本书余下部分将以莉齐称呼。——作者注

《英国妇女杂志》是一份新成立的月刊，售价一先令，是英国第一本由女权活动组织出版的杂志，在鼎盛时期印数达到每月 1 250 份。[4] 该出版物讲述了许多工人阶级妇女的悲惨境遇，并呼吁扩大妇女的职业领域。它特别强调了现代妇女的显著职业成就。

这一期的第一篇文章介绍了著名的克里米亚战地护士弗洛伦丝·南丁格尔，以及她为立即彻底改革战地医院令人震惊的卫生条件所做的努力。[5] 在战争期间，大量生病或受伤的士兵拥进这些战地医院，使之不堪重负。当弗洛伦丝率领由 38 名护士组成的团队第一次到达英国驻扎在君士坦丁堡外的营地时，医生们显然不怎么友善。但随着病人越来越多，他们终于默许并接受了这些女性的帮助。

该杂志的第二篇文章是《医学博士伊丽莎白·布莱克韦尔》，由布莱克韦尔的大姐安娜撰写。一位女医生！莉齐一定觉得这真是个了不起的想法。

莉齐很享受宝贵的独处时光，这时候她会读书或给朋友写信。她有十个兄弟姐妹，父亲忙着经营庞大的家族产业旗下的航运和麦芽产业，家里难得清静。

她的姐姐路易莎（昵称路易）最近结婚了。现在莉齐成了留在家中的年龄最大的女儿，她要干的家务活多得很。她得打理花园、猪圈、马厩、洗衣房和粮仓，更不用说还要维护父亲建造的土耳其浴室。尽管有这么多事情要做，但她仍感到这种受保护的舒适生活变得越来越乏味。她有着精力充沛的身体和聪明的头脑，渴望去做一些更能激发她的智力和好奇心的事情。在照顾她的家庭，然后嫁人、照顾丈夫的家庭之外，生活中一定还有别的什么。凭什么只有男人才能追求职业和政治？

莉齐怀着极大的兴趣阅读了篇幅为20页的伊丽莎白·布莱克韦尔传记。她了解到这个勤奋的女人自己既不富裕也没有人脉，却成功克服一个个障碍，获得医学学位，开了一家诊所，在那里帮助纽约最贫穷的妇女和儿童摆脱疾病和匮乏。

“她天生具有异乎寻常的精力，专注于目标，完全无私，又拥有大量的实践经验和潜藏的热情，再加上非凡的自律和极其文静的举止，她完全适合担任她决心从事的这项艰巨事业的先驱。”[6]安娜·布莱克韦尔写道。

安娜还摘录了伊丽莎白寄给她的一封信，伊丽莎白在信中解释了自己为何没有在毕业后短暂学习的英国执业，而是选择了美国：“我相信在这里，妇女将首先被承认为人类平等的一半。在英国，这个观念可以在理性层面得到理解，实施起来却会遭遇根深蒂固的阻力，这也许需要几代人的努力才能改变……在这场关键的改革中，英国还没有出现一个积极的倡导者；妇女要被承认为自由的工作伙伴和男子必要的互补对象，这样的时机仍在看不见的未来。”

尽管她们的年龄相差15岁，但莉齐理解了布莱克韦尔描述的英国——社会将妇女视为一种头脑迟钝的存在，只能诞育婴儿和管理家庭。19世纪初产生的“正统女人味崇拜”认定妇女在生理上不适合接受深入的教育，或从事家庭以外的工作。[7]且不说许多妇女**不得不**工作以养活自己和家人这一艰难的现实，一个淑女应该永远知道自己的位置在哪里，那就是家庭领域。教堂往往是妇女在家庭之外唯一的消遣场所，因为大多数宗教家庭认为表演艺术、打牌、跳舞和阅读小说都是轻浮的行为，不仅无用，还可能导致道德沦丧。

社会希望妇女表现出某种友好的无知。1829 年出版的《年轻女士之书：优雅的娱乐、锻炼和追求手册》解释说："从摇篮到坟墓，一个女人无论在生活中处于怎样的境地，她都应当具备顺从而驯服的精神、柔顺的脾气和谦逊的思想。"[8]几十年过去了，情况并没有什么变化。

妇女不仅被期望顺从，现在她们还被告知，她们娇小的头脑只能装下道德**或**知识，无法两者兼得。当妇女开始质疑她们在社会中的地位，争取获得更多的教育时，社会赶忙寻找理由，论证这样的事情不可能发生。

当伊丽莎白从美国较为开放的思想中受益时，莉齐仍然留在那个旧世界。莉齐出生于 1836 年 6 月，是路易莎 · 加勒特和纽森 · 加勒特夫妇的第二个孩子。她继承了父亲的坚定意志，还有母亲的矮小身材和平凡外貌：细长的眼睛，长鹅蛋形的脸，鬈曲的头发和圆钝的鼻子。且不管是好是坏，她的娃娃脸长相总让人以为她比实际年龄年轻。她的父亲是个很有头脑的生意人，过去三年里，他认识到伦敦啤酒厂对麦芽的需求越来越大，建立了麦芽业务，平均每年经手的大麦多达 17 000 夸特[1]，他为家人提供了舒适的生活。[9]

莉齐的母亲路易莎是虔诚的圣公会教徒，她悉心照顾众多子女，掌管家里的烹饪和清洁工作，管理家庭财务，处理丈夫的账目和信件。她对自己的生活很满意，忙碌而投入地扮演着自己在家庭中的角色。结婚后，路易莎每隔两年左右就诞下一个孩子，她的一个儿子还在襁褓中就夭折了，她从未完全解开这个心结。

这个家庭相信女孩应该像男孩一样接受教育，这样的观念在当时正在萌芽，但并未得到完全接受。在 19 世纪中期，只有一半的女孩识字，而男孩的识字率达到三分之二。[10]那时候，大多数儿童都被关在闷热的托儿所里，而加勒特家年幼的孩子们可以在户外自由探索附近的盐沼、修帆工场和沙石海滩。

男孩们享受着家庭教师的指导，而女孩们则跟着母亲学习。后来家里终于雇了一名女教师，但这个女人的受教育程度并不高。家庭教师的职责是帮助女孩成为淑女，这些女孩的未来不会涉及多少高级的学术研究。还是小女孩的时候，莉齐就感到家庭教师教授的基础课程无聊得不行，并且会用她知道老师答不出来的问题来纠缠老师。

当莉齐 13 岁，姐姐路易 15 岁时，她们被送到伦敦的私立寄宿学校学习两年。然而这里的老师在学问方面并没有进步多少。她们没有学到数学，也没有学到科学，所学的法语也带有

1　夸特，酿酒业中的大麦重量计量单位，1 夸特约合 448 磅。

浓浓的英语味道。事实上，当莉齐成年后回忆起老师们的无知，她只感到不寒而栗。[11]

这对姐妹在学校被称为“洗澡的加勒特”，因为她们的父亲坚持让她们每周洗一次热水澡。[12]维多利亚时代的大多数人只会偶尔用湿布擦拭身体，并大量使用香水。但是在加勒特家，每周六，厨房的炉子前都会放一个木制洗衣盆，女孩们在毛巾架的遮挡下，轮流在温暖的肥皂水中沐浴。

莉齐更习惯与渔民而不是绅士的女儿为伴，很难融入学校，不过她确实结交了几个朋友。她最亲密的朋友是埃米莉·戴维斯，一个样貌平凡的娇小女人，比她大六岁，两人是通过共同的朋友认识的。在腼腆而拘谨的外表之下，埃米莉拥有敏锐的头脑和进步的信仰。作为这个保守的社交圈中的一个异类，她的女权主义信仰对莉齐产生了深刻的影响。两人一生都保持着亲密的友谊，这种关系无疑鼓励了莉齐思考家庭空间之外的可能性。

当莉齐读到伊丽莎白·布莱克韦尔的事迹时，她已经离开学校六年了，在家里耗着，准备着成为一名主妇。考虑到现有的追求者，婚姻的前景似乎不怎么令人向往。她因缺乏目标而感到烦躁，就像曾经的布莱克韦尔那样，就像一只被困在茧里的蝴蝶那样。

1859 年 1 月，莉齐在报纸上读到，伊丽莎白·布莱克韦尔将在英国举办题为《医学是女士的职业》的巡回演讲，将在伦敦和全国若干个地点停留。[13]事实上，她已经踏上了这片土地。

布莱克韦尔计划在英国乡下开一家健康疗养院，她向英国医师注册系统提交了资格证明。[14]法律规定，只有经过登记注册的人才能在该国行医。在英国之外获得医学学位的人也有资格申请注册，条件是他们曾经于1858年10月注册法案颁布之前在英国行医。[15]伊丽莎白从杰尼瓦医学院毕业后曾到伦敦的一家医院实习，也就是说她有过在英国治疗患者的经历，所以她符合申请资格。那段时间她还遇到了弗洛伦丝·南丁格尔，眼下南丁格尔为她写了一封推荐信，建议批准她的注册申请。弗洛伦丝的担保一定带来了很大的帮助，令她得到了英国医学总会的青睐。1859年1月1日，伊丽莎白·布莱克韦尔成为在英国医师注册系统注册的第一名女性。

在英格兰，并非每个人都对布莱克韦尔的到来感到期待。[16]就像一名历史学家所说的那样，许多人视她为“富有教养的可怕之人”。[17]莉齐的父亲纽森向家人大声朗读了一名持类似观点的作家的评价：“一个双手散发着血腥味的女人，不可能拥有与一般女子相同的天性或情感。”[18]

“你怎么能评判一个你完全不了解的女人？”他的女儿立即反驳道。莉齐越来越多地找到了自己的声音，找到了反抗现状的勇气。她认为从自己家里开始推动社会变革很重要。纽森可能没料到女儿会为一个她从未谋面的女人强烈辩护，但他保持开放的态度，承认自己犯了错，不该随意评判这位女医生。

莉齐建议父亲先向他的商业伙伴瓦伦丁·史密斯打听一下

伊丽莎白的情况。瓦伦丁的表亲芭芭拉·博迪雄是伊丽莎白的密友。纽森向瓦伦丁谈起伊丽莎白，却造成了误会——瓦伦丁以为莉齐想要私下会见她，就为她写信介绍。不知不觉中，莉齐的父亲促成了一次会面，这将改变他女儿的人生。

听闻莉齐对布莱克韦尔感兴趣，芭芭拉邀请她和两人共同的朋友埃米莉去喝茶。[19]芭芭拉是一名崭露头角的女权活动家，正是她创办了《英国妇女杂志》。她现年 33 岁，身材高大，性格开朗，见多识广，她热情地接待了两个年轻姑娘。她告诉莉齐，当布莱克韦尔博士来镇上时，她很愿意为莉齐安排一场会面。实际上，芭芭拉正帮助伊丽莎白安排巡回演讲。

“为了让我们有生之年能看到医学专业对女性打开大门。”[20]芭芭拉大笑着，向两位客人解释说。道别的时候，芭芭拉邀请莉齐和埃米莉到她在城里的杂志社办公室去看看。

在《英国妇女杂志》的办公室里，她们目睹了英国妇女权利运动跳动的心脏：这里聚集了一群精力充沛又时尚的年轻女子，致力于让所有阶层的妇女过上更充实、更公平的生活。办公室位于兰厄姆广场 19 号，这个团体因而得名“兰厄姆女士”。她们主张扩大妇女的教育和职业机会，并为妇女争取选举权。

除了出版杂志，该团体还制作宣传单，起草请愿书，还开展妇女算术班等活动。她们成立了作为社交中心和团体登记处的“女士研究所”，还有促进妇女就业协会（简称 SPEW）。该协会的目标是：“我们要求的是工作，是工作的空间，是对工作的鼓励，是开放的领域，是为一天的劳作获得公平的报酬。”[21]向女性开放的工人阶级的工作包括居家用人、家庭作坊工人、工厂或磨坊工人，等待她们的是漫长而艰苦的工作时间、危险的环境和令人羞辱的低工资，这导致许多人转向卖淫。有报道称：在维多利亚时代的伦敦，有成千上万的妓女。

莉齐全心全意地认同，女性可获得的选择有限而令人窒息，必须做些什么来增加选项。她欣然加入了SPEW。

伊丽莎白·布莱克韦尔在伦敦进行第一场演讲那天，大厅里充满了欧报春和常绿植物甜美清新的气味。芭芭拉用新鲜的花朵和枝条编成花环，装饰了演讲台。[22]伊丽莎白说，迎接她的是一群“聪明而懂得欣赏”的听众，莉齐也在其中。[23]事实上，伊丽莎白后来称莉齐是她“最重要的听众”。

在讲台上，38岁的伊丽莎白看起来朴素而文静，却散发着威严。在为这个时刻做准备的过程中，她的姐妹们鼎力相助：埃米莉帮她起草演讲稿，而安娜帮她在巴黎挑选了一些优雅的新衣服。[24]伊丽莎白不情不愿地买下了这些衣服，以便在观众面前表现出得体和专业。

伊丽莎白在演讲中介绍，女医生可以向女病人及其家人传授环境卫生、营养和个人卫生方面的知识，从而对人们的健康产生独一无二的深远影响。[25]她指出，妇女已经在家庭中承担了治疗和护理的责任，从医不过是这种责任的自然延伸。女医生可以指导母亲们如何更好地打理家事，从而促进整个家庭的健康。她向听众保证，她的论断并不是出于臆想，而是源自她在纽约行医八年的经验。她还简要描述了有意从医的女性所面临的障碍。

“目前女学生面临的主要困难和过去一样，那就是她们不可能获得实践指导。在美国，没有一家医院或慈善药房对妇女敞开大门。”伊丽莎白感叹道。这是她的经验之谈，在她毕业后，唯一能让她获得实践训练和临床经验的地方是法国。大老远跑到欧洲大陆，这样的解决方案既麻烦又昂贵，超出了大多数女性的能力，但伊丽莎白宣称，这是女性能够获得可被称为医学教育的训练的唯一途径。

伊丽莎白向上层妇女发出呼吁，号召她们为改善国家的社会福利做出贡献。她建议她们不要做无所事事的淑女，而应该通过在医院、学校和监狱工作来回馈社会。她请求她们积极投入拥有良好社会地位和权威的工作，与聪明的同事并肩奋斗。她希望她们找到目标，那就是“对世界的归属感，而非（迈向）残缺而与世隔绝的生活”。

莉齐的心跳一定停了一拍。她从演讲中听到了自己的心声，更重要的是，她得到了一张以职业成就为出路的路线图。

讲座结束后，芭芭拉领着伊丽莎白到她家庆祝。莉齐也受邀参加。在这里，她向伊丽莎白递上了自荐信，但此时又发生了一个误会。布莱克韦尔认出莉齐当天去听了讲座，确信她有意学习医学，于是与她详谈如何实现这一目标。

“她以为我已经下定决心要追随她，”莉齐解释说，“我记得我当时感到非常困惑，感觉就好像突然被推进了一项对我来说过于伟大的事业。”[26]事实上，莉齐当时并没有想好具体要从事什么职业，“也没有在医学或其他方面表现出特殊的天分”。[27]虽然莉齐可能不愿意承认这点，但伊丽莎白显然给她留下了深刻的印象。

命运在正确的时刻让伊丽莎白·布莱克韦尔闯进了她的生活。伊丽莎白就在这里，建议她把医学作为一个可行而充实的职业，告诉她尽管前路艰难，但肯定不是不可能。“何不学医呢？”莉齐一定是这样想的。

莉齐又参加了伊丽莎白在伦敦的另外两次讲座，地点在贝克街的波特曼厅，在芭芭拉家往东几个街区。当伊丽莎白前往曼彻斯特、伯明翰和利物浦巡回演讲时，莉齐和埃米莉则去为一个朋友的婚礼当伴娘。在那里，莉齐在埃米莉的鼓励下，继续考虑学医的想法。

“在我们看来，像医生那样照顾妇女儿童，这种工作并非不适合妇女，而且如果她们有意选择的话，应该能够自由地从事这项工作，自然，我们两人都不太了解医学教育的细节，也没有意识到我们要付出多么漫长而艰苦的努力才能达到目的。”[28]莉齐后来这样回忆她们的谈话。

作为神职人员的女儿，埃米莉知道女医生可以为贫困妇女儿童的生活带来巨大的改变。她曾经目睹他们的痛苦，那时她陪同父亲，在英格兰北部工业城市盖茨黑德的居民区走访教区居民。当婚礼庆典结束时，莉齐已经下定决心。

当莉齐回到奥尔德堡时，妹妹艾丽斯已经在火车站等她了。当她爬上小马车时，莉齐压低了声音，兴高采烈地告诉妹妹："我要当医生。"[29]

几个月后，埃米莉搬来和莉齐住在一起。一天晚上，在莉齐的房间里，两个人坐在壁炉旁互相梳理头发。莉齐的妹妹米莉森特坐在旁边的凳子上默默旁观。埃米莉 29 岁，莉齐 23 岁，米莉[1]13 岁。加勒特家的弟弟妹妹们大都受不了埃米莉，觉得她冷冰冰的，总是令人扫兴，总是没完没了地唠叨教育问题。他们不知道莉齐在她身上看到了什么。但米莉的兴趣被激起了。当这些年轻女子互相梳头的时候，她们制订了必将带来社会变革的计划：三个女巫召唤着命运的改变。

"除非像男子一样受到良好的教育，否则妇女就会走投无路。"[30]埃米莉宣布。

"是的，"莉齐附和道，"我们需要教育，但我们也需要收入，而获得收入的前提是接受培训，有一份职业。我要让妇女进入医疗界。但是我们该拿米莉怎么办呢？"

埃米莉转身对女孩说："米莉，你比我们年轻，所以你一定要为妇女争取投票权。"

当年轻女性聚在一起想象一个更美好的世界，并相互激励着开始一场革命，不达目的不罢休，不可思议的事情就会发生。七年后，米莉被邀请加入伦敦全国妇女选举权协会的执行委员会。随后，她担任全国妇女选举权协会联盟主席多年。小

---

1 米莉，米莉森特的昵称。

米莉确实将一生献给了争取妇女选举权的不懈运动。她的选举权梦想终于在1918年实现，次年她就退休了。由于她的工作，她被授予女爵士头衔。

莉齐并不是唯一受到伊丽莎白·布莱克韦尔的榜样作用激励的人。受到布莱克韦尔在伦敦的讲座的影响，一个委员会成立了，致力于创建一所由妇女管理的妇女医院。[31]委员会起草了一份寻求资金的公告，获得了66位名媛的签名支持。她们的努力一度一无所获，但最终，她们的愿望将成为现实。

1860年2月，莉齐再次坐下来阅读《英国妇女杂志》上关于布莱克韦尔医生的文章，这一次她关注的内容可不一样。这篇文章是由布莱克韦尔医生本人撰写的。在阅读这篇《致希望学习医学的年轻女士的信》时，莉齐开始填补自身的知识空白，了解如何开始医学训练，以及需要为此准备什么。

布莱克韦尔介绍，学生应当年龄在20岁至30岁之间，身体健康，接受过英语通识教育，此外还要熟悉法语、拉丁语和希腊语。[32]她提出了一个为期四年的教育计划：第一年应该住在家里，在医生的指导下学习医学教材。她推荐了一摞参考书：卡朋特《生理学》、威尔逊《解剖学》、佩雷拉《药理学》、沃森《医学实践》、德鲁伊特《外科手术》、丘吉尔《助产术与妇女疾病》、艾利森《病理学》、福恩斯《化学》和贝尔《法律医学》。

假如你读完了书单上全部的书，那么在接下来的第二年，你应该前半年在医院里做护士，后半年接受实验室培训和私人指导。接下来，学生必须前往美国，这是当时少数几个可以让女性获得医学学位的国家之一。在伊丽莎白毕业后的几年里，美国已经开设了两所女子医学院，更重要的是，更多成熟的美国学院正在转变为男女同校。最后，学生应在巴黎妇产科医院接受六个月的助产士培训，就像伊丽莎白所做的那样。伊丽莎白坚信，在美国，只要花短短两年就能获得医学学位，这无法为医学生提供足够的知识基础和实际培训。

从一开始，伊丽莎白就毫不讳言等待着女性的障碍。她基于自身经验提出警告："这项任务非常艰巨，不应轻易承担。除了学业本身的困难，还会遇到更多社会层面的困难。社会还没有认识到学医是适合妇女的工作。流言蜚语和诽谤可能会使学生感到烦恼，而妇女既缺乏自信，又缺乏社会和行业的支持和同情，这必然导致年轻医生进入医学领域的努力成为一场漫长而艰苦的斗争。"

莉齐明白她要克服的第一道难关是获得家人的认可和支持，这一定很不容易。传统智慧认为，任何形式的职业都会吓跑每一个有价值的求婚者。对于中产阶级家庭来说，女儿不需要工作是值得骄傲的事情。作为一个女人，竟然对医学这个怪诞的领域感兴趣，这会使亲朋好友相信她就算不是完全疯了，至少也是粗鄙之人。

莉齐决定先不对家人宣布她新发现的职业计划，等她完成一部分布莱克韦尔所说的预备教育之后再说。为此，她说服了上门给弟弟们做家教的校长，让他秘密给她上希腊语和拉丁语课。埃米莉也伸出援手，通过信件批改莉齐的英语作文。新发现的目标和方向感大大改善了莉齐的心情。但她知道，她迟早要告诉家人自己要做什么。

于是，1860 年 6 月 15 日，莉齐来到父亲面前。此前她有足够的时间考虑要说些什么，还花了好几个月的时间来排练这番话，并准备好回应想象中父亲可能提出的问题或担忧。不过，当她走向父亲的书桌时，她的内心一定仍然是惶恐不安的。

“我想学医。”[33] 她一本正经地宣布。

“这个念头太恶心了！”纽森吼道，打断了她的话，“我一想到它就受不了。”

“医生的工作里有什么比护理更恶心的呢？那可是妇女一直在做的事情，克里米亚的淑女们还曾经在公开场合喂奶呢。”[1] 她坚定地说。纽森不知道该说什么好。“我必须做这件事，或者做点别的什么；我不做点真正的工作就活不下去。”

“你需要花上七年时间才能开始行医。”纽森指出，试图用实际困难吓退她。

“是六年，不是七年，”莉齐纠正说，“就算要花上七年，我学完后应该是三十一岁多一点，大概还能工作二十年。”

“至少我得再想一想，否则我没法同意。”纽森终于松口了。他已经在女儿身上看到了自己性格中的固执，她不会放弃的。

---

1 英文中的“护士”一词，用作动词时有护理、哺乳两种含义。

“我想他或许能及时改变心意，”她给埃米莉写信说，“我打算经常重提这个话题。我觉得他不喜欢这样……但他很快会妥协的，**如果我成功的话**。这点非常重要。”

莉齐的母亲则完全是另一种反应。

“真丢人啊！”[34]第一次听闻女儿的抱负时，她号啕大哭起来。她把自己关在房间里，因为哭得太多而病倒了，陷入了可怕的抑郁之中。

莉齐在伦敦探望姐姐路易时，收到了父亲的一封信，信中警告说：“你再这样下去，会害死你母亲的。”整整一周后，加勒特夫人才能平静下来，就莉齐的计划进行连贯的谈话。她们一连聊了两个小时。

“可是莉齐，你为什么不待在家里，给小孩子们当家庭教师呢？”[35]她的母亲满怀希望地提议道。莉齐说她可不觉得一辈子生活在家里是件令人满意的事。这令母亲感到很困惑。

“对于要不要允许我进入这样一种前无古人的生活，他们自然感到非常焦虑；他们还对我的动机感到大惑不解，”莉齐气愤地写信给埃米莉，“我无法让他们明白，我不可能一辈子待在家里，开开心心，无所事事。我相信他们左右为难，不知道该拒绝还是同意，不过只要我非常坚决，他们就有很大希望改变心意。”[36]

当莉齐的表亲萨拉·弗里曼和丈夫上门做客时，纽森在一次晚饭中提出了女医生的事。[37]他是在向近亲试探，看看这个想法会得到怎样的回应。萨拉宣称她坚决反对这样的变革。

莉齐很失望，但萨拉无法用论证来支持她的观点。

“我得说，我更喜欢让一个女人来照顾我的妻女，”纽森回答说，“如果我能够完全确信她够格的话。”

“布莱克韦尔小姐接受的考察可没有男士那么严格。”萨拉得意地指出。

“我本以为考官对她的要求会比他们平时更严格。”纽森反击道。

“如果**我**是考官，”莉齐的弟弟埃德蒙插话说，“**我**就会拒绝考察**任何一个**女人。”

纽森和他的女儿艾丽斯同时开始说话，纽森的声音占了上风：“你这样做也太卑鄙懦弱了。”

纽森并不完全支持莉齐的计划，当他发现自己竟然在餐桌上为女医生辩护时，他也吃了一惊。当莉齐要出发去寻找关于如何推进计划的建议时，他决定还是别让女儿独自在伦敦街头游荡。于是，在莉齐向她父亲坦白她的职业选择后仅仅一两周，两个人就并肩走在哈利街上，向这座城市里最好的医生们征询意见了。

当时，这条街上大约有 20 家私人诊所，这个数字在未来几年将成倍增加。[38] 到 1914 年，这里将会有近 200 家诊所。有些医生当着她的面哈哈大笑，有些则粗鲁得吓人。

“为什么不当护士呢？”[39] 一名较友好的医生礼貌地建议。

“因为我更愿意每年赚 1 000 英镑，而不是 20 英镑。”莉齐果断反驳道。虽然他们回家时没有什么值得一提的收获，但是在这种持续的反对面前，纽森不得不继续扮演女儿的辩护人。

在给不同的亲戚写信谈及她的职业抱负时，莉齐表达了对更大的追求的渴望：

“在过去两三年中，我越来越向往某个明确的职业，未来它应该给我带来一个职位和不错的收入。真是不可思议，一个健康的女人总会希望从事某种合适的工作，以供她倾注精力，而这些精力现在只能带来不安和疲倦，令人痛苦。”[40]

尽管她在信中明确表示自己心意已决，也没有就此事寻求任何建议，但阿姨和表姐妹们还是向她灌输了大量的建议。她们恳求她放弃这个非常不得体的计划，并提出各种反对意见，称这会毁了莉齐的健康，使她的神经崩溃。

莉齐向埃米莉承认，她不知道下一步要去哪里开始接受医学训练，于是埃米莉建议她与埃米莉亚·格尼谈谈。埃米莉亚在布莱克韦尔医生创办的委员会担任主席，她曾向布莱克韦尔承诺，会帮助任何有兴趣接受医学训练的妇女。埃米莉亚的魅力令莉齐倾倒。[41]她和丈夫安排莉齐与威廉·霍斯见面，霍斯是米德尔塞克斯医院的高管，他恰好认识布莱克韦尔，也是莉齐的父亲曾经的商业伙伴。埃米莉亚和她的政治家丈夫拉塞尔也希望霍斯能说服纽森，让他全心全意地支持女儿的计划。

霍斯很有责任感，但是当莉齐在 7 月 7 日登门时，他表现出了精明的一面。他问她是否知道，她要做的事情会遇到什么困难。

“正因为我对这些困难一无所知，所以我不敢自信地宣布我的决心有多么坚定，也无法想象。”[42]她承认。

他建议她应该检验自己的决心，证明自己的毅力，否则为争取受教育权而奋斗就是浪费时间。莉齐提议先让她在米德尔塞克斯医院当六个月的护士，这件事霍斯很容易安排。他同意了，条件是前三个月是试用期。莉齐希望在妇女病房工作，但霍斯有自己的想法。他提出，如果她能忍受外科病房，那么她肯定能胜任医生的工作。不管霍斯把莉齐扔到游泳池的哪一头，这个海边的女孩都决心游下去。

第四章　不仅仅是护士

莉齐很快就会发现，19世纪中期的外科手术不适合胆小的人，无论是医生还是病人。[1] 1846年，美国刚刚引入乙醚作为手术麻醉剂；1847年，英国紧随其后引入了氯仿。至少，谢天谢地，病人终于可以“察觉不到折磨了”，一名维多利亚时代的医生宽慰地说。[2] 在麻醉剂投入使用之前，病人在整个手术过程中清醒地忍受着剧痛。他们必须被按住或绑住。外科医生必须速战速决，而且速度往往比准确更重要。在手术切除肿瘤的时候，外科医生有时无法清除所有的恶性组织。一些业内人士认为，麻醉降低了对外科医生英雄气概的要求，从而使医疗女性化了。

即使手术成功，病人也不一定能活下去。细菌学才刚刚诞生，事实上，那时候人们刚刚发现病菌的存在。当时流行的理论认为感染是由空气中的有毒气体（也就是瘴气）导致的。1795年到1860年间，只有少数医生公开反对瘴气理论。这些反对者认为可能是医生将致命物质转移到了病人身上。[3]

这样的理论起初备受嘲笑和打压，最终却将掀起医学科学的革命。

这些案例中最有说服力的是伊格纳茨·塞麦尔维斯的故事。1847 年，塞麦尔维斯开始在奥地利维也纳的一家教学医院工作，这里有两个产科病房，他负责其中之一。他注意到，助产士接生的病房中与产褥热有关的死亡率要低得多，只有 2%，而在医学生接生的病房中死亡率为 13%—18%。[4]

产褥热是一种子宫感染。塞麦尔维斯注意到，学生们会在做完尸检后直接去接生。他准确地观察到，感染是由接触“尸体物质”引起的。他为学生们增设了一个使用漂白粉溶液的洗手站，此后他们病房的死亡率就下降到几乎与助产士的病房相当的水平。塞麦尔维斯带来了能够拯救生命的发现，但同时代的人非但没有赞扬他，反而嘲笑他，他的上司坚持认为这种改善要归功于医院的新通风系统。

唉，当莉齐在 1860 年 8 月 1 日第一次踏入米德尔塞克斯医院的外科病房时，迎接她的并不是一尘不染的外科医生、闪闪发亮的工具和经过彻底刷洗的双手。在这个消毒剂还未出现的时代，外科医生凝结着血迹的黑色围裙、器械和双手上很可能沾满了污垢。[5]当时的医院往往肮脏不堪，医生特有的白大褂还要过几十年才会出现。这是医疗的黑暗时代，但消毒剂的启蒙之光已经在地平线上闪现。

莉齐每天早上 8 点准时到达医院。在这段工作期间，她和姐姐路易、姐夫詹姆斯以及他们的孩子住在一起。在第一周结束时，她已经熟悉了她驻点的两个外科病房中的病例。

埃米莉要莉齐详细讲讲她的一天，于是她写道："我（一到医院）马上开始准备包扎，包括分发不同的药膏，准备棉絮、乳液、敷料、绷带等等。我在一张边桌上忙活，同时修女会查房，检查所有人的伤口。对于比较简单的病例，她经常完全交给我处理；但比较困难的病例，如癌症病人，她就会自己包扎，让我在一旁看着。"[6]这项工作需要的时间可长可短，取决于病例的数量和性质，但她通常都有时间上楼探视两个内科病房的病人，然后与住院外科医生托马斯·纳恩一同进行11点的查房。纳恩是个谢顶的男人，胡子拉碴，很有幽默感，他让同事和学生都叫他汤米。[7]

"今天病房里有一台小手术，我去观摩了，外科医生非常亲切地向我解释病例，让我看清他要做什么。他身边只有一个学生，但他让学生别妨碍我。"[8]她告诉埃米莉。见到这个女人竟然在鲜血面前毫不退缩，纳恩被打动了，答应会带她一起去门诊部，也就是家访。

当内科医生和外科医生查房结束后，莉齐按照处方给病人服药。午餐是羊排和麦芽酒组成的营养强化餐，莉齐会独自在医院食堂用餐。下午1点，她回到外科病房，陪同每一个来访的外科医生。当他们完成工作之后，她就可以离开了。起初，她会一直待到病人吃晚饭，但她很快就意识到，利用这段时间到博物馆去学习会更好。

"博物馆的阅览室里充满了欢乐，这里的空气温暖又新鲜，令人愉快，我相信这对人的大脑有很大的好处，”她告诉埃米莉，“我现在正在研究风湿病，在博物馆里阅读这方面的材料，（当我厌倦了生理学的时候）还会在病房里观察不同形式的风湿病。”[9]

通常，莉齐会在下午 4 点 30 分之前回到家，休息半小时，与路易和詹姆斯聊天，和孩子们玩耍。然后她会换上更好的衣服，学习代数，直到 7 点的喝茶时间。当这一天结束时，她会在火炉旁给亲朋好友写信，或者练习拉丁语。

莉齐离家还不到两周，就开始收到家里人忧心忡忡的来信。母亲用最忧伤的语言宣布，女儿的行为是在直接违抗她的命令。莉齐收到了别人转寄的一封来自母亲的“极其消沉”的信，母亲在信中宣称，莉齐成为医生的决定“让她痛苦终生、生不如死”。很快，亲戚们的来信纷至沓来，敦促莉齐为母亲着想，赶紧回家。[10]

“我认为这真是愚蠢的建议，”莉齐对埃米莉抱怨道，“尽管我保证我远远没有被吓倒，而是在享受这项工作，比我过去所有的学习或追求都要享受，但大家总是把困难想得太过，这真让人恼火。”[11]

护士和医生们对她很好，但莉齐始终牢记着，如果她对男性工作人员太友好，可能会招来闲言碎语。至于她的同学们，她认为“明智的做法是不要在他们面前表现得过于冷淡和僵硬。如果他们能忘记我的性别，把我当成一个同学，这种感觉就正好。按理说，把他们当成天敌似乎是不对的”。[12]

女性必须始终走在这样一条钢丝上，要不断考虑：我是不是足够友好？我是不是太过友好？随着女性开始进入过去只有男性的职业和教育空间，在各种职业和学科当中，女性几乎要一刻不停地进行这样的计算。

不过，在高级住院医生威廉·威利斯博士身边，莉齐完全放松下来。他以平和而直截了当的方式，自如地解释他所知道的关于临床诊断的一切，消融了任何潜在的尴尬。威利斯后来成为约瑟夫·康拉德的半自传体小说《阴影线》中那个技术高超、极富同情心的医生角色的灵感来源。[13] 这本书详细讲述了康拉德第一次担任船长，从曼谷驶向新加坡的经历。在他们启程之前，康拉德不得不请来英国公使馆的医生威利斯，以治疗患上发热、霍乱和痢疾的船员。

莉齐与威利斯医生密切合作，和他一同查房，询问他对困难诊断的意见，通过观察他的所作所为来学习。

每天，她要在米德尔塞克斯医院宽大的石阶上跑上跑下多达二十次，取来门诊笔记、药品和干净的床单。莉齐很快得出结论：最适合这项工作的衣服就是纯色的深色裙子，没有珠子或编织丝带装饰，不需要经常更换。

医生们通常穿着当时所有从事专业工作的绅士的制服：白色纽扣衬衫、黑色单排扣长外衣和长裤，以及一件色调柔和的马甲。由于女医生的服装没有先例可循，莉齐决定模仿与她并肩工作的护士的穿着：一件纽扣式紧身连衣裙，也许还带有时尚的宽大主教袖，系上白色的围裙。

接受培训一个月后，莉齐第一次观摩大手术。她兴奋地告诉埃米莉："我一点也不感到难受；我的心情很激动，令人高兴的是它激活而非压抑了我的生命力。手术结束后我感到特别累，但我想这种情况很快就会消失。"[14]不过，外面的声音告诉她，淑女们不应该乐见这种景象，甚至应该不堪忍受，这还是对她的心理产生了影响："有时我担心我一定愚钝得无可救药，似乎每个人都认为这一定充满了考验，我却没有察觉这点。"[15]

到了 10 月，她开始对自己的非正式的学生身份感到困扰，她享受着医院附属学校学生所能得到的种种好处，却无法得到任何真正的指导或任务，也不需要支付学费或取得资格。尽管她认为这项工作很吸引人，但她常常因为缺乏希腊语知识而感到迷茫，需要查找术语。她想成为一个完全成熟的、正式的学生。她已经见识过手术，她准备好了。

"以这种毫无章法的方式开出一条路非常困难。"[16]莉齐向伊丽莎白·布莱克韦尔抱怨道，她们两人还保持着书信联系。伊丽莎白很想知道，一个女医学生在英国会得到怎样的对待。

莉齐找到医院的财务主管兼外科讲师，要求支付学费。坎贝尔·德·摩根是个蓄着深色胡子的威严人物，他告诉莉齐他不能批准这个请求，因为这意味着医院将不得不承认她是一个学生。另一方面，他提议让她捐款，以便允许她以业余爱好者的身份留在医院度过冬天。他将允许她在外科病房工作，观察手术，并陪同医生查房。她捐了款，同意了这些条件。

莉齐还享受着新的特权，她在医院里有一个属于自己的小房间，供她休息、阅读和存放个人物品。这个公寓式房间的架子上摆满了旧餐具，她觉得自己一定是住在曾经的储藏室里。莉齐还开始参与医院的采购和床单洗涤工作，但有一名护士为她做饭。她邀请另一名“兰厄姆女士”埃伦·德鲁里到她的小房间里一起学习化学。但是埃伦的时尚品味实在滑稽可笑，莉齐希望医院里不要有人觉得她俩认识。

“她穿着短衬裙，戴着窄边小礼帽，还有其他几身丑得可怕的搭配。”[17]她批评说。

很快，莉齐就说服护士长允许她单独负责夜间值班。当威利斯医生在午夜时分完成最后一轮查房后，他会坐下来与莉齐聊聊天。

但是，莉齐获得了多少经验，被赋予了多少责任，这一切似乎并不重要。当她问德·摩根有没有可能让她以普通学生的身份进入医院开设的医学院时，他吼道：“不可能！一名女士出现在课堂上，这会分散其他学生的注意力。所有伦敦的学院都会拒绝录取你。你还不如马上去美国。”[18]

与此同时，德·摩根建议莉齐让医院的药剂师乔舒亚·普拉斯基特为她教授私人课程。普拉斯基特年轻而有思想，读过很多书，他愉快地同意了这个安排。他是因为家人的要求才去学医的，他更喜欢读丁尼生[1]和卡莱尔[2]，而不是医学书籍。莉齐

1 阿尔弗雷德·丁尼生（1809—1892），英国诗人。

2 托马斯·卡莱尔（1795—1881），苏格兰评论家、历史学家、哲学家。

发现他是个很好的老师，她每天在他的指导下花三四个小时学习拉丁语、希腊语和药理学，并十分享受这个过程。这比自学要强，但还是比不上真正的课堂教学。

威利斯建议，再请一位家庭教师或许能带来很大的帮助。莉齐写信问埃米莉，如果让威利斯每周到路易家给她做一两次家教，会不会招来很多流言蜚语。[19]威利斯大约比莉齐小一岁，未婚。在等待埃米莉的消息期间，她还咨询了父亲和另外两个朋友。在权衡名誉受损的风险和从这样一位善于阐释的善良老师那里学习的潜在收益后，她认为这样的辅导是值得的。埃米莉回信说，这的确极不得体，但她的信到得太晚了。威利斯已经安排来教莉齐解剖学和生理学，每周三次，每次两小时，收费一基尼[1]。纽森认为这个价格划算极了。

这是一个令人兴奋的时期，可以投身于快速变化的医学领域。莉齐正在目睹坚持旧方法的从业者和积极拥抱科学创新的从业者之间发生着怎样的角力。普拉斯基特认为，医学几乎不配被称为科学，因为它主要基于经验证据，而非致力于寻找“治疗的法则”。[20]至于威利斯医生，他认为目前实践中的医学确实是一门精确的科学。莉齐说她倾向于支持威利斯的观点。

三个月的护士试用期结束后，莉齐开始被当作真正的学生对待，尽管她不是学生。新病人看到一个穿着围裙的女人被叫

1 一基尼，相当于今天的 140 英镑，或 185 美元。——作者注

来为他们检查，总会感到很困惑，许多人以为医生是在对一个厨师解释他们的症状。尽管如此，莉齐仍然担心她的教育进展太慢，但她在12月接受了导师们为她安排的考试，结果令他们欣慰不已。她几乎全部记住了为她安排的头两本教科书，即巴雷特的《生理学概要》和琼斯·奎因的《解剖学基础》。

“总体上，我感觉，每个医生都愿意私底下单独为我提供帮助，但他们不敢以集体的力量帮助我，支持这项运动，”莉齐在1861年1月2日写给伊丽莎白·布莱克韦尔的长信中抱怨道，“不过，我相信这种支持终将到来，而且，能得到这么多人的礼遇和帮助真是太棒了。”[21]

对于这项工作本身，她的态度更加积极：“我急切地要告诉你，我有多么喜欢这项工作和学习，因为这在很大程度上是我意想不到的。我本来以为第一年的准备工作会艰苦而乏味。但情况并非如此，这主要是因为我可以接触医院的实践，这对学习起到了持续的帮助和刺激作用。”她一直等到3月才寄出这封信，希望能有更好的消息向伊丽莎白报告，那就是成为一名正式的付费学生。

当普拉斯基特离开医院开始私人执业时，莉齐终于成功说服院长允许她进入化学课堂。第一次上课时，她早早地去了教室，在空荡荡的房间里坐下来，以免当着一屋子男学生的面走进去，引起轰动。尽管她预料她的出现会令他们大吃一惊，但他们只是在进来时表现出惊讶，少数人对她咧嘴一笑。[22]

每周六，化学讲师雷德伍德·泰勒和V. R. 海施都会就当周所学内容对全班进行口头测验。“上周六我想说话，可就是说不出来。”[23]她承认。普拉斯基特建议她尽快克服这种羞涩，以显示她和其他普通学生一样。于是在下周，她回答了老师提出的第一个问题，接下来又回答了许多个。海施对她的知识印象深刻，让她下课后到实验室去，给她看显微镜下的标本。

男学生们继续保持着礼貌和尊重，莉齐确信随着时间的推移，他们在她身边会感到更加自在。[24]莉齐整天都在学习或上课，热切而用功，所以她惊讶又惊恐地发现许多同学只是在混日子，对学业不感兴趣。她估计大约还有六名同学很专心，并做了笔记，她形容其他人“无知得惊人”。

“我对某些学生的极度无知感到非常震惊。有个学生已经二年级了，还不知道健康的心脏听起来是怎样的。我真想帮帮他，给他讲清楚。”她告诉埃米莉，“泰勒先生今天向某个笨蛋提了一些基础的问题，他的回答让所有懂得更多的人都快发疯了。这种情况简直太多了，哪怕泰勒先生提出的问题并不难。”[25]

在与一个医生的实习医学生聊天后，她明白了这种状况的根源是什么。他解释说，学生们是根据“签到”来评分的，他们只要去上课就行。大多数学生不屑于阅读相关内容，因此缺乏哪怕最基本的理解，例如黑板上画的化学符号。

对当时的许多人来说，只有当你在其他任何事情上都没有表现出天分的情况下，你才会选择医疗这一行。医学生因为粗野无礼而名声在外。在莉齐到来的四年前，纳恩被任命为学生事务主管，任务是减少他们的违纪行为。他们经常把解剖室变成拳击场，更喜欢去酒吧而不是教室。当莉齐开始接受培训时，事情基本上已经平息，但她担心这部分解释了为何她仍然是英国唯一一个攻读医学学位的女性。

在写给《英国妇女杂志》的一封信中，莉齐对女医生运动在英国进展得如此缓慢表示惊讶。[26]她知道有很多妇女会喜欢进入医疗行业，此外还有很多人希望得到女医生的照顾。“我相信这种犹豫主要是因为对前进道路上的困难存在夸张的想法。”莉齐写道。她鼓励其他妇女加入她的追求，并有力地总结道：“我们并非想证明少数妇女可以做到了不起的事情，而是要证明普通妇女的生活可能比现在更有用、更快乐。”尽管她的话鼓舞人心，但是没有其他女性加入她的征途。

著名的女权主义作家和学者卡罗琳·海尔布伦曾敏锐地观察到：“杰出的女性是不够杰出的女性主要的禁锢者，她们既证明任何一个女性都能出类拔萃，同时又以她们在男性当中的独特地位，确保没有其他女性能做到这点。”[27]

很快，莉齐就获准进入解剖室。她高兴地看到，这里并没有出现女友们所警告的令人毛骨悚然的恐怖景象，比如耷拉在椅子上或倒挂在天花板上的尸体。尸体被摆放在几张解剖台上，用白床单整洁地覆盖着。[28]她感到这些解剖对象已经不那么像人了。她总结道，这个房间并不吓人，解剖操作也有趣到令人难以置信。首先，她要把裙装和围裙换成长袖罩衫。然后，她会选择一张面向窗户的桌子，安静地投入工作。在解剖一只脚的时候，她被像根须一样从脚踝延伸到脚趾的足底神经精妙的结构深深吸引。

“我一直在和化学家们谈论你，”纳恩愉快地告诉莉齐，那天她顺道去看他，“我告诉他们，男人和女人一同工作并不比一起上教堂更令人尴尬。为了消除偏见，我们已经做了大量的工作。”[29] 莉齐很高兴听到他也在宣传男女同校学习所能带来的好处。

独立使莉齐获得了勇气。她在医院里可以做的工作越来越多，她沉浸其中，陶醉于自己在社交和学业方面取得的每一个小小的进步。她感觉自己刚刚开始品尝到作为一个真正的学生所能体验到的乐趣，而她得到的机会越多，就越是渴望得到更多。莉齐还感叹她在米德尔塞克斯医院缺少权限，并告诉埃米莉，如果她能获得更大的空间，她所能取得的成就将不仅于此。

“当一个人看到被需要的是桃子，就很难满足于继续做一颗醋栗。”[30] 莉齐抱怨道。

莉齐决心在下个学期开学时向院方申请参加更多的课程。她询问埃米莉亚·格尼，是否认为向男人提出这样的要求时使用女人的手段不够道德。如果调情能帮助她获得理想的结果，那么调情是否可以接受？她要不要利用自己的年轻貌美来获得平等接受教育的机会？

“我觉得自己很卑鄙，竟试图通过各种女人的小伎俩来接近那些医生。”[31]她承认。

“我认为这不重要，”埃米莉亚答复，“在我看来，要判断将女人的手段用于好的目的是否道德，这个问题常常令人困惑。我认为这些技巧在任何一个女人心目中都有着巨大的分量。”

5月，在新学期的第一天，莉齐鼓起全部的勇气找到了汤普森医生，他身材高大，蓄着长长的白胡须，常常喃喃自语。她请求他让她去听他的药理学课程。这个大胆的举动让汤普森完全摸不着头脑，莉齐见状，赶在他开口回答之前向他保证，化学教授们已经允许她去听课了。这似乎打消了他的疑虑，他说欢迎她来。

最后，德·摩根终于把她的名字写进花名册，让她成为旁听生。莉齐签署了学生誓言，承诺“我不会在花园或病房里吸烟，我会在各方面表现得像个绅士”。[32]现在，她每学完一门课程都会收到结课证书，但不会参与竞争任何奖项。她告诉财务主管，她希望在10月的学期里成为一名正式录取的学生。

许多医生此前确信她会遭到同学们前所未有的侮辱，现在他们向她承认，也许在某些情况下可以安全地进行这样的尝试。[33]莉齐告诉埃米莉，她理解他们为何对向女性完全开放学校感到犹豫不决，因为只要“一个轻佻女子”就能毁了这件事，不过承认这一点让她很痛苦。

有趣的是，尽管她谴责轻佻之举，但是她承认自己在某些职业环境中也会这样做。也许她认为自己的调情举动是无辜的，或是为了更大的利益，而别人可能会出于其他目的整天对着医生和病人扑闪眼睫毛，例如试图钓到一个丈夫。一方面，莉齐很希望能有几个女人加入她的行列，来当实习医生；另一方面，她也认识到，开创先例要求女人们在各方面都无可指摘。她像伊丽莎白一样，夸大了女性所造成的后果。一个“错误”类型的女人会成为可怕的案例，可能使她的整个事业脱轨。

莉齐还担心她的考试成绩，因为她感到很难记住细节和孤立的知识点。[34]但是真到了考试的时候，她考得非常好，甚至有人建议她不要对其他学生透露她的年级排名。即使谨慎到这个地步，她也无法继续隐藏她出众的才华了。她的才智很快就对男学生造成了威胁。她早已经超出了他们的容忍范围，许多学生确信她早该放弃了。有一次，一名来访的医生向学生们提了一个问题，只有莉齐知道正确答案。

这件事成了最后一根稻草。40个颜面扫地的学生开了个会，讨论如何把她赶走。这群人组成了一个委员会，向米德尔塞克斯医院的管理层提交了一份请愿书，要求学校开除莉齐，并要求院方“铭记”禁止招收女学生的规定。一些教授和其他医院的内科医生也对莉齐越来越不友好，尤其是当她在医学界有限的影响力与日俱增的时候。

“我把一份病例报告寄到《柳叶刀》，汤普森医生对此感到很恼火，”莉齐告诉父亲，“我想他应该是对学生们说了些什么，让他们觉得只要以这件事为由提出抗议，就能把我踢出去。可是，要知道，这个病人已经在病房里住了近五个月，如果他们想到要写病例报告的话，很可能会赶在我之前。我完全肯定，在我提出来之前，他们中没有人看到其中真正值得关注的地方。”[35]

纳恩说，她将不再被允许在没有教授在场的情况下进入解剖室。化学讲师建议她不要参加考试，否则她就得单独留在考场上，和其他学生一起写论文。“我相信同学们不敢无礼，”莉齐说服自己，“就算他们真的无礼，我应该也能挺过去。”[36]她拒绝被吓退。

听说请愿的事后，莉齐给这个学生委员会写了一封信，恳求他们撤回请求。她告诉他们，如果她的出现妨碍了讲师们的正常授课，他们有权反对。但如果讲师们保证课程内容不会有任何变化，他们就不需要反对。

委员会主席的答复则提出了另一个问题。他们担心的不是课程内容可能发生变化，而是在学习“性质微妙”的科目时，男性和女性混在一间教室里不体面。他们拒绝让步。[37]

莉齐耐心地等待医院是否决定默许学生们提出的请求，将她驱逐出去，对此她不抱什么希望。“我相信我的死亡证明将在下周四签发，”她对埃米莉哀叹道，“这真是令人烦恼，但我并不绝望。考验是好的，而我很少遇到考验。不管它到底是什么，它不会阻止我学习，也不会阻止我最终完成我的工作。虽然我有些不安，但一点也不觉得被压垮了。”[38]

她邀请埃米莉周四晚上到医院去找她，她们可以在那里喝茶，然后去欣赏巴赫协会的《圣诞清唱剧》的私人演出。她试图用音乐来麻痹自己，忘记她就要失去苦苦争取的一切。

当纳恩听到学校的最终决定时，他害怕到不敢亲口告诉莉齐。[39]当她终于去问汤普森的时候，他显然很紧张，担心她听到答案后会歇斯底里。讲师们已经做出决定，他们不愿意让一个女人出现在课堂上，担心这会损害学校的声誉。她只获准完成她已经付费的课程，然后就得离开这里。面对这样一名表现出如此惊人的判断力和细心的女士，他们对达成这样的共识感到遗憾。[40]

这种拒绝从未对她造成影响，直到此刻。“昨天我感到心都碎了，”她对埃米莉哭诉，“想到这一年中所获得的一切都以这种方式失去了，真是难受啊。”[41]正当她终于被允许参与真正的课程，并展示她如何自然而然地吸收了这些材料时，她的存在却被认为不可接受。

“你将很遗憾地了解到，学生们已经达到了目的。”莉齐写信告诉父亲。她解释说，虽然他们批评她在《柳叶刀》上发表文章不合适，但这并不是他们真正感到不满的地方。“这个具体的指控不过是个借口，”她指出，“他们不喜欢看到一个女人努力奋斗，一有机会就要干掉她。在这种必须默默进行的竞争面前，他们的男性优越感受到了侮辱。”[42]

莉齐没有放任自己消沉太长时间。她去找镇上的儿童医院的医生，请求允许她去探视病人。她预计，这些工作、最后的课程和她的独立研究足够让她忙碌起来，不去想这次遭遇的挫折。

离开米德尔塞克斯医院之后的几年中，莉齐往返于伦敦和奥尔德堡之间。在前一座城市，她享受着忙碌的生活，流连于音乐会、教堂、花园聚会、艺术画廊，并且在兰厄姆广场承担了大量的艰苦工作。在后一座城市，她练习希腊语和拉丁语。她向伦敦的每一家医院提出申请，但都没有结果。至于伦敦大学，其理事会投票决定是否在新的章程中允许女学生入学，陷入了十比十的僵局。校长格兰维尔勋爵打破了平衡，投票反对。

就像布莱克韦尔一样，莉齐试图进入医学培训系统的努力无法不吸引人们的关注。《柳叶刀》发文讲述了她引发的骚动："一名女士已经渗入我们医院系统的核心。这个美貌的入侵者应该得到怎样的对待？我们究竟要像在其他所有的场合欢迎一位女士那样欢迎她，还是应该拒绝让撑着阳伞的人对我们指手画脚？我们预计，让年轻女性进入我们医院的医学生班级的努力将会遭遇几乎一致的反对。"[43]

这是一篇令人极为不快、格外卑鄙的文章，莉齐读完后对埃米莉嘲笑道。[44]数周后，同一本杂志上还出现了一篇短文，它陶醉于她的失败，喜滋滋地宣布莉齐申请进入伦敦医院医学院的请求遭到了讲师们的一致拒绝。[45]

莉齐决定，现在最好不要在伦敦其他的医院再做任何尝试。她要把时间放在私人执业上。那年夏天，莉齐回到她在奥尔德堡的家，发现自己的社交技巧已经大大退步。闲聊对她来说已经变得索然无味。[46]更重要的是，正如母亲所担心的那样，她在学习中获得的专业知识完全无助于提高她对男人的吸引力。莉齐真想假装她对这些事情不感兴趣，但她希望有朝一日能够结婚。

莉齐继续集中精力，寻求成为执业医生的道路。她向牛津、剑桥、格拉斯哥和爱丁堡的考试机构提出申请。要想让她的名字进入英国医师注册系统，她必须满足相应的受教育经历要求，然后在英国医学总会批准的考试机构之一通过执业许可考试。所有的机构都拒绝了她。

余下的唯一一家考试机构是药剂师协会。根据规章制度，该协会可以对申请人进行考试并颁发执业许可，此前受试者要完成五年的学徒期，参加三年的课程、见习和医院实践。规章规定，“所有人”都能取得资格，而不仅仅是男人。莉齐写信给普拉斯基特，提议他让她当学徒。她需要他来署名担保，以及制订一份通过该协会申请执照的计划。在与商业伙伴商议后，普拉斯基特同意了。莉齐寄出了申请，等待着。

8 月 20 日，莉齐一家挤在餐桌旁，屏息等待她拆开药剂师协会寄来的通知。协会同意，一旦她满足了所有的资质要求，他们就对她进行考试。

“太好了！”弟弟妹妹们都欢呼起来，餐桌上的所有人都表达了诚挚的祝贺。莉齐欣喜若狂。这当然是一次胜利，但还有许多障碍摆在面前，其中最重要的是如何完成三年的医学院教育，以及找到一所愿意接收她的学校。

莉齐回到伦敦，再次住进姐姐路易的家。《英国妇女杂志》的现任编辑贝茜·雷纳·帕克斯将她介绍给约翰·查普曼医生。在穷尽英格兰所有的选项之后，莉齐把目光转向了查普曼的母校，也就是苏格兰的圣安德鲁斯大学，并就如何实现这一目标征求他的意见。查普曼建议她在冬季学习拉丁语、希腊语、历史、地理、逻辑和数学。他还介绍她去参加讲座，包括药学会的植物学讲座、托马斯·亨利·赫胥黎教授在南肯辛顿博物馆举办的博物学和生理学讲座，以及爱尔兰著名物理学家约翰·丁达尔在大不列颠皇家研究院举办的物理学讲座。

在赫胥黎的讲座上，莉齐感到很不自在，因为她是男性组成的人海中唯一的女性。她透露："那个讲堂很大，你在里面感觉比在学校的小教室里要显眼得多。"[47]讲座涉及性别差异，莉齐不得不非常努力地装作漠不关心。她担心，表现得太急切或太尴尬都会损害她的事业。

查普曼医生注意到了她的尴尬，于是他开始带着小女儿一起去听讲座。至于教授，赫胥黎没有对女性进入科学领域做出明确表态，但他至少相信她们在智力上的逊色并非天生，而是由于养育。他曾经写道："让我们通过各种方式拥有'可爱的女毕业生'吧。拥有一点智慧不会减损她们的甜美，拥有一些头脑也不会让脑袋上的'金发'卷曲得不那么优雅。"[48]

1861 年 10 月的一天，莉齐与埃伦·德鲁里共进晚餐，然后她们一起参加了一场生理学讲座。莉齐很高兴地发现，自己对这个主题足够熟悉，能够理解并喜欢上它。更让人惊讶的是，她们发现自己并非那晚仅有的女性听众。奥克塔维娅·希尔和米兰达·希尔姐妹，以及奥克塔维娅的女友索菲娅·杰克斯-布莱克，也在那里。

莉齐和索菲娅长期在相同的圈子里活动。两人都是 F. D. 莫里斯牧师的教友，都加入了同一个辩论社团。她们注定要相遇。

讲座结束后，女人们挤进路易家的客厅，在那里就形而上学、邪恶的起源和个人责任等议题进行长时间的热烈讨论。希尔姐妹出身贫寒，她们的口音令莉齐的耳朵感到难受，而且她确信路易不喜欢甚至不理解索菲娅谈论的大部分话题。不过，能和一些聪明的女人来往还是很不错的。

莉齐觉得索菲娅很聪明，却是个怪人。“她有一些怪癖，跟我不太合得来。”[49]莉齐告诉母亲。但是，对科学感兴趣的女性太少了，所以她愿意忽略彼此性格上的不和。“我会很高兴与杰克斯-布莱克小姐一同工作，因为有人可以交谈；像我向往的那样过着沉默的生活是很困难的。”[50]莉齐说。

她们继续一起出席赫胥黎的讲座，他最终承认了她们的存在，以“女士们，先生们”开始演讲。她不知道，她与索菲娅有争议的友谊将长久地持续下去，远超她的预期。她们将携手创造历史。

第五章　年轻的索菲娅

21 岁的索菲娅·杰克斯-布莱克身材高大，性格火爆。她是一位无畏而坚定的教育改革者，有一双大大的眼睛和鲜明的个性。她嘲笑关于女性礼节的传统观念，常常语出惊人，却意识不到自己的个性有多么尖锐。索菲娅总是一副沉浸在思考中的模样，眉眼间流露着严肃和真诚。她把长长的黑发梳成中分，编成辫子盘起来，或梳成一个扁平的发髻。

索菲娅渴望成为一名教育家，创办自己的女子学校，以改善英国妇女的受教育状况。她的父母不赞成妇女就业或接受高等教育，父亲只允许她在不领工资的前提下担任数学家庭教师。但对索菲娅来说，这还不够。她决心在某个领域工作，以促进妇女权利，推动妇女受教育。在这个过程中，她越挫越勇。

索菲娅说，为了让父亲准许她离开家乡布赖顿，到皇后学院上学，她不得不表演“歇斯底里”。[1] 故意大发脾气，不断发出尖叫，或表现出夸张的忧郁，这是当时的富家女常用的手段，目的是从家中掌握财政大权的男主人那里得到想要的东西。这些男人对成年女性的生活掌握了太多的控制权。皇后学院是英国第一所能让女性获得专业学术资格的学院。索菲娅在那里修读了算术、几何、代数、英语、法语、历史、自然哲学、天文学、神学和教会史等课程，她学得如饥似渴。

很快，她就像莉齐和埃米莉一样，与兰厄姆广场的女权主义者们打成一片。在被迫离开米德尔塞克斯医院后，莉齐有了更多的时间投入这边的工作。性情温和的埃米莉觉得索菲娅过于粗鲁，总是躲着她。尽管有些人认为索菲娅过于暴躁和强势，但那些花时间去了解她的人会看到，她的行动是出自善良的内心和良好的意图。

索菲娅于1840年出生在英格兰南海岸的小镇黑斯廷斯，父亲是一名退休律师，母亲体弱多病。当生机勃勃的索菲娅闯进他们的生活时，托马斯·杰克斯-布莱克和玛丽亚·杰克斯-布莱克夫妇分别是50岁和39岁。这是一个地主阶级的富裕家庭，这对夫妇的头三个孩子在婴儿期时夭折了，不过后三个孩子活了下来。在经历了这样的打击后，这对父母对孩子们格外用心。索菲娅出生时有一个八岁的哥哥和一个六岁的姐姐。在她出生几年后，一家人搬到了黑斯廷斯附近的布赖顿。

小索菲娅是个精力充沛的孩子。由于哥哥姐姐大部分时候待在学校里，父母对她格外宠爱，就像对待独生女儿一样。

这一家人都是虔诚的圣公会福音派教徒，所有“世俗”的消遣，包括小说、戏剧、舞蹈，都被视为罪恶之举，遭到禁止。[2]索菲娅只能自己创造娱乐活动，她幻想出一个仙境王国，叫作萨克梅纳国，由“大莫卧儿、暴君格兰迪弗洛拉”统治。[3]索菲娅没有想象仙女或公主们的冒险，而是花了大量精力为这个想象中的社会设计政治体制，例如违法者应该受到怎样的惩罚，王位的继承应该如何进行。从八岁到十岁，在学习写作期间，索菲娅用大量的纸张把这些幻想写了下来。她还为这个王国画出了辽阔而复杂的地图。

索菲娅的母亲玛丽亚有着敏锐的智慧和非凡的幽默感，她的育儿能力时时受到索菲娅的考验。而且，玛丽亚还患有不明的疾病，症状是疲劳和偏头痛，听到巨大的噪声或发生情绪波动时还会昏厥。这样一个闹腾的女儿实在让她疲于应对，于是索菲娅在八岁时就和昵称“卡丽”的姐姐卡罗琳一起进了寄宿学校。

“很难想象有比你的所作所为更可悲、更愚蠢的举动了，”在索菲娅入学后不久，母亲在给她的信中写道，“你的表现实在太差，我怀疑我将来到底能不能有一天不必躺在病床上，我也许永远无法恢复健康。你**绝对不可能**和我们一起生活三周以上，除非你能（和别的同龄孩子一样）理智地认识到，为了快乐和舒适，为了让如此虚弱的我还能陪伴你，你必须**听话**。”[4]

意识到母亲的疾病发作都是因为自己，这一定给年幼的索菲娅带来了巨大的内疚和焦虑，并且很可能加剧了她的不良行为。但她的童年并非只有内疚。多年来，“最亲爱的小索”和“亲爱的母亲”以及“亲爱的父亲”之间频繁的信件往来体现出双方的相互关爱和日益深厚的感情。哥哥姐姐们一直认为索菲娅是父母的最爱，是他们的天赐之宝。在索菲娅十岁那年，她和父亲在旅店老板的一张留言条背面潦草地写下了这首和诗：

“我幼小的孩子，你如此顽皮，
你能否乖乖听话，不要生病，
那么，小索，我知道，
你是我的祝福，令我心满意足。”

“我亲爱的爸爸，我唯愿
你相信我，放开手，
那我就说，我保证，
我会听话，不令你担忧。”[5]

在接下来的八年里，索菲娅换了六次寄宿学校，通常是因为问题行为被踢出去的。索菲娅学得很快。她对乏味的课业感到厌烦，又因为无法像同龄男孩那样定期锻炼和玩耍而感到焦躁不安，常有出格之举。老师们认为她任性、不听话，而且令人遗憾的是，没有淑女风范。

但她的同学们看到了她更柔软的一面。一个同学说，14 岁的索菲娅值得信赖、诚实、热情、深情；她最大的缺点是“过分聪明，而且不幸拥有自知，会在每个可能的场合炫耀自己”。[6]

现在，当索菲娅梦想开办自己的女子学校时，也许她想象的是创建一家能让意志坚强、头脑聪明的女孩找到归属感的机构，一所可以让少女时期的她茁壮成长的学校。但是，当她因为一次令人心碎的打击而过早地离开皇后学院时，她的计划破灭了。那是在索菲娅遇到莉齐后不久，她和女友奥克塔维娅分手了。奥克塔维娅难以忍受索菲娅善变又专横的性格，提出结束这段关系。

索菲娅早就知道她喜欢女人而不是男人，而奥克塔维娅是她一生的挚爱。[7]奥克塔维娅是个美丽的女人，有着迷人的眼睛、宽阔的嘴唇和狡黠的微笑，索菲娅充满爱意地称她为“奥克塔”。她们相识于1860年1月，当时奥克塔给索菲娅上了一堂私人簿记课。索菲娅描述那天是“最美好的日子”，当时这对恋人一起坐在奥克塔的卧室里。[8]索菲娅回忆说：“我的心像锤击一样砰砰跳动。”奥克塔默默地把头埋在索菲娅的腿上，然后又抬起来。“然后——那样的一个吻！”

当索菲娅搬进奥克塔维娅的家，与她的母亲和四个姐妹住到一起后，一切都开始走下坡路。这家人很可能完全没有察觉两个女孩纠缠不清的关系中的浪漫情感，所以这不是矛盾所在。问题在于，希尔夫人知道索菲娅的富裕家庭对她们嗤之以鼻。而最大的困难就是如何应付七个强硬的女人住在一起产生的日常争吵。奥克塔维娅试图维护和平，但仅仅过了六个月，她就再也无法忍受，搬了出去。她的母亲、姐妹和索菲娅都不停地给奥克塔维娅写信，恳求她回来。奥克塔维娅最终要求索菲娅搬走，并决定与她断绝一切来往。

这次心碎令索菲娅始终无法释怀。最终，这种痛苦使她决定搬到爱丁堡，给自己一个全新的开始。索菲娅听说在爱丁堡有让女性受教育的机会，但不幸的是，她参加的女士数学课顶多算是初级课程。她最终找到了几名私人教师，得以学习更高级的德语、数学和英语课程。

两人分手后，索菲娅一定还在继续给奥克塔维娅写信，因为她收到了对方的一封信，暗示她向前看："我想，如果你知道对你的思念在我心中所唤起的无限的爱，你或许能感到一些慰藉。可是，索菲，随着时间的推移，对我的思念必将让你失望。当上天让我们再次相遇时，我的爱将为你准备。"[9]最后，索菲娅在日记中悲叹，她终于不得不面对此生再也见不到奥克塔的现实。[10]

她试图专注于她的职业兴趣：当教师，创办女子学校，并帮助妇女获得与男子一样先进、广泛和严格的教育机会。埃米莉和莉齐决心让她加入她们的远征，争取参与高等教育。

"我希望你下定决心拿到一个大学学位，"莉齐敦促索菲娅，"没有多少女人能像你这样很快起步……大多数女人需要一年半到两年的时间来准备入学。"[11]但索菲娅仍然怀疑文科学位对实现她创办学校的目标到底有多大作用。她只需要在师范学院接受培训就行了。而且，英国没有一所大学对女性开放，所以攻读学位基本不可能。

莉齐写信给索菲娅，向她报告自己的学业进展。索菲娅在日记中感叹："加勒特小姐和她的力量啊！让我打破了第十条戒律！"1[12]然而，尽管取得了种种进步，莉齐还是遇到了挫折。

搬到北方后仅几个月，索菲娅就收到了莉齐的来信，告知伦敦所有的医学院都拒绝了她的申请。她问索菲娅是否愿意帮助她争取进入爱丁堡大学。近来索菲娅在浪漫关系上屡屡受挫，她非常愿意帮助莉齐，好让自己忙碌起来。她告诉她的朋友，欢迎前来同住，并且很乐意为她在城里安排会面。

1862年5月30日，莉齐抵达爱丁堡，与索菲娅会合。同一天，莉齐与爱丁堡大学医学院院长、植物学教授约翰·H.鲍尔弗见面。2这所院校创办于1726年，是英国第一所医学院。[14]

在索菲娅位于该市西区干草市场一带的家中，莉齐和她同住了两周。当两人一同去拉拢爱丁堡的重要人物，寻求支持和建议时，人们总以为索菲娅才是那个想要攻读医学学位的人。索菲娅个头要高一截，更有活力，尽管比莉齐小四岁，但她看起来年长得多。莉齐显然很有教养，容貌秀丽，她为什么要放弃婚姻和家庭，走上这样一条路呢？

在一次这样的会面中，当谈到学习实用解剖学的困难时，有人拿莉齐的娇小开玩笑，说他们希望她能找到几个"漂亮的

1 第十条戒律，指摩西十诫中的第十条："不可贪恋他人的妻子，也不可贪图人的房屋、田地、仆婢、牛驴，并他一切所有的。"——作者注
2 英国演员蒂尔达·斯文顿是鲍尔弗的曾曾孙女！[13]——作者注

小家伙”来解剖。[15]听到这个善意的调侃，索菲娅和莉齐交换了一个会意的眼神，她们顶多只能这么做，以免有失风度。

莉齐的26岁生日是在她探访索菲娅期间过的。为了庆祝，两人在6月初的一个小长假期间到乡间远足。[16]她们去了特罗萨克斯，这是位于城区以西约60英里处的一座自然公园，有陡峭的山脊、壮美的峡谷森林、静谧的湖泊、长满青苔的岩石和覆盖着蕨类植物的峭壁，供游客尽情探索。在她们卧室的窗户外面，一条瀑布奔流而下。

当两人出去远足时，索菲娅总会寻找她能找到的最陡峭、最艰险的路线，而莉齐则坚持要走更稳妥的路线，路边要有树木和灌木丛，以提供立足点和可以抓住的坚牢之物。偶尔，她们不得不躲在突出物的下方，以避免被突降的大雨淋湿。

在这趟旅程的最后一个早晨，她们出发去爬克雷格莫尔，这是特罗萨克斯山的一个较小的山头，海拔近1 300英尺[1]。当她们终于抵达山顶，她们大声呼喊，喊出胜利的喜悦。这里风景秀美，可以俯瞰邻近的山脊和波光粼粼的阿德湖。她们坐在那里，读了几小时的祈祷书，然后才下山。

回到城里后，莉齐的父亲纽森和她们一起参加了爱丁堡大学的第二轮面试。为了给莉齐造势，索菲娅在《苏格兰人报》《每日评论》等报纸上发表了多封读者来信，对妇女教育事业表示支持。她还起草了一封反驳自己的玩笑信，在信中摆出一

---

1 1英尺约合0.3米。

副反对妇女接受教育的性别歧视者的姿态。她们认为发表这样一封信将带来极大的乐趣。

在寄出这封信之前，两个女人整夜辗转反侧，思考这个举动的后果。渐渐地，她们开始感到开这样的玩笑并不诚实，可能会对她们的事业产生不良影响。在花了一整晚权衡利弊之后，索菲娅走出卧室，来到起居室，在书桌前坐下。

她转向莉齐。“哦，我已经完全放弃《每日评论》了，它根本就不公正。”[17]索菲娅叹了口气。

“不，我夜里一直想着这件事。我正想劝你不要寄。”莉齐回答说，立刻松了一口气。也许她们只是需要写这封信，而不是发表它。

现在，她们所能做的就是等待爱丁堡大学决定莉齐的命运，看看两周以来，她们在城里四处奔波，亲自恳求城里的大思想家和有影响力的市民支持莉齐进入大学，这些举动是否对人们对待妇女教育的态度产生了任何影响。

在等待期间，索菲娅和莉齐收到了伊丽莎白·布莱克韦尔的一封信，信中对她们表达了亲切的鼓励。能够得到美国第一位获得医学博士学位的女性的支持确实是一件非常特别的事情，令她们感到振奋和鼓舞。

最后，爱丁堡大学传来消息。令人沮丧的是，他们基本上什么也没有决定：他们甚至拒绝考虑是否录取她。考虑是否录取她这个问题的动议被驳回了：18票反对，16票赞成。差距微弱。

“我不知道我们应该把这个结果看作失败还是胜利。”索菲娅说，她感到困惑。她已经把莉齐的事业当成了自己的事业。“尽管眼前的结果非常令人失望，但这在很大程度上是原则的胜利，就像在伦敦大学一样。你看，他们没有拒绝录取，只是无限期推迟了这个问题。”[18]

莉齐很沮丧，但她没有时间消沉下去。她已经与圣安德鲁斯大学的医学教授乔治·戴博士进行了联系。他说，在莉齐申请他所在的大学期间，欢迎她和她父亲来与他同住。这所大学位于爱丁堡以北 50 英里的地方。

与此同时，索菲娅收拾行李前往德国，希望到当地找一所有名的女子学校担任英语教师，以此增进对教育系统的了解。这些学校比英国的女校水平高得多，它们更加严格，学术上也更进步。莉齐鼓励她在自己选择的职业道路上奋进。“加勒特小姐说得对。‘去教书吧！’”[19]索菲娅说，于是她就出发了。

索菲娅最终在曼海姆的大公学院找到了一份临时工作，为一名生病的教师代课。这个职位没有工资，但提供食宿。这所学校面向已完成基础教育的 14 岁女孩提供两年期寄宿培养计划，有 40 个学生。索菲娅的房间狭小简朴，但她把它变成了自己的小天堂。

起初，就像莉齐在进入米德尔塞克斯时一样，索菲娅发现这种有意义的工作激动人心，令人难以置信。她的心碎终于成为过去。在业余时间，她喜欢阅读夏洛蒂·勃朗特的小说，有时会为之动情流泪。

“现在我已经在这里待了将近一个月，感觉就像待了许多年一样安心，满足感像阳光一样笼罩着我。又有工作了！感谢上帝，我感到如此充满力量！我的血管里流淌着新的精力，我的心放声欢唱，”索菲娅在日记中感叹，“沉重的负担似乎已经消失，心痛与苦楚烟消云散；力量和动力回到我的手中，色彩和光亮重返我的生活。”[20]

当她写信给母亲，报告教学给她带来了多少活力时，她的脸上露出了灿烂的笑容。[21]“你看，无所事事和无精打采是最糟糕的。”索菲娅解释说。她呼应了同时代许多女性的想法，她们都渴望一种智性的追求。“现在我的日子过得很充实，不仅是物质上的丰富，而且是真正的充实，因为这就是那种能令我心满意足的工作。”

尽管工作令人满意，尽管她在对朋友和家人的讲述中表现得信心十足，但索菲娅仍然偶尔要与严重的冒名顶替综合征[1]搏斗。“想到这份工作的伟大和繁重，想到我自己可悲的能力不足，我似乎被击垮了。哦，我是如此软弱、愚蠢和不称职！这不是谦虚，这只是事实。”[22]索菲娅感叹，她认为自己只是嘴上说得好听，实际上不一定能做到：“我实在太爱出风头，总是欺骗他人，令人们以为我拥有我并不具备的天赋。”

也许索菲娅正在慢慢接受这样一个事实：她并没有像自

---

1 冒名顶替综合征并非医学定义的疾病，而是指一种心理现象，即取得成就的人在内心深处感到自己不配得到这种成就。

己所期望的那样，在教学方面表现出色。她的一个学生向英国的朋友抱怨索菲娅的课程要求太高。很快，学生们就开始考验索菲娅的耐心和教学能力的极限。她们会折磨她，指责她在教堂里哭泣，并列出她所缺乏的所有技能。她们取笑她："你又不会唱歌，又不会弹琴，又不会跳舞，又不会画画，还不会刺绣！布莱克小姐，你到底会什么？"[23]

但事实证明，索菲娅其实只是不擅长在一间有25个女学生的教室里维持秩序。虽然她从未对她们发脾气，但她有时举止粗暴，或行事不公正。当学生们取笑她或调皮捣蛋时，她的反应往往是一脸冷漠。此外，尽管索菲娅说话的声音清脆动听，但她是个糟糕的歌手。不过，在看到她身穿漂亮礼服在学校舞会上亮相后，女孩们终于有所收敛。那是她在朋友婚礼上当傧相时穿过的一套旧礼服，她们说它光彩照人。

有时候，她担心自己是不是选择了一条为自己争名逐利的道路，而非能够荣耀上帝的道路。有时候，单纯是因为坏日子，她在日记中抱怨："冷。我心烦意乱，抱怨连连。我在走廊里徘徊，缩着的肩膀几乎要顶到耳朵。"[24]在八个月的教学工作结束后，她回到了布赖顿的家，此前她还因为猩红热在德国耽搁了三周。发高热的时候，她卧床不起，想念着母亲。

索菲娅回到家后不久，曼彻斯特的莫尔斯牧师与她取得了联系。莫尔斯有意在当地建立一所女子学院，于是向皇后学院的教授们征求意见。他们让他联系索菲娅，说她很有资格，或许有兴趣协助建立这样一所机构。索菲娅抓住了这个机会。她在曼彻斯特花了几个月的时间访问其他学院，讨论他们使用的系统，为新学校制订了复杂的计划。最后，莫尔斯没能为这个项目筹集到足够的启动资金，只好取消了计划。尽管这所大学最终停留在图纸层面，但这段经历给索菲娅留下了深刻印象。她离设计一所学校又近了一步，决心把它变成现实。

第六章　索菲娅在美国

索菲娅对美国近期进行的男女同校教育实验产生了兴趣。男女并肩学习的场景令她感到惊讶。为了近距离观察这项工作，她与好友伊莎贝尔·贝恩于 1865 年 5 月启程前往波士顿。就在动身前，索菲娅参加了肯辛顿学会的第一次会议，在会上听了莉齐的演讲，内容是关于父母权威的局限。索菲娅很可能在离开爱丁堡之后就再也没有见过莉齐，她再次被这位朋友的雄心壮志深深打动。肯辛顿学会是一个女权主义讨论小组，围绕受教育权和选举权等妇女权利问题组织活动。

索菲娅和伊莎贝尔的海上航行是一次充满冒险的旅程。“我们被一声高呼唤醒。‘冰山！’我们跑到外面，看到地平线上有一道白色的亮光，清晰可见，就在我们的航行轨迹上。不久，又有一道亮光映入眼帘。”这是索菲娅的第一次海上航行，对她来说，这番景象何其壮观。“船继续前进，向冰山之间冲去——冰山每分钟都在变得更白、更庞大，巨大的白色悬崖从海中耸起，海浪在它们脚下拍击着，化作阵阵水汽——看起来如此强大、狰狞又美丽。”[1]

在波士顿，伊莎贝尔和索菲娅住在著名散文家和诗人拉尔夫·沃尔多·爱默生家中。爱默生是美国超验主义运动的代表人物之一，参与创办了伊丽莎白·布莱克韦尔非常欣赏的《日晷》杂志。[2]

当时，南北战争刚刚结束，美国的社会氛围仍然紧张。索菲娅对人们对英国佬的反感程度感到惊讶。尽管英国官方在冲突中保持中立，但众所周知，英国首相希望美国永远处于分裂状态。[3]在美利坚合众国（即联邦）的封锁下，来自美国南部的原棉供应枯竭，数以千计的英国人失去了棉纺厂的工作。作为报复，英国人为美利坚联盟国（即邦联）修复了许多船只，重创联邦船队。这些行动显然并非中立。

爱默生和他的朋友们在这个问题上显然有很多话要说。当这种讨论出现时，索菲娅尽力保持风度，并指出她所能做的就是不要一脚踢翻桌子。

在这群同伴中，有个女人引起了索菲娅的强烈兴趣，她就是伊丽莎白·皮博迪。皮博迪创办了一所女子学校，最近还开设了美国第一家幼儿园。然而，她尖锐的政治观点在她的小圈子里几乎没有讨论的空间。[4]

索菲娅在波士顿最先要见的人之一就是露西·休厄尔医生，她是推动妇女受教育和从事专门职业权利的积极倡导者。索菲娅家的一个熟人写信介绍她结识露西。当时露西已经是一位医学先驱，三年前，时年 25 岁的她从新英格兰女子医学院毕业。[5]

在整个 19 世纪下半叶，美国有越来越多的女性获得了医学学位，但她们并非像伊丽莎白·布莱克韦尔那样从既定的医学院毕业。这种现象要归功于当时为妇女专门开设的医学院。首先是 1848 年成立的新英格兰女子医学院，其创办者是一名推崇顺势疗法的男医生，他认为由男人接生是不道德的。[6]不久后，宾夕法尼亚州女子医学院于 1850 年成立，创办者是费城的一群进步的贵格会内科医生。[7]

然而，女子医学院颁发的学位并未得到与传统大学的医学学位同样的地位。[8]这些学校的毕业生在很大程度上被视为"非正规"医生。就新英格兰女子医学院而言，这或许是个恰当的评价。费城女子医学院提供了更严格的课程，配备了水平更高的教授，但它仍然没有自己的附属医院，无法让学生定期参加临床实习。

露西额外花了一年在欧洲深造，在伦敦、巴黎、苏黎世、慕尼黑、维也纳和爱丁堡接受外科和实验室分析方面的培训。回到波士顿之后，她到新英格兰妇幼医院[1]当住院医生。这家医院由伊丽莎白·布莱克韦尔的后辈玛丽·扎克热夫斯卡创办。

女性从事教师以外的职业是一件革命性的事情，特别是对

1 从下文可以看出，这里的病人和医务人员都是女性，故 they 都译为"她们"。

一个英国女人来说，于是索菲娅立刻抓住机会，观察露西的工作。因为她们都对促进妇女教育满怀热忱，两人结成了挚友。索菲娅还感觉露西相当有魅力：她有着绸缎般的长发，大大的蓝眼睛，一张娃娃脸简直就像她的个性一样甜美。

索菲娅在医院的医务室见习，并给露西当助手。一天早上，她帮忙检查了 36 名病人。一些病人露面时容光焕发，说她们自从上次就诊后“好多了，医生”。[9] 至于其他人，索菲娅看到她们显然处于痛苦中，“可怜的人们”，她在日记中写道。露西亲切地向每个患者解释治疗方案，表达清晰，口吻坚定。她是一个优雅的年轻女子，身穿漂亮的衣裙，这是个良好的示范，表明这个女人没有在男性主导的职业中牺牲自己的女性特征。

“我无法对你形容，看到休厄尔医生在她的医院里，特别是身处可怜的病人当中，能给人带来怎样的快乐，”索菲娅写信告诉母亲，“显然她就是那个对的人，来对了地方。”[10] 露西活泼的个性并不总能掩盖她的忧郁。“她是一位真正的疗愈者，有着无限的同情心和恻隐之心。她的蓝眼睛有时因为人们的痛苦而充满悲伤，但她又有着如此有力的双手和坚强的意志，即使承受着痛苦也能救死扶伤。”

露西总是邀请索菲娅和她的旅伴伊莎贝尔一同外出，去看戏或是吃冰淇淋，或者在医院里玩一种名为“马金兹”的、刺激的骨牌游戏。

“你不知道对我们来说，能自由进入这家妇女医院工作是一件多么了不起的事情，”索菲娅急切地告诉母亲，“我们总是与学生和医生们一起做些快乐的事情——顺便一提，都是女人。”

由于不习惯美国的高温和潮湿，索菲娅的健康问题在波士顿继续偶尔发作。她时而像条过度兴奋的小狗，时而又像一支快烧完的蜡烛。她可能一心想要跟上新朋友的脚步，而忽略了自己身体的局限。露西很担心索菲娅会过度劳累，建议她用医院的电磁机来治疗她的神经痛。

这类电磁机借助电流有效治疗神经系统和肌肉组织的疾病，包括疼痛、虚弱、非癫痫导致的抽搐、惊厥和痉挛。[11] 电浴[1]也是当时常见的一种治疗方法。当迈克尔·法拉第在 1831 年发现电磁感应之后，这种疗法也得到了改进，以更充分地发挥效力。到 19 世纪中叶，大多数大型医院都有电磁治疗部门。

很快，大型桌面仪器变成了只有鞋盒大小的便携式医疗电池。电池放置于木箱内，与缠绕在铁芯上的导线相连，铁芯上还缠绕着另一根未连接电池的导线。当电路接通时，第一根导线中的直流电就会将铁芯磁化。这类设备使用各种方法在直流电中产生脉冲，从而改变铁芯的磁通量，在第二根导线中产生交流电。根据构造的不同，这些电池有的提供脉冲式直流电，有的提供交流电，还有的两者皆有。

1 电浴，也称电疗，即下文所说的感应电疗法。

感应电疗法（又名法拉第疗法）每周进行几次。全身感应电疗法用于治疗系统性疾病，患者把脚放在电极平台上，同时用一根电极棒扫过身体，每次治疗持续10分钟至20分钟。而局部感应电疗法用于缓解特定位置的疾病（如偏头痛），每次治疗时间仅几分钟。很快，医用电池开始面向公众销售。大多数医疗专业人士对此感到气愤，他们不放心让未经训练的人来操作这种设备。

在观察几周后，露西宣布索菲娅"身心俱疲"，建议她去山里度假，直到热浪退去。[12]

索菲娅在新罕布什尔州白山附近的西康普顿逗留了一段时间，然后开始考察各所欢迎女性的美国大学，如俄亥俄州的安迪亚克学院和欧柏林学院、密歇根州的希尔斯代尔学院，还有密苏里州的玛丽学院。为了了解妇女教育的最佳实践，她拜访了各个领域的女学者，如天文学家玛丽亚·米切尔和退休数学教授柳克丽霞·克罗克。她还走访了各所公立学校。

随后，索菲娅回到波士顿。但伊莎贝尔没有一同回来，她已经决定入读她们到访过的一所大学。露西在医院名下的一所小房子里为索菲娅安排了一个房间，还为她提供了职位，负责文秘和会计工作。

"住在这个复古又舒适的地方，身处这个崭新的工作环境当中，我简直满足到了极点，感觉自己几乎别的什么都不需要了，"索菲娅向母亲报告，"我已经准备好接过我觉得可以胜任的工作，如果我不能胜任，也不会有任何压力。"[13]

“听到你的工作如此充实而愉快，而且感觉还不错，我真的很高兴，不过我担心我的小家伙有时候有点太拼了。”[14]她的母亲回复道。

这所医院拥有一群勤奋工作的女员工，索菲娅的到来为这个团体锦上添花。在她搬进来的第二天，负责分发药品的学生突然被叫走了。与此同时，医院里还收进了一大批棘手的病人。索菲娅兴高采烈地自愿填补了这个空缺。她是个真正的多面手，最后充当了药剂师、总秘书和病历管理员，甚至偶尔还当当牧师。没过多久，人人都知道了这位女士，她正在帮助医生处理“医院报告中的海量数据”。[15]

索菲娅陪同医生进行早上 7 点的查房，记下每个病人需要的食物和药物。[16]接下来，她要准备所有住院病人的药物，并检查库存，看看药房需要订购哪些药品。每周一和周四上午 10 点，当露西在药房值班时，索菲娅就在一旁帮忙拿药。露西开处方有多快，她就拿得有多快。

医院的候诊室里总有六七十个病人。每当索菲娅从里屋走出来，总有急切的病人拉住她，想知道休厄尔医生什么时候能接待她们。当下午 1 点的用餐铃声响起时，索菲娅往往还没有完成工作。

“这种医院生活太迷人了。如此忙碌，如此简单，如此古朴，如此有趣！我每天都在越来越充分地融入其中，发现越来越多的我可以填补的空缺。”索菲娅告诉母亲，“能为这群人带来一些帮助，我感到极大的慰藉，她们现在都忙得不可开交。”[17]她很喜欢学习配药，尽管她在医生的指导下为自己开出的处方“宝贵又恶心！”。

在医院的这段经历使索菲娅确信，人们需要更多的女医生，这点无可争议。一次又一次，当病人被问及为什么没有早些寻求治疗时，她们回答说：“噢，我不能拿这种问题去问一个男人，而且我直到现在才知道还有女士在做这种工作。”还有人感叹道：“真好，终于可以向女士们询问这种事情了！”[18]

一周又一周过去了，索菲娅看到，在女医生值班的四天里，贫穷的妇女大量拥进医院；而在男医生值班的两天里，只有少数妇女顺路来看病。这当然只是片面证据，但她仍然觉得足以说明问题。

“我认为任何一个人只要在这家医院度过两个早晨，都会对女医生的巨大优势深信不疑。”[19]索菲娅思索着。

那些想成为医生的妇女经常被告知没有对她们的需求。索菲娅推断，这可能是因为人们往往不会想到去要求原本不存在的东西。“我相信，实际上有大量的工作在等着她们；妇女正承受着大量的痛苦，而男性医务人员对此不以为意；除非有足够数量的妇女做好准备，开始为需要她们的同性提供医疗服务，否则这些痛苦将始终无法得到缓解。”[20]

许多女性疾病被认为是由子宫本身、怀孕和月经引起的，这些因素使女性屈从于生殖系统的摆布。这类理论源于古希腊时期，当时人们认为每个人体内都有一个生物，驱使他们寻求性交。[21]对女性来说，这种生物就是她们的子宫。子宫不仅想要性交，它还渴望精液，只有在怀孕时才能得到充分的满足。

如果子宫太久没有怀上孩子，它就会变得无所事事，开始在整个身体内游荡。古希腊理论认为这可能会导致各种问题。子宫可能会阻碍女性的呼吸，导致剧烈咳嗽，或是钻进胸腔，引发胸痛和心悸。

子宫的希腊语是 hystera，这个理论最终创造了一种笼统的疾病，适用于任何医生无法诊断的女性，那就是歇斯底里（hysteria，又名癔症）。没过多久，这个术语就成了扣在每个不驯顺的女人头上的帽子。[22]

到了维多利亚时代，一个女人的全部天性，包括个性、智力和体能，都被认为由子宫的奇思妙想所控制。[23]将子宫病理化，促使妇女被排除在各个公共领域（包括职业、高等教育、政治、体育，以及男性想要独占的任何领域）之外。厌女症和性别歧视现在披上了一层闪亮的“科学”外衣。拥有子宫意味着容易出现疯狂的歇斯底里和可怕的忧郁症。甚至有人说，如果一个女人乘坐的火车时速超过 50 英里，她的子宫就会飞出体外！[24]

实际上，导致妇女频繁生病的子宫问题往往源于这种错误的科学——营养不良，过于紧绷或厚重的衣服，频繁怀孕，以及恶劣的工作条件。[25]纺织女工患上了棉尘肺，缝纫女工患上了脊柱疾病，销售员得了静脉曲张。失控的重型机械足以削掉头皮，重创双手。家庭生活中的虐待也对妇女的情感和身体造成了伤害。

索菲娅看到女医生在医疗领域，尤其在妇女疾病方面将大有可为，她表达了富有远见的设想：有朝一日，当妇女终于大量进入科学领域，她们的观察和发现将为医学科学带来巨大的进步。

这个观点或许不算普遍，但索菲娅并不孤单。在两年前发表的一篇文章中，生于布赖顿的爱德华·蒂尔特医生指出："对妇女疾病的认识之所以进展甚微，主要是因为一种顽固不化的观念——只有一种性别才有资格接受教育，拥有足够的心智能力，来研究和治疗另一种性别所承受的疾病。"[26] 如果有了女医生，医学就能更好地理解和认识妇女疾病，从而为女性提供更好的治疗，改善她们的健康。

有生之年，索菲娅将见证妇女健康的总体状况得到巨大的改善——这要归功于女医生和女科学家，她们挑战了认为女性天生虚弱的观念和对女性疾病病因的旧有认识。随着女权活动家推动落实更安全的工作条件，推广更实用的服装，女医生也开始向妇女和女孩传授正确的卫生、营养和运动知识。

那年圣诞节，医院里充满了欢乐的气氛。露西为所有员工的房间布置了节日装饰，而索菲娅给所有的病房装饰了冬青，以消除节日住院的凄楚气氛。那段时间，医院里出现了分娩高峰，有四个婴儿在平安夜和圣诞节出生。按照惯例，露西为新妈妈们安排了"清淡饮食"——与圣诞大餐截然不同。

“好吧，我想生下宝宝的快乐抵得上少吃一顿大餐，不是吗？”[27]索菲娅欢快地对新妈妈们说，试图安慰她们。

“哼！”一位母亲回答，“吃顿好饭对穷人来说更有价值！”索菲娅当时被这句话吓了一跳，后来她才意识到，这个女人其实说得也没错。贫困的残酷现实突然展现在索菲娅眼前，而受到贫困冲击最为严重的就是工人阶级妇女。

索菲娅目睹的另一件更加令人震惊的事情就是遗弃儿童。她告诉母亲：“有两个在这里出生的婴儿，在母亲出院的第二天就被人发现遗弃在街头。”在19世纪的美国，杀婴和弃婴比许多人意识到的更普遍。[28]大多数被遗弃的婴儿被认为是私生子，但实际情况不一定是这样。贫困才是最常见的原因，对单身或已婚的母亲都是如此。意外怀孕也是由较险恶的环境引起的。当用人的妇女往往住在雇主家里，因而容易受到主人家的性虐待。如果这些妇女想保住她们的工作，就无法求助。

随着堕胎越来越被视为不道德行为，开支也越来越昂贵，妇女越来越难获得堕胎服务，意外怀孕越来越多。当体液理论仍然盛行的时候，“恢复月经”被视为一种恢复身体平衡的自然过程。[29]而伴随着医疗的科学化，男医生渴望掌控女性的身体，将怀孕和生殖健康的其他方面纳入医疗的管控中。女性比以往任何时候都更需要能够应对这些健康问题的女医生。

在妇女医院与女医生并肩工作了这么长时间后，索菲娅很快意识到，医学正在俘获她的心。她想要建立女子学校的热情开始消退。她感到这个转折实在是出人意料。

“我发现我已经深深爱上了医学，将它视为一门科学、一种艺术，这种热爱达到了我无法相信的程度，”她对母亲透露，“过去我总是把许多恶心又讨厌的东西与它联系在一起，但我发现，在和医学的密切接触中，人真的会丢掉所有这些感觉。我发现自己每天都会在心里说十几次，要不是我此前决心将生命献给另一项事业，我就马上去当个医生。”[30]

索菲娅表示有意留在波士顿，直到掌握足够的医学知识，能缓解母亲的慢性疼痛。她想象着与露西并肩行医的美好生活。医学让她着迷，而且她认为这是一份好工作。她试图说服自己做出这一飞跃性的承诺。“但伊丽莎白·加勒特会不会反对？”[31]她思忖着。莉齐从未想过她那心直口快、性情鲁莽的朋友会想成为医生。她可能会树立一个多么糟糕的榜样啊！

于是索菲娅首先向她的朋友露西倾诉。“如果你觉得自己能当医生，并且也想做这件事，你就该去做。”[32]露西实事求是地告诉她。

第二年夏天，索菲娅回英国逗留，看望父母，并就她的新职业计划征求意见。出人意料的是，索菲娅的母亲大力支持，只说她希望医学教育不会使索菲娅的大脑陷入混乱。朋友们总体上表示支持，但一个朋友告诉她，她们认为未婚女性获得这种知识是“不得体的”。

“大多数人远比我想象的要更赞成我去学医，”索菲娅告诉自己，但她对莉齐的直觉判断是正确的，“除了加勒特小姐，她认为我不是特别适合。”[33]谁来劝阻她都无所谓，唯有莉齐不行，毕竟她为帮助莉齐学医做了那么多事情！莉齐的批评肯定很刺耳，尽管她的出发点是好的，她不希望索菲娅因失败而心碎。莉齐认为索菲娅的脾气让她很不适合做医学的开拓者。

索菲娅至少得到了露西的认可。露西在波士顿忙着为索菲娅的回归做准备。“我对我的业务增长感到相当满意，如果它在未来两年保持这样的势头，我们就能买一栋好房子，过上有格调的生活，”露西给索菲娅写信说，“我无法告诉你，我在期待我们的居家生活中得到了多少乐趣。当我累得什么都做不了的时候，我就躺在沙发上，计划啊，计划啊，想着我们将来要度过多么美好的时光，这令我开心至极。”[34]

索菲娅和露西关系的性质并不明确，她们之间的互动没有像索菲娅和奥克塔维娅之间的激情之吻那样留下明确的记录。但她们的信件往来流露出深厚的关怀、令人难以置信的亲密友谊，以及双方对共同规划生活的兴趣。不止一名历史学家断言，露西和索菲娅之间确实产生了浪漫关系。[35]无论真相如何，露西一生未婚。

两个独立女性选择共同生活的情况越来越普遍，这被称为“波士顿婚姻”。[36]这种模式正适合那些对婚姻和生儿育女之外的生活感兴趣的妇女，她们追求自己的事业，享受经济独立。和其他女性发展浪漫关系的兴趣可能是这些愿望当中的一项，也可能不是。这样的生活规划可能是出于爱，也可能是为了找个室友来分担生活开支和家务，以及互相陪伴。事实上，室友之间也可能发展出爱情。

一些已婚妇女还寻求与其他女性发生亲密关系，以填补丈夫在情感或性方面留下的空白。由于妇女被排除在公共生活之外，她们在与世隔绝的私人生活中被吸引到一起是合情合理的。"波士顿婚姻"和妇女的婚外浪漫友谊被普遍接受，因为这些关系被认为是无性的，直到20世纪20年代前后，舆论才有所改变。

索菲娅回到波士顿，认真地准备开始学习，报名参加了新英格兰女子医学院的解剖学课程。很快，她就对这门课的质量感到不满，决定申请去哈佛大学学医。

"原则上，我不打算从任何一所女子学院毕业。"[37]索菲娅告诉露西。她要像一个男人那样获得严格的教育。露西读的就是女子医学院，希望她不会对这番言论感到不快。

索菲娅并非第一个申请哈佛大学的女性。当波士顿的替代医学专家哈丽奥特·亨特听说伊丽莎白·布莱克韦尔被杰尼瓦医学院录取时，她受到启发，匆忙向哈佛大学递交了申请。亨特已经42岁了，尽管她花了12年的时间，把诊所经营得有声有色，但她仍然希望获得学位，使她的专业技能得到认可。哈佛大学对她的录取申请表示遗憾，认为录取她是"不明智的"。教师们担心"一旦有女生出现"，男生们就会转到耶鲁大学。[38]

两年后，哈丽奥特再次尝试。这一次她获准购买门票进入课堂，但高年级学生提出了书面抗议，导致她很快就失去了这一特权。书面抗议称："没有一个真正有修养的妇女愿意与男子共处一室，旁听在学习医学过程中会遇到的问题。我们反对强迫我们与任何女性为伴。”接下来，哈佛大学一直执行禁止女学生入学的政策，直到 1945 年。

在哈丽奥特提出申请多年后，学校对索菲娅的申请给出了简明扼要的答复：“大学各个系均未对妇女教育做出规定。”[39]

索菲娅并不愿意就此放弃。她开始接触哈佛大学的教授，希望能说服他们改变这种状况。在这些会面中，索菲娅还结识了麻省总医院的几位医生，他们邀请她参加临床培训。她还继续和露西一起在妇女医院工作。

1868 年 1 月，索菲娅再次向哈佛大学提出申请。这一次她详细说明了自己为期一年的临床经验，并强调学校没有不得录取她的专门规章。但校方仍未改变最初的决定。她担心自己可能不得不进入某个女子医学院，获得一个可怜的赝品医学学位。

索菲娅并不是唯一对这些女子学校感到不满的人。伊丽莎白·布莱克韦尔正在努力工作，计划在波士顿以南 200 英里的纽约创办自己的女子医学院。她确信，她这所学校的水平要高得多。

第七章　美国第一位女医生披荆斩棘

如果伊丽莎白·布莱克韦尔以为，一旦实现了正式获得医学博士学位的目标，她的人生就将一帆风顺，那她可就大错特错了。身为美国仅有的几名执业女医生之一，她在努力开创事业的过程中遭遇了越来越多的偏见。首先是人们对她的医学学位的反应。1849 年 2 月 21 日，《波士顿医学和外科杂志》刊登了一封致编辑的信，信中宣称布莱克韦尔的毕业典礼是“一场闹剧”，妇女进入这个行业简直“大逆不道”，她显然配不上这个职位。这封信的作者恳求医学界，要让她这个前无古人的成就后无来者。[1]

人们普遍认为，伊丽莎白偏离了社会为妇女划出的活动领域，这样做相当于在禁忌的道路上寻找桂冠，玷污了她的性别，违背了上帝的法则。马萨诸塞医学院的一名教授表示，一个女人竟能“经历我们在研习医学中必须遇到的一切，而不玷污她的女性心灵脆弱的表面，甚至很难想象那个表面怎能映照出粗俗之物而不受损伤”，这简直不可思议。他还表示：“内科医生和外科医生的工作都需要那些男人特有的品质。”[2]

但并非所有人都反对这一创举。许多人指出，助产士大多是女性，她们应该获得更多的医学教育。不过，很少有人愿意宣称妇女可以进入医学的各个领域。大多数男医生承认妇女可以接生，但仅限于此。

伊丽莎白就读的杰尼瓦医学院也因为接受女性入学并允许她毕业，受到了公众的批评和医疗系统的指责。该校决定禁止其他女学生入学，以避免造成更多的负面影响。作为全国唯一一所曾经录取女性的医学院，它现在已经不再考虑这个诉求了。如果妇女想要学医，她们必须创办自己的学校。

总之，无论医疗系统能不能接受，伊丽莎白·布莱克韦尔已经完成了这个不可能的任务。有关女医生的新闻实在是令人震惊，甚至越过大西洋，传到了她的祖国。英国讽刺杂志《笨拙》发表了一首诗来纪念这一事件：

天南地北的年轻女士们，
你们把时间全部花在
阅读小说或编织上，
你们最擅长的不过是玩乐，
唱歌，跳舞，或者用法语闲聊，
想想那位模范，杰出的
布莱克韦尔小姐，为她祈祷！[3]

在以优异成绩毕业后，伊丽莎白听从医学导师们的建议，前往巴黎深造。随着勒内·雷奈克在1816年发明听诊器，巴黎成了医学创新的热点。[4]这座城市诞生了外科、病理学和精神病学等领域的许多医学进步，并最终传播到世界各地。在巴黎接受培训就是站在了医学的最前沿。[5]在1820年至1860年间，大约有700名美国医生在法国学习，其中包括布莱克韦尔医生。她复习了一下法语，于1849年6月启程前往法国。

伊丽莎白曾希望学习外科，但她发现最容易获得机会的地方是巴黎产科医院。在这里，伊丽莎白学到了管理妇女医院的宝贵经验。抵达这家医院没几天，她就受命负责管理六间病房，工作时间是早上8点到晚上8点。[6]在她“休息”的日子里，她要巡视婴儿房，进行常规查房，并跟进她关切的病人的情况；授课在她到达后一个月才开始，但一旦开始上课，课程每天要占用四五个小时。

在巴黎产科医院，伊丽莎白与大约50名不同年龄的妇女一起工作，她们都在学习助产术。伊丽莎白描述，在清晨与首席助产士一起查房时，这群人“因工作繁忙而精神抖擞，但大多打扮得仓促，戴着小白帽，系着彩色手帕，较不讲究的人穿着短工装上衣[1]；她们的脸被太阳晒成褐色，手因辛勤工作而发红，但所有人都脾气温和，随时都能说出暖心的话语，黑眼睛闪烁着生命的光芒”。伊丽莎白第一次接触其他雄心勃勃的妇

---

1 “短工装上衣”的原文是bedgown，为当时流行的工作女装。

女，她们同样在追求医学科学的教育。也许在近距离观察这些女性之后，她对自己同性群体的严厉批评有所缓和。

并且，她在巴黎差一点邂逅浪漫爱情。伊波利特·布洛是一名年轻的法国医生，在该机构实习。伊丽莎白认为他英俊、威风、机智、雄心勃勃，但脾气火爆。

每周二下午 1 点，布洛为新生儿接种疫苗。伊丽莎白坐在他旁边的靠窗位置，看着他用刀片给每个婴儿接种。“一个又一个婴儿经受着学生们[1]笨拙的操作，感到极其不快。这些婴儿被包在粗糙的襁褓里，难看得很，”伊丽莎白描述，“他们简直跟木乃伊一样，但合起来就能上演一场可怕的音乐会。”[7]

当伊丽莎白向布洛询问有关接种操作的问题时，他会一心关注着婴儿，脸色绯红，用手捋着头发——“这个动作看起来非常不像法国人”。

“我想他要么很年轻，要么就是很怕我，因为他从来不敢直视我；当我跟他说话的时候，他显得局促不安，使我不太好意思打搅他。”[8]伊丽莎白记录道。

布洛不仅让学生们陪同他查房，还把他的显微镜带到学生医务室，向她们展示各种标本，如皮肤表面扁平的鳞状上皮细胞，呼吸道内毛发一样的纤毛上皮细胞。

到了 8 月，布洛终于鼓起勇气，请求伊丽莎白教他英语。在他提出这个请求后，她腼腆地承认：“我喜欢他，我希望我

1 “学生们”原文为法语。

们可以走得更近一点。”

在伊丽莎白即将离开巴黎时，她和布洛确实走得更近了，却不是以她希望的方式。11 月 4 日周日，伊丽莎白用装满水的注射器为一个新生儿清洗眼部，婴儿的这个部位在分娩时从母亲身上感染了淋病病菌。这时候，有水溅到了伊丽莎白自己的眼睛里。在这一天剩下的时间里，她感觉眼睛里痒痒的，仿佛进了沙子。到了晚上，她的眼皮肿得老高，次日早上便结了一层痂。[9]

布洛确认她从婴儿那里感染了眼炎。及时治疗对于康复至关重要。布洛让她躺在床上，全心全意地照顾她。他烧灼她的眼皮，在上面涂抹颠茄药膏，敷上用黑芥末子粉末制成的膏药。他在她的太阳穴上用水蛭放血，在她的额头上冷敷，贴上鸦片。他还给她泡脚，让她服用清热解毒药。

每隔一小时，他就用注射器为她冲洗眼睛。她的食物只有清汤。在三天的时间里，光亮逐渐从她的左眼中退去。最后，医生小心翼翼地揭开覆盖在她瞳孔上的薄膜，留下的只有一片黑暗。她的左眼永久失明了。伊丽莎白闭着眼睛在床上躺了三周，直到她的右眼逐渐能够睁开。布洛的精心照料挽救了这只眼睛的视力。直到 1881 年，人们才发现为感染淋病的婴儿保住视力的有效药物——一种硝酸银溶液。[10]

当伊丽莎白最终离开巴黎时，她说她会非常想念布洛，因为他们之间有“最深切的共鸣”，但她冷静地提醒自己，“改革者的生活并非一座玫瑰园”。[11] 虽然她一直希望有朝一日能找到完美伴侣，但她当初从医的动力之一就是为了摆脱男性对她的强烈吸引力。

在返回纽约途中，伊丽莎白顺路去了发明水疗法的德国度假胜地。她想亲自体验一下“水疗”，这是当时日益流行的一种医疗手段。她看到传统医学常常让病人失望，因而对替代疗法的疗效持开放态度。她住进一座庞大农舍中的一个狭小房间，洗了冷水澡，喝了无数杯水，裹着湿绷带休息，并赤脚爬山。[12]这一切并未打动她：湿布擦浴使她的手指发麻，“坐浴”使她腹部绞痛，湿绷带扰乱了她的消化功能。最糟糕的是与其他客人打交道的过程，他们大多是伯爵、男爵和公主，这令伊丽莎白很失望。

一次眼病复发打乱了伊丽莎白的计划，她回到巴黎，找到了她信任的一位外科医生。他告诉她，那只失明的眼睛必须通过手术摘除眼球。她可以佩戴玻璃义眼，但她的视力已经永久受损，这意味着她永远无法成为外科医生了。

伊丽莎白没有返回纽约，而是再次前往伦敦，到圣巴塞洛缪医院进行短期实践学习。在伦敦，伊丽莎白终于找到了一群使她充满活力的聪明朋友。伊丽莎白原以为自己根本就不热衷于社交，因为她痛恨闲聊和八卦。除了少数人，她感到大多数女性头脑空空，乏味无聊，不适宜陪伴在旁。现在，她意识到她只是还没有遇到合适的人。很快，她的日程表上就填满了社交活动，参加活动的都是志同道合、充满好奇、受过教育、思想进步、投身科学的人。她惊讶地发现，自己全然享受这样的社交对话。

正是在这段时间，她认识了兰厄姆广场的女权主义者贝茜·雷纳·帕克斯和芭芭拉·利·史密斯。她在她们的社交圈里度过了许多个夜晚和周末。伊丽莎白还遇到了当时伦敦最耀眼的明星们。与她来往的小圈子里还有著名物理学家迈克尔·法拉第、天文学家约翰·赫歇尔和他的妻子玛格丽特、作家和艺术史学家安娜·詹姆森，以及拜伦勋爵的夫人安娜贝拉。

伊丽莎白还遇到了芭芭拉的表妹弗洛伦丝·南丁格尔，两人很快成了朋友。当时，弗洛伦丝认为她将无所事事地生活在父母家中，等待一个丈夫将她带走，这样的前景令她感到窒息。在一个美丽的四月天，她们在南丁格尔家位于恩布利公园的大型越冬庄园里散步，盛开的月桂树清新的气味笼罩着她们。

“你知道当我看着那排窗户的时候，我都在想什么吗？”弗洛伦丝问伊丽莎白，此时她们正漫步在草坪上，经过家族大宅气派的画室。“我在想，我要怎么把它变成一间病房，要怎么摆放那些病床！要是能和你一起工作，我一定会很开心的，我才不想要什么丈夫！”[13]

短短几年后，弗洛伦丝就因在克里米亚战争期间的护理工作而闻名于世，她带领一群护士大大改善了医院卫生条件，挽救了数百人的生命。弗洛伦丝通过观察，提出改革建议，影响了全世界医院的运作方式。[14]

弗洛伦丝和伊丽莎白有很多相似之处。两人共同的朋友评论说："她们的年龄相差不过几个月，有着同样的使命感和强烈的宗教情感，这为她们所有的工作奠定了基础；她们都感觉自己必须做点什么，而且最终去都做了，从而提高了妇女职业的标准；一旦得到了做这件事的权力，她们都在自己选定的任务中感到强烈的喜悦和满足。"[15]

伊丽莎白在英国的最后一天是和弗洛伦丝一起度过的，分别时两人都流了很多眼泪。后来，当伊丽莎白返回英国进行巡回演说时，她希望让弗洛伦丝协助她在英国办一家健康疗养院，而弗洛伦丝想让伊丽莎白为她希望创办的护士学校担任校长。两人都不愿意为对方放弃自己的梦想。尽管她们有很多共同的理念，但弗洛伦丝认为妇女应该满足于做护士，而不是艰苦拼出一条路，进入医学院，成为医生。这个矛盾令两个女人产生了过节，她们的友谊从未完全修复。

伊丽莎白的欧洲之旅终于结束了，她在闷热的 1851 年 8 月回到了纽约。她手握正规医学院的学位，还在美国和国外的医院拥有相当长的工作经验，任何诊所都会为拥有天才的布莱克韦尔医生而感到幸运。然而，她寻找医生职位的最初尝试彻底失败了。她在全市范围内申请职位，没有人愿意雇用她。她决定单打独斗，自己开办诊所。但这件事情也是说起来容易，做起来难。

当她联系纽约的各个房东，了解他们公开招租的办公场所时，她再次遭到了拒绝。他们担心这个"女医生"会私下给人堕胎，不希望这种事情发生在自己的地盘上。

当时，堕胎医生会大肆宣传他们其他的手术或医疗服务，为真正的服务打幌子。1839 年 3 月 18 日，臭名昭著的雷斯特尔夫人[1]在纽约《太阳报》上刊登了她的第一条广告，提出了这个尖锐的问题："既然我们拥有简便易行、卫生可靠的补救措施，那么父母不顾自身受到的影响，也不顾他们后代的福祉，而坚持为家庭添丁，这样做是否道德？"[16]

通俗小说家开始大肆渲染女医生贪婪、邪恶的形象，而且往往将她们设定为外国女人，一心想要为不幸的美国白人妇女做堕胎手术。这些主题最终进入了主流文化。在伊迪丝·沃顿的小说《夏天》中，年轻、贫穷的白人女主角拜访了一名富有的德国堕胎医生，尽管她改变了主意，但医生仍然向她收取费用。[17]

伊丽莎白最终在大学广场找到了居住和开业的地方，甚至附带一座小小的温室。"我喜欢这个房间，它有种令人愉快的幽暗气氛。"[18]伊丽莎白称。尽管这名女房东也像其他的房东一样，担心伊丽莎白做的事情见不得光，却还是把房子租给了她。这个女人没有把伊丽莎白拒之门外，但向她收取高昂的租金，而且经常在不知会她的情况下把病人打发走。

进步媒体《纽约论坛报》的编辑霍勒斯·格里利发文称赞伊丽莎白的成就，并祝贺她的诊所开张大吉。[19]但只有零

1 本名安·洛曼。——作者注

星的病人上门。伊丽莎白经历了持续的焦虑，她担心无法赚到足够的钱来养活自己，最终无法在她选择的职业道路上获得尊重。由于缺少病人，她不得不细心规划食物和煤炭的用量。

“在纽约生活的头七年非常困难，尽管工作在稳定地走着上坡路。总是要过好久，才有一个病人来找我求诊，”她回忆说，“我在起步阶段遇到了严峻的困难和考验。”[20]

更糟糕的是，她频繁遭遇流言蜚语、无礼的来信和“没规矩的男人令人不快的打扰”。[21]这些男人经常在伊丽莎白深夜到病人家中出诊时向她求欢。

伊丽莎白申请去城里的大型慈善药房工作，却遭到了拒绝。慈善药房相当于门诊诊所，为穷人和工人阶级免费提供药品、医疗服务和建议，或仅收取象征性的费用。许多医生希望，如果他们在人们需要的时候提供帮助，那么一旦这些病人发迹，就能成为他们私人诊所的付费病人。当时人们相信贫困是暂时的，情况可以逆转。

也许在伦敦找到这么好的朋友后，她对在纽约缺乏社交生活的感觉更加强烈。“我没有医疗上的伙伴，这个行业氛围冷漠，社会不信任创新。除崇高的目标外，没有任何支持，要在社会上各种各样的反对声中生活，这很难。”[22]她承认。她向妹妹埃米莉倾诉：“医疗事业上的孤独有时真的很可怕；如果能找到一个受过教育的女人，我应该感谢她。”[23]

这时候，埃米莉已经在追随姐姐的脚步，致力于成为医生了。到目前为止，她的脚步有点快，已经被 11 所医学院拒之门外。她一直在接受辛辛那提医学院的解剖演示老师的私人指导。就像伊丽莎白一样，她通过当学校教师来积攒读医学院的钱。

“噢，我要跳出那一潭死水，去寻找生活！”埃米莉哀叹，“我是如此强烈地渴望着自由、行动、生活和真理！”[24]即使看到了姐姐在成为医生的道路上必经的所有困难，埃米莉仍然在寻求自由和智性的挑战，这正是当初激励伊丽莎白成为医生的原因。尽管一再遭到拒绝，但埃米莉还是继续向医学院提出申请。

在回到纽约后的很长一段时间里，伊丽莎白继续与她在英国和法国结识的许多朋友定期通信。这是让她在那个黑暗时期坚持下去的仅有的动力之一。在她苦苦寻找职业伙伴的时候，是他们的支持和鼓励支撑着她。伊丽莎白还想念欧洲的花朵，她写信告诉当时住在巴黎的姐姐安娜：“为我多嗅嗅紫罗兰，把我的爱献给雏菊。”1[25]

那年冬天，伊丽莎白确实找到了一名职业伙伴，尽管这个朋友同样离得很远，她就是安·普雷斯顿。这名女子身材娇小却精力旺盛，已经在新成立的宾夕法尼亚女子医学院学习了大约一年时间，事实上，她是学院的第一届学生。（她后来还成了这里的第一位女院长。）安有着炯炯有神的眼睛和尖尖的鼻

---

1 在美国，紫罗兰没有香味，雏菊也不流行，仅有少数地方将雏菊作为外来植物培育。——作者注

子，在拘谨的外表之下，她是一名精力充沛的贵格会教徒，将宽容的态度付诸行动。她不仅善于护理病人，还是一位作家和解放奴隶的活动家，帮助曾经被奴役的黑人逃到安全的地方。

在一个格外阴沉的大雪天，安从费城赶来拜访伊丽莎白。她身上散发着惊人的热情，讲述了她如何帮助建起这所女子医学院。

“那位娇弱的女士在狂风暴雪中来到我身边，她就是成功的预兆。”[26]伊丽莎白称。和大多数刚刚走上这段旅途的人相比，安具备独特的乐观能量，这种冲击使伊丽莎白重新振作起来。

伊丽莎白比安年轻八岁，但她的身上早已失去了这股特殊的能量。在多年争取受教育和执业的斗争中，她的精神已经被缓慢地一步步消磨殆尽。现在，有人提醒她，她并不孤单。她经历的所有的磨难和痛苦都不是徒劳，其他人正渴望她做出榜样，指明方向。当她孤军奋战时，她很容易忘记自己的成就——她已经完成了学业，并最终拥有了自己的事业。安的友情提醒她要打开格局，为了让更多的妇女加入她们的行列，成为医疗专业人士而战斗。

第八章　改变从每一名病人开始

为了给私人诊所招揽生意，或许也为了在同行当中树立威信，伊丽莎白在一所教堂的地下室里举办了一系列讲座，主题为“生命法则”和女孩身体健康教育。[1]参加讲座是维多利亚时代的中上阶层妇女中流行的一种消遣。伊丽莎白在讲座上提出了她的整体哲学：既要照顾灵魂，也要照顾身体。她认为，只有身体、智力、情感和精神方面的需求都得到满足，一个人才能获得健康。她解释说，健康状况不佳的原因可能包括饮食不当、无所事事、缺乏运动或智力上的刺激。

强调女孩智性追求的重要性已经是对传统的蔑视，但伊丽莎白最激进的处方还在后面。她告诉聚集的人群，应当教导女孩了解她们的身体如何运作；应当鼓励她们像同龄男孩一样参与激烈的体育活动，如跑步和攀爬；她们还应推迟结婚年龄，以尽可能地推迟生育对身体造成的负担。当时女性的平均结婚年龄约为 23 岁。

伊丽莎白说，除非锻炼能够“像阅读一样进入儿童常规教育”，否则她不会感到满意。聆听伊丽莎白演讲的人们大多是富裕的贵格会妇女。[2]讲座的目的实现了：许多听众把家人带来，请她看病。她还将讲座内容整理出版。伊丽莎白接生的第一个婴儿就来自率先聘请她担任家庭医生的贵格会家庭。[1]

然而，伊丽莎白的同行仍然迟迟不愿意与她交流讨论。直到将近一年后，他们中才有人响应她的号召。那时她怀疑一名老年妇女患有严重的肺炎，需要征求其他医生的意见，于是叫来了一位知名医生，他曾经在辛辛那提照顾她生病的父亲。在对病人进行检查后，医生把伊丽莎白领到客厅。

“真不一般！”他一边发出感叹，一边在房间里激动地踱步，“我从来没碰到过这样的事情，我真的不知道该怎么办。”[3]

伊丽莎白对他的判断既惊讶又困惑。她认为这是一个再明显不过的肺炎病例，只是希望他能够确认自己的诊断和治疗方案。这位医生随后解释说，他的困惑与病人无关，而完全是因为他竟然在和一位女医生讨论这个病例。

伊丽莎白感到既好笑又欣慰。她告诉他，这只是一次友好的谈话，而不是正式的咨询。他终于放松下来，告诉她自己对治疗方法的建议。当时治疗肺炎的典型方法包括通过水蛭或切口放血，还有拔罐，即把加热的玻璃杯放在皮肤上，以形成真空，弄破皮下血管。也可以使用“火汞”[2]。[4]伊丽莎白的老年

1 这个女婴后来也成了医生。——作者注

2 火汞，一种含汞药剂。

患者后来完全康复了。

那年夏天，埃米莉来到纽约，与伊丽莎白同住，当时两人已经四年没有见面了。埃米莉有些紧张，因为伊丽莎白性格争强好胜，两人偶尔会发生摩擦。令人高兴的是，埃米莉发现伊丽莎白随着年龄的增长变得成熟起来，不像她记忆中那么吹毛求疵了。而伊丽莎白认为，没有什么能比和妹妹重聚的那一周更加令人激动。[5]

再一次，伊丽莎白拒绝美化事物，她警告她的小妹妹成为女医生意味着要面对怎样的未来。“女医生在社交和职业上面临不可逾越的障碍，这会令她陷入痛苦的孤独处境，使她无法得到支持、尊重或专业咨询服务。”[6]这一警告究竟是出于嫉妒，害怕聪明的妹妹掩盖了她的光芒，还是出于真正的姐妹之情，我们不得而知。但无论她的意图如何，这番描述似乎概括了伊丽莎白在纽约的经历。

埃米莉样貌俊俏，有着一头红发和秀丽的五官，嗓音低沉而平和。她高个子，宽肩膀，引人注目又富有威严。尽管埃米莉非常害羞，但每当她走进一个房间，所有的目光都会集中在她身上。当她在房间里讲话的时候，你都能听到一根针掉在地上的声音。她从幼年起就怀有好奇之心，会在她家的阁楼上做科学实验。她还对鸟类和植物了如指掌，简直就像一部百科全书。[7]

在《纽约论坛报》编辑霍勒斯·格里利的帮助下，埃米莉获准每天进入贝尔维尤医院的病房巡视。那年 11 月，埃米莉终于成为拉什医学院录取的第一位女性，学校位于芝加哥。在两个学期之间，她回到纽约协助伊丽莎白，并再次拜访了贝尔维尤医院。

到了夏末，伊丽莎白的业务已经走上正轨，每周能接待 3 个病人，赚到 25 美元。但她还是希望业务能发展得更快一点。她还想做更多的事情来帮助纽约的穷人，她知道他们正遭受着巨大的痛苦。于是在 1853 年，她再次申请进入纽约慈善药房。这一次，他们更加直截了当地拒绝了她，称一个女医生“无法促进该机构的和谐工作”。伊丽莎白再次遭遇了来自现有慈善药房的歧视，她决定自己开一间。

埃米莉所就读大学的一名内科医生就如何开设慈善药房提供了建议。主要的困难是如何消除人们对女医生开设的机构持有的怀疑。他建议她寻找有影响力的男性担任受托人和顾问医生，到贫困地区开业，以及如果能筹集到充足的资金，就免费提供药物。

她认真采纳了他的全部建议。她找到了 17 名愿意担任受托人的男性，其中包括霍勒斯·格里利，另有 4 人同意担任顾问医生。她还在曼哈顿汤普金斯广场附近的贫困地区找到了可以租用的空间，位于人称“小德国”的东村。她新近结识了一批富有的贵格会女士，不止一个朋友积极协助，采购药品、医用屏风和其他必需设备。

1854 年 1 月 20 日，他们提交了纽约贫困妇女儿童慈善药房的注册文件。1846 年通过的纽约州宪法批准通过了这项申请，准许成立。注册文件中列出了该机构的目标，包括为无法负担费用的妇女和儿童提供医疗、外科援助和药品，培训护士为社区服务，以及为病人争取“优秀女医生的服务”。[8]

伊丽莎白的慈善药房很快取得了运营许可，允许女医生为贫困妇女及其家庭提供治疗。这真是个里程碑式的成就！当时没有其他药房允许女医生执业，而伊丽莎白不仅为社区提供了护理服务，还为女医生创造了发展空间，使她们接受的医学教育有了用武之地。

来向布莱克韦尔医生求诊的贫困移民妇女并不关心医疗对女性来说是不是个体面的领域。她们需要的是免费的医疗服务。每周三下午，每次两个小时，伊丽莎白用英语或德语愉快地为她们提供这样的护理，还附赠关于如何获得慈善援助、对付醉酒的配偶和找工作的建议。这也为伊丽莎白提供了一个完美的机会，她可以向那些也许最需要的人宣扬她关于卫生、饮食和运动的整体健康理念。

为了应付日益增长的工作量，伊丽莎白还找了一名助手，26 岁的玛丽·扎克热夫斯卡。伊丽莎白兴奋地告诉埃米莉：“我终于找到了一个令我非常感兴趣的学生。她有真才实学，我将竭尽全力让她发挥才能。”[9]

玛丽出生于德国的一个波兰裔家庭，从小就陪伴母亲在妇产医院查房，并在暑假中阅读医学教科书，在太平间转悠。20 岁时，她进入助产士学校。由于在德国无法获得进一步的医学教育或职业发展，加上嫉妒她的同事把她挤下了助产士长的位置，于是当玛丽听说美国有招收妇女的医学院校时，她立即启程了。[10]

在慈善药房开业两周时，伊丽莎白高兴地迎接了玛丽，让她担任助手。尽管她们取得了那样的成就，提供了慈善性质的护理，但关于药房的流言蜚语仍在流传，这肯定促使一些妇女转而到其他地方寻求治疗。“那些恶意中伤令我很痛苦，因为我是女人，也是医生，这些流言对我的两种身份都造成了伤害。”[11]伊丽莎白感叹道。

租金也对她造成了沉重的负担，她决心买一栋房子。她需要一个喘息的空间，一个能让她大展拳脚的空间，比如为女医生提供培训机会，为病情较重的患者提供过夜床位。她借到了足够的钱，在联合广场附近买了一栋房子，最初她与不同的租户合住。

伊丽莎白仍然感到生活中缺了些什么。“我非常孤独，我发现我的思想病态地沉浸在对灵魂和身体都无益的想法中。”她承认，“全然孤独的生活使我无法忍受。”[12]也许她渴望有一个丈夫，但一个既能接受她的职业，又能满足她对道德和智力的高标准要求的男人，想象起来容易，要找到他可就十分困难了。于是她转向次优选项，决定接纳“一个小小的人类灵魂”，使其“发展到完全成熟”，这个过程也将治愈她。她到兰德尔岛的移民救助站收养了一名孤女。[13]

“谁能想到这个可怜的小孤儿给了我多少支持，使我恢复元气？”[14]伊丽莎白宣称。七岁的凯瑟琳·巴里，昵称是姬蒂，把欢乐、柔情和陪伴带进了伊丽莎白的生活。姬蒂性格单纯又听话，这很适合伊丽莎白，因为她把姬蒂既当作女儿，也当作管家。让孩子承担许多家务在当时并不罕见，一些穷苦的家庭甚至会把孩子送到工厂、磨坊或矿场上劳作。但伊丽莎白与姬蒂之间的关系仍然有些古怪：既充满关爱，又十分正式。伊丽莎白还雇了一名女仆，她同时也充当姬蒂的保姆。姬蒂称伊丽莎白为“贝茜阿姨”或“医生”，后来当她遇到一名**男**医生时，她感到无比惊讶。

这段充满母爱的关系并没有磨灭伊丽莎白的抱负，她仍然渴望出现更多的女医生。伊丽莎白坚信，妇女要想获得正规医学培训，医院是其中“不可或缺”的环节。医院将确保妇女获得严格的临床训练，她认为这是行医的必经之路。在她看来，美国的大多数女医生都缺乏这种培训。[15]

伊丽莎白的医院运营计划中还包括她的妹妹埃米莉。埃米莉在拉什医学院读了一年就被迫离开，因为州医学会对学校施压，迫使校方取消了她的入学资格。克利夫兰的西储学院[1]向埃米莉敞开大门，她在1854年毕业，很快成为美国第三位从正规学院获得医学博士学位的女性。西储学院医学院录取的第一位女性是南希·塔尔博特·克拉克，她在埃米莉入学的前一年毕业，成为美国第二位女性医学博士。

毕业后，埃米莉再次以姐姐为榜样，前往欧洲深造。她

1 西储学院，现为凯斯西储大学。

在苏格兰的爱丁堡待了一年，之后又花了一年时间到访伦敦、巴黎（还是那家妇产科医院）、德累斯顿和柏林的各个医院和诊所。[16]

在爱丁堡，埃米莉为专攻妇科疾病和产科的詹姆斯·杨·辛普森担任助手，在跟随他的实践中获得了极为宝贵的外科经验。[17] 1840 年，年仅 28 岁的辛普森被任命为助产学教授，他在 1847 年开创了将氯仿用于手术和分娩麻醉的方法。[18] 辛普森热情慷慨，他身材矮胖，有一双小脚和一个大脑袋。当他大声呼叫“布莱克韦尔医生！”，就会有一名女士匆匆穿过候诊室，这令他的贵族病人们大惊失色，而他从他们惊恐的表情中获得了极大的乐趣。[19]

辛普森是女性医学教育事业罕见的支持者。在埃米莉的培训结束后，他给她写信道：“随着这场运动的推进，确保女医生受到充分的良好教育显然是最重要的问题。在你驻留此地与我并肩学习的八个月期间，我拥有最好、最公平的机会来检验你的医学知识，我可以毫不犹豫地宣布，我很少见到哪个年轻医生能像你这样既熟悉古代和现代语言，又对文学、科学和职业实践的细节方面有这样丰富的了解。”[20]

1856 年，埃米莉回到伊丽莎白的慈善药房，她接受的培训比美国大多数医生都要多。最终，其他人也追上来了。1870 年至 1914 年间，美国大约有 15 000 名医生前往德国、瑞士或奥地利学习。[21]

到 19 世纪下半叶，德国已经开始取代法国，成为医学革命的中心。德国的研究者们接过了巴黎人的衣钵：用科学来揭示疾病背后真正的成因和机制。随着对生物化学、生理学、药理学、细菌学和组织病理学的实验研究带来了关于治疗和诊断的有效数据，临床诊断第一次实现了真正的进步。[22]而这一转变之所以能够实现，是因为德国的大学将医学与其他科学学科相结合，而不是像在英国那样，医学往往孤立存在于医院里。

不幸的是，德国的医学革命不包括允许妇女进入大学，这就是玛丽前往美国的原因。玛丽对帮助布莱克韦尔姐妹经营一家医院的前景感到兴奋。但首先，她也需要取得医学博士学位。在伊丽莎白的协助下，玛丽开始在埃米莉位于克利夫兰的母校学习。玛丽的父亲打心底里反对她的职业抱负，他写道，如果她是他的儿子，他只会感到满意和自豪；但由于她是个女儿，他所能做的就是“悲伤落泪”。[23]这种排斥一定让玛丽很受伤，却没有阻止她实现目标。

取得学位后，玛丽与埃米莉和伊丽莎白在慈善药房重聚了。三位女医生常常在周日乘早班渡轮过海湾，花几个小时在霍博肯或斯塔滕岛上美丽的公园里散步。玛丽说服伊丽莎白，她建立一家大医院的计划超出了她们的能力，她们应该从较小的目标开始。她们一致同意，她们最多能应付两打床位的病人。

三位女士都成功地在传统大学获得了医学学位，但她们在创办妇女医院的过程中仍然遇到了很大的困难。在筹款阶段，她们遇到的人提出了各种各样的反对意见。人们告诉她们，没有人会把房子租给她们做这种事情，她们会受到强烈的质疑，镇不住病人，也永远无法筹到充足的资金。一些潜在的受托人最担心的是，一旦发生事故，他们就可能因为支持这项工作而受到公众的指责。

尽管许多人表示反对，三位女医生和她们的支持者还是设法筹到了充足的资金。她们还租到了合适的场所：一座荷兰风格的老式大宅，位于布利克街和克罗斯比街交会处。医生们把门厅布置成舒适的候诊区，摆放了许多沙发，供病人和家属坐着等候。一楼被打造成慈善药房，有问询处、用大屏风遮挡的检查台、药品架以及配药用的小桌子。她们说服几家药品批发商捐赠药品，并着手寻找价格低廉的二手家具。

她们花 100 美元[1]订购了 24 张铁架床，又通过募捐获得了充足的床上用品。[24]她们在二楼设立了两间病房，每间病房有六个床位。三楼设为产科病房，走廊尽头的小房间则布置成员工休息室。阁楼上有几个睡觉的地方，一处供实习学生使用，另一处供仆人使用。还有一间较小的房间留给住院医生和另外一个学生共同使用。这座房子的供暖则来自一个个敞开式壁炉。

一切准备就绪，纽约妇幼保健院于 1857 年 5 月正式开业。据玛丽说，开业当天埃米莉显得很高兴，但伊丽莎白试图掩饰

1 大约相当于今天的 3 000 美元。——作者注

她的快乐。这使玛丽感到沮丧，她不习惯这种清教徒式的克制。“她们并不展露高兴的面容来回报朋友，这样做是不对的。对我来说，她们是种种矛盾的组合。尽管如此，我还是爱她们，并且为她们无法感到快乐而悲伤。”[25]

玛丽走上了住院医生的岗位。伊丽莎白因为单眼失明而无法操刀手术，于是所有的手术都由埃米莉负责。她们雇了三个仆人，此外还有三名护士，一人在产科病房，两人在普通病房。护士们明显缺乏医疗技能，但她们更多地把这段经历视为培训的机会，并接受了每周仅两美元的报酬，以补贴置装费。安·普雷斯顿从宾夕法尼亚女子医学院派来了四名学生，她们在学期之间来接受护士、医生和药剂师培训。[26]

妇幼保健院的前门正对着一片声誉良好的地区，但它背后是一片贫民窟，名为五点区。[27]这里的居民大部分是爱尔兰裔天主教移民，或曾经被奴役的黑人。[28]这个社区位于曼哈顿下城，西边是中央街，东边是鲍厄里街，北边是运河街，南边是公园路；它饱受人口过剩和贫困的困扰，暴力犯罪、疾病和婴儿死亡率都处于高水平。

五点区的生活质量极其糟糕。由于对疾病传播方式认识不足，加上卫生系统缺位，住宅过于拥挤，基本医疗服务匮乏，五点区成了各种疾病的滋生地。18 世纪到 19 世纪席卷纽约的许多流行病都起源于此。

开业没几周，纽约妇幼保健院就已经人满为患，慈善药房每天最多要接待 30 个病人。在保健院开业的最初 8 个月里，慈善药房服务了866名病人，医院接收了48个住院病患，医生们还出诊了十几次——这些数字在第二年翻了一倍。[29]贫困的病人能得到免费治疗，经济条件许可的人则要支付每周4美元的住院费。在成立的第一年，看到对服务的需求，她们已经在考虑扩大业务了。

"在一片不支持和不信任的阴影笼罩之下，这个小小的医疗机构努力走出了一条路。"伊丽莎白指出，"医院里的工作，包括内科和外科，完全由妇女承担；但一群在业内有威望的男医生组成了咨询委员会，用他们的名声做担保。"[30]提供担保的不仅仅是男性。波士顿的哈丽奥特·亨特和费城的安·普雷斯顿都在保健院的执行委员会任职。

伊丽莎白还希望做更多的事情，以便在当地社区居民造访保健院的间隙改善他们的健康。她的机构因此成为全国最早发展社区活动和健康教育服务的医院之一。伊丽莎白选择请丽贝卡·科尔医生来领导这项活动。来到保健院工作时，科尔已是美国第二位黑人女医生，也是第一个从宾夕法尼亚女子医学院毕业的黑人学生。

"我们设立了一个卫生访问员职位，其具体职责是向贫困的母亲提供婴儿护理和家庭健康方面的简单、实用的指导，"伊丽莎白报告说，"科尔医生是我们的常驻助理，她带着智慧和关怀开展这项工作。"[31]丽贝卡认真对待这个廉价公寓医生的角色，勤勤恳恳地指导母亲们学习家庭卫生和儿童护理方面的基本知识。

所有的女医生都承担了护理病人之外的任务。玛丽扮演了总管、管家和导师的角色。她曾这样记录她典型的一天：早上5点30分起床；乘公共马车[1]去市场，为工作人员和病人采购每周的必需品；8点前回来吃早餐，有茶、面包加黄油，以及热的谷物玉米糊加糖浆。（她们在周日会敞开了吃培根，喝咖啡。）早餐后，玛丽带着两个学生去查房，另外两个学生去药房给伊丽莎白帮忙。[32]

在玛丽记录的这一天，来了一个住院病人，是一名再过几周就要生产的孕妇。玛丽对她做了评估，然后告诉护士和学生该怎么做。接下来，她到厨房处理早上采购的食品。安排好餐食后，玛丽再次跳上公共马车，到药品批发商那里讨价还价，买来她需要的药品，为医院的药房补货。她回到家时正好赶上下午1点的午餐，有汤、肉食、土豆和一种蔬菜，还有水果作为甜点。

下午则用来到私人病人家里出诊，这是医生们的唯一收入来源。因为那个新来的住院患者，玛丽在医院里待到了5点，因此她只有不到两个小时的时间挨家挨户地看望付费病人。7点回来喝茶，吃面包加黄油，还有一块奶酪或新鲜姜饼。完成又一轮查房后，晚上9点，玛丽和学生们聚集在走廊尽头的房间里。玛丽坐在缝纫机前制作毛巾或其他需要的布料。她让学生们一边折叠布品，或用可拆卸针脚缝纫定型，一边背诵一天

---

1 公共马车，一种加长马车。——作者注

中所学的课程，然后给她们讲授产科知识。睡觉时间是 11 点 30 分。即便对于最身强力壮的女人来说，这样的工作节奏也十分辛苦。

而对伊丽莎白来说，这正合她的心意。她终于能为自己的成就和独立感到高兴了。“工作是多么美好啊——有灵魂的工作！我无法想象还有什么工作能像这样需要一个女人，”她给伦敦的朋友芭芭拉写信道，“在所有的人际关系中，女人都必须迎合，压抑她的个性——即使拥有最好的丈夫和孩子，她也不得不在一定程度上每日牺牲自己，但真正的工作意味着完美的自由和充分的满足。”[33] 芭芭拉也一样充实，她不仅为促进妇女权利不懈工作，还是一位作家、艺术家和妻子。

玛丽将妇幼保健院视为一所简陋的机构，或一场“实验”。[34] 但多亏了她们在欧洲医疗机构的学习经历，几位女医生实际上为纽约最贫穷的妇女儿童提供了卓越的尖端护理。埃米莉带来了辛普森医生在手术中使用麻醉剂的开创性技术。当与玛丽同龄的男医生得知保健院对每个病人都有书面记录时，他们非常震惊。鉴于玛丽、伊丽莎白和埃米莉都有丰富的接生实践经验，她们还能提供远胜于男性同行的医疗服务。

新入行的男医生中很少有人亲身经历过分娩。许多人来到分娩现场时，只知道他们在教科书上读到的或从讲师那里听到的东西。对这些年轻男子来说，接生往往令他们感到窘迫、困惑或害怕，而且很可能造成一生的心理阴影。而许多产妇在分娩时可能也经历了同样的情况，甚至更糟。[35]

维多利亚时代的道德规范禁止对下体进行检查。裸体或暴露隐私部位是一种禁忌，哪怕在医生面前也不行。在盆腔检查的过程中，医生要直视妇女的眼睛。婴儿经常在层层毯子的遮盖下出生。这样的风气导致女性的健康问题特别容易被误解、漏诊和治疗不当。月经没来？用水蛭敷在子宫颈处。[36]甚至还有一种特殊的窥镜，用于将水蛭滑入阴道。如果这还不能恢复月经，那就是卵巢的问题了！大多数家庭里都有从未得到适当治疗的患病妇女，或不想生育却仍然屡屡怀孕的妇女。如果布莱克韦尔姐妹能拼出一条路，这一切都将改变。

为了保证这所慈善性质的机构有资金流入，玛丽和布莱克韦尔姐妹的工作清单上还包括持续的募捐活动。这些活动包括市集、讲座和音乐会，以及所有她们能想到的筹款办法。在一次公开呼吁捐赠时，伊丽莎白详细解释了如果有更多的钱，她们还可以完成多少工作："目前我们只能保留数量极少的床位，而这些床位常常被接踵而至的病人所占据；如果我们想要帮助这些病人，就需要更多床位。我们的慈善药房业务也在持续增长。"[37]

伊丽莎白还会激发听众中的潜在捐赠者的愧疚感，暗示美国人应该感谢这些女医生，她们选择以自己的专业形象为这个国家增光添彩："有人敦促我们在英国开始这项工作，但这项医疗工作从这里起步了，我们相信没有哪个国家像这里一样，拥有符合这项事业的精神风貌。"

当女演员范妮·肯布尔到镇上举行一系列莎士比亚作品朗

诵会时，伊丽莎白希望她可以代表妇幼保健院公开朗诵，从而为这所艰难经营的机构提供支持。她在拜伦夫人家中见过肯布尔一面。于是，伊丽莎白和玛丽到肯布尔下榻的酒店拜访，肯布尔彬彬有礼地接待了她们，并饶有兴趣地听着，直到她们提及保健院里所有的医生都是女性。听到这里，肯布尔站了起来，目光炯炯地注视着伊丽莎白和玛丽，并以“她那美妙的声音中最富悲剧色彩的深沉腔调”喊道：“相信一个女人——一个女**医生**！——**绝对不行**！”[38]看来肯布尔要么认为女医生都是堕胎医生，要么流露出了自己内化的性别歧视，她的言论代表了这个时代的态度。

而当医院不可避免地出现问题时，公众迅速发出了谴责。妇幼保健院的一名病人在分娩后不久死亡，随后，在一个小时内，所有在床边照料过这个产妇的亲属都出现在医院，还带上了自己的表兄弟和丈夫。这些男人身上还穿着工作服，他们拿着十字镐和铁锹，要求进入医院。

“女医生在里面用冷水杀死产妇！”[39]他们喊道。

一大群人聚集起来，挤满了从医院到百老汇的人行道。他们吵吵嚷嚷，试图推门而入。听闻这场骚乱，附近的两名警察跑过来，命令人群安静下来。这些警察对女医生们的工作相当熟悉，因为他们经常在半夜接到紧急求助，护送女医生去接生或救治重病妇女。

警官们听取了群众的抱怨，然后向他们保证，医生们已尽其所能治疗病人。“有时候，没有一个医生能保证病人不死。”一名警官强调说。

尽管布莱克韦尔姐妹的妇幼保健院是纽约第一家由妇女创办、为妇女服务的医院，但它并不是该市的第一家妇女医院。两年前，J. 马里昂·西姆斯医生在麦迪逊大道租下一栋四层楼房，开设了一家医院，拥有 30 张床位。[40] 西姆斯发明了窥阴器和针对膀胱-阴道瘘的一种手术疗法。膀胱-阴道瘘是一种常见的分娩并发症，会使女性持续漏尿。

为了完善这种手术，西姆斯花了四年时间，在他于亚拉巴马州的后院建造的诊所里折磨了十几个黑人奴隶，对她们进行了残酷的医学操作。他没有为这些妇女提供麻醉剂，她们赤身裸体，用手肘和膝盖支撑在地上，一屋子的白人男医生在一旁观察。在 17 岁的阿娜查身上，西姆斯进行了 13 次手术；18 岁的露西经受了长达一小时的手术，她痛苦地尖叫，后来差点死于败血症。而当西姆斯开始为白人妇女提供治疗时，他使用了麻醉剂。

相比之下，布莱克韦尔姐妹带着尊重和关爱对待黑人病患。有一次，工人阶级的爱尔兰裔群体在妇幼保健院附近制造骚乱，他们对富人可以通过花钱逃脱兵役而感到愤怒，并担心刚刚得到解放的黑人男子会抢走他们的工作。妇幼保健院的白人病人要求将黑人病人赶走，以免这里成为袭击的目标。埃米莉和伊丽莎白坚定地拒绝了。[41]

暴徒们袭击了黑人，烧毁了有色人种孤儿院，并摧毁了属于黑人和废奴主义者的公共建筑、教堂和住宅。妇幼保健院维持着稳定运转。共有 120 人在这些抗议活动中遇害，时任总统亚伯拉罕·林肯不得不抽调几支部队来平息暴乱，恢复秩序。[42]

埃米莉在妇幼保健院坚守岗位。伊丽莎白带着姬蒂去英格兰巡回演讲，玛丽也离开了，去波士顿的新英格兰女子医学院教产科学。玛丽最初的兴奋很快就变成了沮丧，因为她对温度计、试管和显微镜的要求被视为多余的“新奇欧洲理念”。[43]事实上，她为提高学校教学质量所做的每一次尝试都被否决了。玛丽确信这样的学院只能培养出无知的毕业生，她们无法为行医做好准备，她很快就辞职了。

即使伊丽莎白和玛丽不在，埃米莉在医院里也并非独自一人。来自宾夕法尼亚女子医学院的毕业生络绎不绝，但被人包围并不意味着不会感到孤独。她的日子变得单调乏味。她在地下室里吃着冰冷的食物，在狭小的阁楼上尽量多睡一会儿。即便她取得了这一切成就，她姐姐的预言还是不幸应验了，她遭遇了孤立。埃米莉不会收到晚宴或派对邀请。那些富有的捐赠者或许愿意为妇幼保健院捐钱，但这并不意味着他们愿意被人看到自己与女医生相谈甚欢。英国知识分子将像伊丽莎白这样的女医生视为迷人而独特的伙伴，而美国人则认为与她们来往相当于社会性自杀。

当伊丽莎白在国外进行巡回演讲时，埃米莉向国家请愿，请求为这所医院提供资金。她最终争取到了每年 1 000 美元[1]的

1 相当于今天的 31 000 美元。——作者注

拨款。[44]而且，等伊丽莎白回来的时候，埃米莉已经把医院经营得有声有色，甚至让董事会筹集了 50 000 美元。这笔钱足够让她们把医院搬到一个更好的地方，也就是第二大道 126 号，第八街转角处。这是一座三层建筑，后来成为奥菲姆剧院的所在地。[45]

“优秀的木匠师傅、水管工和油漆工等正在这座建筑的每一个角落忙活，这种状况将持续两周，”伊丽莎白告诉芭芭拉，“但我觉得等它改造完成，我们会非常喜欢它的。”[46]

尽管有了更大的空间，但纷至沓来的病人仍然让女医生们应接不暇。1860 年，新址落成后的第一份年度报告显示她们接待了 3 680 名病人，其中 130 人住院，其他人都去了慈善药房。[47]1862 年，由于空间不足，医生们拒绝了大约一半希望在妇幼保健院分娩的孕妇。[48]

搬迁后不久，伊丽莎白就急于利用这次扩建的机会加强她们的培训课程，进而打造一所完整的医学院校。在纽约这家小小的机构里，来自费城和波士顿的女子医学院的实习生挤得满满当当，她们不得不把一部分女学生拒之门外。这些学校附近的医院不允许妇女参加临床培训，或进行任何其他形式的实习。而布莱克韦尔姐妹凭借她们的关系，能够帮助这些女学生到纽约其他的慈善药房进行培训，或接受私人课程。

尽管伊丽莎白欣然接受女子医学院的学生和毕业生到妇幼保健院工作学习，但她坚定地认为，她们接受的教育质量比不上她上的传统医学院。她抱怨：“我还没见过哪个像样的医生是从这两所学校出来的。”[49]

现在，又一所女子医科大学开学了，而且就在纽约，那就是传授顺势疗法的纽约女子医学院。伊丽莎白评论：“我近来饶有兴趣地观察着这所野鸡学校的进展，发现没有什么能比他们的整体课程规划更浅薄而杂乱无章的了。这是一群庸俗的女人，由一个最普通的女权主义者领导。”[50]这一发展正是伊丽莎白需要的推动力：现在，她决心自己办一所大学。

在公开场合，伊丽莎白对美国的许多女子医学院客客气气，把这样的忧虑包装成对毕业生出路的担忧。“约有 300 名妇女参加了这些学校的课程。她们入学的时候不甚了解从医所需的准备工作有哪些内容，又有多么繁重，以为花两三个冬天完成规定的学业，就有资格开始行医，”伊丽莎白在一次演讲中指出，“直到她们离开大学，在孤立无援的情况下尝试行医的时候，她们才意识到自己所接受的教育是多么不足，她们无法获得医生的地位，在业内立足。大多数女学生灰心丧气，花光了所有的钱，然后放弃了这个行当。”[51]

伊丽莎白将她对这些美国学校的保留意见清清楚楚地告诉了莉齐。莉齐刚刚给伊丽莎白写信，就下一步该怎么做寻求建议，她在英国似乎已经走投无路了。她是否应该去美国读一所女子医学院？绝对不行，伊丽莎白说。

第九章　莉齐转向私人课程

莉齐正站在一个分岔路口，她被伦敦的医学院扫地出门，现在又被苏格兰所有的大学拒之门外。“我一直在想，如果我在这里一败涂地，下一步应该怎么办。昨天早上我收到了布莱克韦尔小姐的信，它令我的思路清晰了许多。”[1]莉齐说。

伊丽莎白说服她，去美国学医只能作为最后的手段，她最好还是在英国坚持下去。“布莱克韦尔小姐对那里的女校的描述证实了我所有的担忧。她说那些学校和它们的文凭都糟糕透顶。”

莉齐听从布莱克韦尔的建议，继续推进她在英国入学的运动。她发现自己有耐心，有定力，特别适合继续开展运动。这不仅是为了她自己，也是为了其他将沿着她的道路前进的女性。

“我身上存在着一种神圣而美丽的力量，使我成为注定要背负这项事业的人。我比大多数人更能经受打击，也比许多人更有机会最终获得成功，”莉齐宣布，“我担心如果我放弃这个位置，某个不太适合的人就可能取而代之，使这项事业蒙羞。”比如，像索菲娅那样的人。莉齐认为，作为有礼有节的女士，她才是挑战社会底线的最佳人选。不管是对是错，出于对什么样的女人应该领导这项事业的狭隘观念，莉齐觉得自己有责任继续下去。而事实是，开拓者必须能够承受一连串的打击。

在遭到爱丁堡大学拒绝后，莉齐转向了圣安德鲁斯大学。此前她一直在与该校的钦定医学教授[1]乔治·戴通信。戴夫妇热情地迎接了莉齐和她的父亲。圣安德鲁斯是一座迷人的海滨城市，这一定让莉齐想起了她在奥尔德堡度过的童年时光。这两座城镇都有着美丽的沙滩，吸引着各种各样的鸟类。它们都位于英格兰东海岸，不过苏格兰大概比英格兰更冷。

戴医生认为她很有希望被学校录取，并表示愿意为她提供私人辅导。而莉齐已经学会了不要抱太大的希望。戴还把加勒特父女介绍给该大学的校长。但是，在圣安德鲁斯学医的一个主要缺点是，那附近没有医院可以进行临床培训。

教授群体和行政人员拖拖拉拉的作风让纽森很恼火。他只想赶紧花钱让莉齐去美国读一所女子医学院，但莉齐说服他最好还是留在圣安德鲁斯。[2]

不久后，纽森就跋涉近500英里，回到了奥尔德堡的家。莉齐在圣安德鲁斯尝试游说每一个人，然后也回家度夏。她将

1 钦定教授，英国部分大学中由国王钦定的教授或讲师，所涉学科为神学、希腊文、希伯来文、法学和医学。

在秋季学期开始时回到学院，试图和其他学生一样注册上课。

“我确信，最高级别的女医生将为许多受苦受难的妇女带来福音；我认为我的事业很明确，那就是继续做一个先驱，去追求这个目标，尽管这意味着我要把生命中最好的年华用来播种耕耘，令其他学生从中受益。”[3]莉齐感叹道。这些想法听起来类似于伊丽莎白偶尔提到的孤独的殉道者。她们的牺牲伴随着荣耀，提醒自己——也提醒他人——这一点很重要。

与她同龄的女性大多在设法让人提出求婚，而不是主动拒绝他们。米德尔塞克斯的教授 V. R. 海施——曾在课后兴奋地留住莉齐，给她用显微镜看标本的那位——在她被迫离开学校后一直在给她写信，持续了很长时间。他最终鼓起勇气向莉齐表白爱意，并向她求婚。莉齐很震惊，拒绝了他。她无法回应他的感情，但更重要的是，她担心别人可能永远无法从纯粹的职业角度对待她。她没有卖弄风情，也没有对海施表现出任何特别的兴趣。她只是渴望从他那里学到更多的医学知识而已。

从那时起，她更加谨慎地考虑自己应该对男人友好到什么程度。“我真是愚蠢透顶，竟相信男女之间有可能产生友谊。”[4]她怀着遗憾在给母亲的信中写道。这个教训真令人感到孤独：在这个充斥着男性的行业里，她不能指望大多数人仅仅把她看作同事。

莉齐回到伦敦，在姐姐路易生下第四个孩子数周后，她去药剂师大厅参加药剂师协会的初级考试，并提交道德品行证明和实习证明，这两份文件都是由乔舒亚·普拉斯基特提供的。在填写她的文件时，实习医学生不得不划掉“先生”和“××之子”的字样。

当时，在医学杂志《柳叶刀》上，一个反对女医生的流行论点就是语言的缺失，即“英语权威尚未发现内科医生、外科医生、律师、参议员等名词的阴性形式”。[5] 这篇文章的作者总结，妇女必须将从业范围限制在助产和儿童疾病方面，而且她们只有保持独身才能高效工作，因为如果助产士自己处在孕晚期，她就很难在寒冷的冬夜从床上爬起来，去照料难产的产妇。

莉齐按计划于 10 月返回圣安德鲁斯，找到住处租下来。在踏入苏格兰灰蒙蒙的寒风去见戴医生前，她起了个大早，洗了个长长的冷水澡，然后花两个小时研究天文学。戴告诉她，她应该马上申请冬季学期的入学资格。她惊讶于这一切竟如此简单；她原以为会有一场入学考试，或经历一场漫长而艰苦的斗争。然而，她仅仅是走进学校秘书的办公室，在登记簿上签上自己的名字，并支付一英镑（相当于今天的 120 英镑或 150 美元），就收到了一张印有她名字的卡片，姓名下方就是那串有魔力的名字，*Civis Universitatis Andrewesis* 1。[6] 就这样，她成了圣安德鲁斯的一名学生，很可能还是该校的第一名女学生。

她对在学校遇到的人的第一印象并不好。她在给姐姐路易的信中写道：“这里的学生特别粗鲁，他们肯定会欺负我。”[7]

---

1 圣安德鲁斯大学校名的拉丁文拼写。

唉，她的注册过程实在太容易了，哪有这样的好事。大学理事会发现有一名女性注册入学，派了学校秘书来退还学费。秘书满怀歉意，把钱放在桌子上，但莉齐拒绝接受，并把钱推回给他。秘书说他不能带着钱回去，然后就离开了。莉齐把钱寄回学校，说他们最好尊重这笔交易，除非它在法律上被证明无效。

莉齐的好朋友埃米莉规划了冬季长途旅行，在莉齐与学校斗争期间陪伴在她身边。几个月来，大学理事会一直在讨论招收女学生的问题。在等待期间，莉齐接受了戴医生的提议，让他提供私人辅导。她还问路易能否把她的显微镜用的旋钮和螺柱寄给她。这些东西很快就到了，用棉花安全地包裹着。从打开包装的那一刻起，莉齐就几乎粘在了显微镜上，仔细观察帽贝的齿舌或海胆的吸盘上的每一个细节。

她和她所说的“敌人”一同参加晚宴，试图说服那些反对她入学的人改变主意。她很精明，知道金钱在这种场合的分量，所以她一定要穿上最好的浅色丝绸礼服，尽量显得阔气一些。这样的展示并没有被忽视。

“对于一所小型大学来说，确保所有富有的女性医学生都能入学是有价值的。”[8]《旁观者》的一篇社论提出。尽管如此，莉齐说镇上的女士们仍然把她视为社交场上的魔鬼。[9]希望涉足医学的女性很可能精神错乱，而且肯定会威胁到自然的社会秩序。埃米莉在这些挑剔的女士中间斡旋，好让莉齐显得更有人情味一点。

在莉齐提出要起诉学校后，她收到了学校律师的来信，信中解释说她起诉学校是不可能实现的。看完这封信，莉齐把它塞进衬裙口袋的深处，谁也没告诉。尽管莉齐仍然需要帮助，但埃米莉被召回了家。莉齐留下来独自战斗。

当戴忙于考试的时候，莉齐只能自学。在她独自学习期间，她不得不忍受当时满员的寄宿家庭的喧闹。在圣安德鲁斯大学，考生可以在没有完成学校的全部资格课程的情况下参加医学博士考试。正因如此，“苏格兰医生”成了一个贬义词。[10]莉齐看着不同年龄、不同水平的男性都有机会参加考试，而她却没有。

11 月中旬，校方终于做出了决定。大学理事会裁定她“所谓的注册入学”无效。[11]莉齐独自在房间里啜泣了一夜，她一定很沮丧，她为了证明自己和男性一样有资格学习所付出的种种努力都付诸东流。

下一个打击接踵而来。一位友好的爱丁堡律师回信告诉她，不，入学通知书不是法律合同。尽管他或许有办法让她进入课堂，但她绝对没有机会起诉大学，要求校方允许她完成学业并毕业。

《英国医学杂志》代表医学界对这一判决表示高兴：“女医生议题在圣安德鲁斯大学受到了打击，而不是鼓励。一两个意志坚强的女性竟想建立一个女医生的种族，现在是时候揭穿这种荒诞的企图了。”[12]

失败的名声使莉齐感到无比羞辱，她急需离开这座城市。她沿着海滩走了三个小时，手脚并用地翻过岩石，深一脚浅一脚地踏过沙滩，冬日的夕阳暖洋洋地照射着海面和悬崖。她回到城里时感觉“身上脏得不像话，但非常开心”，并报告她的精神恢复得非常快。[13]

莉齐继续接受戴的私人辅导，尽管她更渴望和其他学生一起上课。戴让一个渔夫把他能弄到手的每一种海洋动物都带过来，供莉齐在显微镜下解剖和研究。她写信给药剂师协会，询问他们是否接受以私人课程替代开放课程。

1863 年 5 月，她获得了戴授予的理论解剖学和生理学证书。在此之前，她还获得了米德尔塞克斯医院的草药学和化学证书，以及伦敦药学会的植物学证书。

莉齐从戴那里学了所有能学到的知识，然后回到了繁华的爱丁堡。拥挤的人群、出租马车和马车让她想起了心爱的伦敦。她开始师从爱丁堡大学的教授。其中就包括世界著名的医生詹姆斯·杨·辛普森，他在八年前指导过伊丽莎白的妹妹埃米莉·布莱克韦尔。他还推荐自己的邻居亚历山大·基勒担任莉齐的导师。基勒在爱丁堡皇家妇产医院工作，还开设了助产和妇女疾病方面的课程。

与基勒并肩工作期间，莉齐终于获得了助产学临床经验。爱丁堡皇家妇产医院是爱丁堡市唯一一家提供产科住院护理的医院，它的特殊之处还在于它对已婚和未婚妇女一视同仁。尽管莉齐觉得医院的环境肮脏不堪，但她发现自己非常喜欢接生。

“我接生的第一个宝贝刚刚来到这个世界，”莉齐高兴地告诉路易，“你无法想象我有多疼爱他。我想一个人也许会立刻对来到你手中的小生命产生好感！”[14]路易自己生过四个孩子，她很可能对莉齐的感受有一些共鸣。

口信是在早上6点20分传来的。“加勒特小姐，这里有个病号，是你的！”这时莉齐刚刚为另一个病号忙了一夜，只在床上躺了大约一小时。但是当机会来临，“我当然是一眨眼就起床穿好衣服，一想到能‘独享’一个病号就兴奋不已”，她说。

由于担心自己没有接生经验，莉齐找来了医生，他赞同她对产妇情况的判断。“他非常和蔼地鼓励我，我很高兴他当时留了下来，以确保我的无知不会酿成大祸。”她坦承。大约过了4小时，一个体重8磅、身长22英寸的强壮的小男孩在莉齐双手的引导下来到这个世界。“我做了医生通常会做的一切，感到轻而易举。”

接下来，她抽空吃了早饭，打算给姐姐写封信就去睡觉，但医生叫她去看一个婴儿的尸检。“现在是午餐时间，阳光明媚，我真不想上床睡觉，但因为今晚我们可能有事情要做，我还是得睡。”她在尸检结束后写道，这时她终于能睡一会儿了。

前一天晚上让她熬夜的病例是另一例分娩，但不幸产下了死胎。莉齐协助索顿医生接生。他们想方设法让婴儿苏醒过来，但无济于事。“我们坚持做了20多分钟的人工呼吸，但没有用。一个看起来健康可爱的小宝宝就这样没了，真是令人难过。”莉齐说。

他们认为这一定是孩子母亲的过错，因为她晚上出去跳舞，发生大出血，导致孩子死亡。跳舞不会对健康的孕妇造成伤害，但如果孕妇患有未经诊断的并发症，剧烈运动就可能导致出血。很可能这个母亲终究会发生大出血，无论她有没有外出跳舞。

而且，产妇死亡在当时也很常见。[15]在19世纪中期，英格兰和威尔士的产妇死亡率接近6‰。莉齐后来对接生经验不足的男医生提出了严厉的批评，认为孕产妇的高死亡率与医学界对助产士的轻视有关。她主张每个医学生都“必须花6个月时间学习助产术”。根据莉齐的计算，这一简单的培训要求能使孕产妇死亡率下降67%。[16]

到7月底，莉齐已经亲手接生了十几个婴儿，见习了100多例分娩。当爱丁堡大学再次确认拒绝录取她为正式学生时，莉齐开始感到绝望了。她以优雅和耐心承受了这么多挫折，这一拒绝刺痛了她。她搬回了位于伦敦的姐姐家。

不过，她很快又振作起来，开始给医学界的男士们写信，出价25基尼请求他们为她提供解剖实践培训，这是获得药剂师协会执照的必要条件。有人婉言拒绝，有人则恶言相向。

“我必须拒绝为您提供解剖学指导。我深信，让女士们进入解剖室和解剖剧场[1]在各方面都是不可取的，也是极不合适的，因此我不能做任何事情来促成您的目的。”阿伯丁的一名

1 解剖剧场，专为解剖教学而设计的教室，结构类似环形剧场，中央为解剖台。

医生回信说，“为了外科和内科医学的使命，确实有必要研究这些问题，但幸运的是，不必让窈窕淑女们接触这些污秽的场面。女士们充其量只能成为糟糕的医生。”[17]

纽森想要动用财力解决女儿的问题，他提议花一大笔钱在英国建立一所女子医学院。他对莉齐的成功投入了大量心血，并对她频频遭遇的敌意和阻挠感到越来越恼火。莉齐考虑了这个可能，但想到伊丽莎白告诉她的美国女子医学院的情况，她决定拒绝这个计划。这种做法不过是投机取巧，而且相当于承认医学界长期以来的言论——女性不属于普通大学或医学院。

“‘一样好’的东西其实就是不够好。”[18]她这样答复父亲。

在第二次申请成为伦敦医院医学院的正式学生被拒后，她决定重新拿出在米德尔塞克斯医院用过的手段。2月，她以护士的名义进入伦敦医院。这是一家大型医院，拥有400张床位。[19]

在过去的一个世纪里，护理几乎与医学一样，取得了长足发展。在18世纪中期，护士大多是年纪较大、不修边幅的妇女。[20]有观点认为，护理职业之所以能够转变为我们今天所熟知的光辉形象是因为麻醉剂的出现。血腥残忍的英雄式手术成为过去，手术变得更加容易忍受，医护人员的形象也更加职业化。

莉齐告诉埃米莉，在医院里的工作“令人神经紧绷”。她说：“我站在那里，没有任何明确的任务，并感到自己正处在护士、病人和学生们灼灼火焰一般的目光中。”但她已经对别人的冷眼或怒目习以为常，而且她已经明白，阻止这种行为最好的办法就是不予理睬。“这个阶段不会持续太久，当新鲜感消失后，他们就较少盯着你看，你的感觉也会较不敏锐，谢天谢地。”莉齐总结道。[21]

尽管莉齐不是学生，但她获准参加医院医学院的解剖课程。热情洋溢的教授们让她更加向往操作奇妙而激动人心的外科手术了。她在纳撒尼尔·赫克福德医生手下实习助产术，这是一名和蔼可亲的产科住院医生，比她小五岁。她很快赢得了他的信任，他经常让她负责病人。

在一次特别艰难的分娩中，莉齐决定实施手术。阴道分娩手术很可能意味着使用产钳。[22]它也可能是剖腹产，但由于当时还没有消毒剂，剖腹产并不普遍。据估计，在1787年至1876年间的巴黎，没有人在经历剖腹产手术之后存活下来。[23]为了确保万无一失，莉齐征询了赫克福德的意见。他同意她的治疗方案，并让她执行除施用氯仿以外的所有操作。

“我今天早上迷迷糊糊的，因为没睡好。两个病号让我从昨晚6点开始一刻不停地忙到今天早上10点，”她谈到这段经历时说，“后一例非常有趣，因为这是我第一次做助产手术。这可不是个小手术，我非常享受。”[24]

伦敦医院的一些员工和学生不喜欢一个女人打着护理的幌子进入医学培训。

“暴风雨就要来了，”赫克福德警告莉齐，“我从来没见过学校为任何事情乱成这样。”[25]

“这不是我的错，”莉齐反驳道，“我给了他们两次机会接收我，让我成为正式学生。”

不久，学校的医学教授帕克医生决定不再欢迎莉齐，他警告所有的医生，在查房时不要带上莉齐。这对她造成了很大的打击。

“受人排挤真是难受，而且会在一段时间内妨碍工作。”[26]莉齐告诉埃米莉。她知道，独自在医院工作的方式永远无法替代男性同侪从医生那里得到的教育和指导。更不必说每当她的反对者进入病房时气氛有多么尴尬了。

尽管如此，她仍努力保持乐观。她说：“这种处境强迫我自力更生，这对我有好处。当我遇到困难的时候，我无人可以求助，于是我不得不更仔细地审视自己。”

但是，莉齐无法忍受她可能再一次被强力赶出医院。她决定抢占主动权，去与帕克医生会面。她下了决心：“我听闻他说了很多难听的话，决心去阻止他。”[27]1864 年 4 月 10 日上午，她出发去“与宿敌短兵相接”。莉齐抱怨说，这是一项“可怕的差事”，为了捍卫自己作为一名有志学医的女性的存在，她不得不预约会面，然后穿过市中心来到敌人的家中。

“我的勇气在恰当的时刻升起，使我能够冷静而有力地表达自己的观点。”[28]她后来对埃米莉回忆。帕克此前从未和莉齐说过话。这一次，她的坚决和口才给他留下了深刻的印象。面对这位受过教育、彬彬有礼的女士，他感到羞愧。他让步了，同意不再要求医生们无视她。半个小时的谈话结束时，帕克的敌意已经消退了很多，他几乎变得和蔼可亲了。

医院里的抱怨平息了。7月，莉齐完成了助产术学习，获得了一张证书，上面写着她接生了55个婴儿。10月，她离开了医院，搬回姐姐路易家居住。

大约在这个时期，莉齐有了更多的空闲时间，她与埃米莉亚·格尼来往，偶尔参加聚会，还碰巧在一个社交场合认识了亨利·福西特。福西特是剑桥大学的政治经济学教授，他才华横溢，对生活的热情感染着身边的人。他个子很高，几年前在一次射击事故中双目失明。福西特和莉齐一样，是一名自由主义社会改革家，他一心想成为下议院的议员。[29]

福西特每次来伦敦都会拜访莉齐，不久后就向她求婚了。这是她第二次被求婚！在答复之前，莉齐咨询了姐姐的建议。路易认为两人过于相像，并不般配，她反对这门婚事。于是，莉齐再次拒绝了。事实上，她后来又拒绝了四名男士的求婚。不过，福西特后来娶了莉齐的妹妹米莉森特。

为了满足参加药剂师协会考试的条件，莉齐还需要一点点临床经验。由于她在离开米德尔塞克斯医院时没有完全断绝后路，她得以说服医院的一名讲师为她提供私人辅导，教授医学原理与实践。然后，她以学生之外的访问学者身份再次进入医院。

一天，在米德尔塞克斯医院的病理实验室里，莉齐无意中听到病理学家和住院医生约翰·福特·安德森（人称福特）之间的讨论，加入其中。眼前这名女士声音清脆，富有教养，精通医学病理学，年轻的苏格兰医生被震住了。他沉浸于这场对话中，两人一边聊着，一边并肩离开了实验室。在此期间，他一直在绞尽脑汁，想着这名女士究竟是谁。最后他终于反应过来，脱口而出："您就是加勒特小姐吗？"[30]显然，她已经名声在外了。

莉齐并不喜欢作为流言蜚语、冷嘲热讽的主角而出名，但她不介意被这位彬彬有礼的绅士认出。她落落大方地肯定了他的话，然后他们继续聊天。

到 1865 年 3 月，她已经完成了所有规定的临床培训。剩下的就是完成毒理学和医学法理学（法医学）的课堂课程了。伦敦大学学院的一名教授为她提供了指导。尽管这不是她的第一选择，但东拼西凑的私教课程是她为行医执照考试所能做的最好的准备了。她只能这么做，因为这就是她获准得到的一切。

这些私人课程让纽森花了一大笔钱——有些机构向莉齐收取一门课程 50 英镑的学费，而男性只需支付 5 英镑。但他最终意识到，能够看到女儿在这种偏见面前取得成功是值得的。她的职业追求拉近了他们之间的距离，如果莉齐结婚离家，他们不可能建立起这样亲密的关系。她仍然需要父亲，包括他的钱、人脉和建议。而他对她的事业投入的金钱越多，就越是在乎她的成功。

那年夏天，莉齐在肯辛顿学会的第一次会议上主持讨论，主题是父母权威的局限。[31] 索菲娅和芭芭拉也在听众之列。索菲娅当时即将动身去美国。莉齐被选为开幕演讲者，因为她是小组中在追求“男性”职业道路上走得最远的人。她的演讲引起了这些年轻女性的极大兴趣，她们都意识到自己想过一种不同于父母期望的生活。

莉齐还在一次短期旅行中拜访了一些表亲，然后回到奥尔德堡，开始为药剂师协会的执照考试做准备。家里太吵闹，所以她在海边的一座空房子里找了个安静的房间，每天早上在那里复习。海浪拍打着，饥饿的海鸟啼叫着，她就在这种令人安心的声音的环绕下埋头苦读。

终于，检验她多年学习和训练的成果的那一天到来了。1865 年 9 月 28 日 5 点，莉齐走进位于伦敦黑衣修士巷的药剂师大厅。[32] 大门上方就是药剂师协会的徽标，一对独角兽分立两侧，中间是头部呈太阳形状的阿波罗，他跨坐在一条模样像龙的蟒蛇身上，手持弓箭。[33] 这个形象代表着希腊医学之神“救世主”战胜瘟疫。

考试持续一个半小时，内容包括医学实践、助产和病理学。莉齐觉得考试很容易，但她一直压抑着激动的心情，直到知道自己通过了考试才表露出来。在当天赴考的八个人中，只有三人通过了考试，她是其中之一。而且，她取得了全场最高分。

第十章　布莱克韦尔姐妹欢迎索菲娅来到纽约

伊丽莎白继续推进她在纽约创办女子医学院的计划，尽管她与莉齐一样，担心男女分开的学校永远低人一等。她逐渐认识到，有必要建立这样的机构，以填补女性准备就绪和社会接纳她们之间的时间差。此外，如果她能够控制课程安排和教学质量，就能确保这所学校的教育与传统医学院一样严格。1865年，纽约妇幼保健院的受托人向立法机构提出申请，要求获得办学许可。

但首先，伊丽莎白和埃米莉的妇幼保健院需要更多的资金，以开展大型的长期培训项目。为了获得道义上和金钱上的支持，她们召集潜在支持者，在妇幼保健院召开会议。

伊丽莎白激情洋溢，意志坚定，她向聚集在一起的人群解释说，她们推动妇女接受医学培训的运动“只是在复兴妇女一直在从事的工作，这种复兴的形式是进步的，它顺应时代，适应妇女不断增强的能力”。[1]

在一份由布莱克韦尔姐妹联手撰写，由伊丽莎白宣读的演讲稿中，她们描述了女医生目前缺乏机遇、地位低下的惨淡处境，从而为她们的学校辩护。

“想想看，妇女在这个问题上是多么孤独、多么无助；没有图书馆、博物馆、医院、慈善药房、诊所对她们敞开大门；没有捐款、奖学金、教授职位或奖金来支持和奖励她们的研究；她们没有受到认可的职位，也没有学会、会议和职业伙伴；男性所拥有的一切当中，没有一样对女性开放。无法想象比这更孤立无援的局面了。”[2] 姐妹俩这番话显然是出自她们的亲身经历，她们几乎在每个节点都感到缺乏支持。她们希望在她们之后从事这一职业的女性能够得到更好的待遇。

她们没有达到三万美元的筹款目标，但几位有名望的商人对她们的项目充满信心，慷慨解囊。她们起初借用了一间教室，后来终于筹到七万美元，买下了一处房产。[3]

令伊丽莎白感到沮丧的是，她的那只好眼睛在阅读或写作时很快就会感到疲劳，而且她只能忍受佩戴玻璃义眼几个小时。渐渐地，埃米莉和伊丽莎白筹划了一套完整的大学课程，当然也对教学标准做了一些改进。

她们认为，良好的医学教育的基础是实践学习，也就是在病床边照护和观察病人。为了实现这一目标，她们希望学校与一所医院建立联系。讲课应该是对实践经验的说明，而不是替代实践。在这方面，她们效仿了英国的做法。[4] 在英国，医学院必须附属于至少拥有 100 张床位的医院，否则就不能授予学位，因而大多数医学院都建在医院里。以伊丽莎白实习的伦敦圣巴塞洛缪医院为例，那家医院拥有650张床位，每年接诊8万名病人，而医学院仅有四五十名学生，他们承担了医院里所有的助理工作。[5]

英国的医学生还通过沉浸式的实践学习科学：他们学习化学、植物学和解剖学的场所是实验室、花园和博物馆。获得内科医生学位所需的学习时间至少为4年，其中每年至少有10个月的时间在课堂上度过。[6]英国的学校还为医学的每个分支开设讲座，学生必须参加3轮冬季课程，每轮课程为期5个月，而不是大多数美国学校要求的2个月，同时他们还要在住院部、门诊部和出诊中担任助手。完成毕业论文是毕业的必要条件。尽管美国并不要求如此深入的教育，但伊丽莎白坚持认为，医生必须接受这样的培训，才能获得真正的专业技能。

至于护士的教育，伊丽莎白参考了弗洛伦丝·南丁格尔为她想要在伦敦创办的学校所制订的计划。[7]伊丽莎白担心弗洛伦丝可能因为健康状况不佳而无法实现这个计划。从战场上归来后的30年里，弗洛伦丝一直有间歇性的发热、疲劳和坐骨神经痛问题，不过她从未获得明确的诊断。[8]尽管弗洛伦丝创办学校的计划从未公开，但由于两人之间的交情，伊丽莎白对此很熟悉。

布莱克韦尔姐妹还在她们的大学里成立了一个独立的考试委员会，这在美国尚属首次。[9]委员会成员都是这个行业里最有声望的人。此外，有抱负的学生必须通过考试才能入学，这是欧洲的惯例，在美国还要再过10年才能普及。要想获得录取，女性必须年满 21 岁，品行端正，并接受过良好的普通教育。品行证明可由具有良好声誉的牧师或医生提供。

从专业的角度来看，这样的高标准将对提高学校声誉大有助益，避免它被指责低人一等。而从商业的角度来看，这是个冒险的策略，因为要求学生通过考试才能入学并延长在校学习时间将使完成学业更具挑战。许多年轻女性可能无法通过这样的考试，也无法放下打理家事的责任，离家这么久。布莱克韦尔姐妹最终会将大量申请者拒之门外，因为申请者们没有接受足够的基础教育，或是更愿意传播自己喜欢的种种替代医学，而非学习对抗疗法。在伊丽莎白心目中，最重要的是在女性群体中“培养对科学的兴趣”。[10]

最后，通过创办自己的学校，伊丽莎白实现了她一直以来的愿望，那就是令卫生学得到重视，提高它在医学教育中的地位。也许是受到弗洛伦丝的启发，她将卫生学列为必修课程，并为它安排了重要的教授职位。卫生学教授还负责监督医院的卫生安排，管理护士培训计划。卫生学是研究公共卫生和预防医学的学科，而布莱克韦尔医院是美国第一所开设该课程的医学院。

伊丽莎白强调，学校的总体目标是培养能够向病人传播卫生知识的医生。[11]她认为母亲和家庭会成为最大的受益者。在她看来，卫生比医学更重要，也更容易学习。埃米莉对此表示赞同，她说：“我认为卫生与家庭以及社会生活的关系，就像是力学与建筑或工程的关系。”[12]这些实用知识将帮助母亲们创造更健康的家庭环境，预防许多疾病的发生，而她们很可能无法通过其他途径获得这些知识。伊丽莎白将这种方法作为向女性开放医学教育的一个卖点。

强调扩大妇女的活动范围会使整个社会受益，这是一种常见的叙事框架。为妇女争取选举权、推动妇女担任政治职务的人也提出了相似的观点。乍看之下，强调女性平权将如何使他人受益似乎贬低了这项运动的目的，但深究起来，这种论点实际上可能是为了达到目的而提出的一种话术。此外，选择从事科学研究的女性确实可以成为她们的女儿和其他年轻女孩的重要榜样。

当然，并非所有的疾病都源自糟糕的卫生条件，但伊丽莎白能够认识到通过提高公共卫生知识可以预防多少疾病，减少多少痛苦，这个观点明智而超前。如今，伊丽莎白的愿景已经实现。现在的家庭医生大多会在儿童体检时向家长介绍一些卫生知识。

在提高卫生地位的同时，伊丽莎白希望将药物的地位降至其应有的位置。她相信干净的水、新鲜空气和健康饮食比许多药物更有效。然而，尽管伊丽莎白倡导预防医学，她却对疫苗持反对态度，这真是出人意料。对她来说，这样的观点不是出于臆测，而是基于一手经验。在她接诊的一名儿童死亡后，她将死因归咎于儿童最近接种的疫苗。在伊丽莎白职业生涯的大部分时间里，唯一可用的只有天花疫苗，但在 19 世纪的最后几十年里，用于预防破伤风、狂犬病、伤寒和鼠疫等疾病的疫苗相继问世。[13]疫苗的种类越是丰富，围绕其安全性和有效性的讨论和争议也就越多。

当然，事后看来，伊丽莎白对当时使用的许多传统药物持怀疑态度是正确的，但在这门学科如此关键的历史时刻无视科学，很可能是在错误的方向上迈出了一步。

新鲜空气肯定比砒霜更好，但采用新的诊断方法同样有效。科学为医学带来了麻醉、疫苗和消毒剂。不久之后，X 射线和放射也将问世。但是，宣传包含营养饮食、锻炼和良好卫生习惯的预防性保健方法正适合伊丽莎白。这些建议本身是可靠的，而且肯定对生活在城市贫民窟的妇女有所帮助，只要她们有能力和资金来实施这些建议。这在当时是一种十分进步的理念。那时候的医生不会向病人传授良好的营养、休息和新鲜空气的重要性，医学院也没有这方面的课程。

索菲娅也加入了布莱克韦尔姐妹的计划。被哈佛大学拒绝后，她不情不愿地来到纽约，又听说伊丽莎白和埃米莉正计划开办一所完整的女子医学院，附属于她们的妇幼保健院。

这时距离医学院开学还有六个月的时间。在此期间，索菲娅在妇幼保健院当了几周的非正式员工。她说服了贝尔维尤医院的首席解剖示范师莫斯利医生，让他在上午为她和另一名女学生教授解剖学。

“噢，天哪，终于能学点像样的东西了！”[14]她高兴地说。下午，她通常在妇幼保健院度过。布莱克韦尔姐妹的职业操守和专业知识给她留下了深刻的印象。

“你要不要在英国召集一班年轻女子，等我们的医院变成大学开张的时候把她们带回来？”[15]伊丽莎白打趣道。

“也许吧。”索菲娅腼腆地回答。她停顿了一下，告诉伊丽莎白：“我还是想去哈佛。”与男生一起学习的梦想在她心中还未完全破灭。

伊丽莎白还注意到，她们简朴的生活条件让索菲娅很不舒服。布莱克韦尔姐妹省吃俭用，经常只吃面包、橙子和椰枣。“我们睡在阁楼里，在地窖里吃饭，如果我们还吃饭的话。”[16]伊丽莎白曾这样调侃道。索菲娅也曾写信回家抱怨：“两位英国女士不喜欢在厨房里用餐，因为那里的伙食太差。”[17]

哈佛大学还是不接受索菲娅，于是她回家收拾东西，计划等布莱克韦尔姐妹的学校准备就绪，就回到她们的医院。那年夏天，露西也到索菲娅父母家中探望她。索菲娅自豪地向所有的亲朋好友炫耀这位娇俏迷人的医生。人们认为学医会让女人变得男性化，而露西穿着漂亮的粉蓝色连衣裙，轻轻松松打破了这样的观念。索菲娅的父亲认为露西既坚强又温柔，他被深深打动，并提出在露西返回波士顿后为她买一辆马车。

10 月 23 日周五，索菲娅带着女仆艾丽斯和雪达犬特克回到纽约，正好赶上新成立的纽约妇幼保健院女子医学院举办开学典礼。她花了一周在第一百三十七大道上寻找住处，但始终运气不佳。最后，她在东十街 222 号租到了房子，这个地方就是后来的东村。从那里步行四分钟走过街角，就能到达布莱克韦尔姐妹的医院。

这处房子包含一楼的两个后厅和楼上两个房间，每月的租金和煤气费是 55 美元。索菲娅和艾丽斯着手把这里打造成一个家，她们铺上地毯，安装炉灶，买来一张床、几把椅子和锅碗瓢盆。但她尽量少买家具。地毯是她从波士顿带来的。她还从房东那里租了另一张床、炉子和两张桌子。索菲娅还储存了一些食物，有面粉、葡萄酒、两桶土豆和 30 磅黄油，希望这些东西足够过冬。

“上周过得很艰难，但现在一切都步入正轨了，”索菲娅报告，“布莱克韦尔姐妹很好相处，虽然我在这里没什么朋友，但我将会非常忙碌和舒适，我一定能过得很好。”[18]

索菲娅和艾丽斯是亲密的伙伴，但她们的房间安排保留了个人空间，想要独处的时候就能独处。她们也是唯一使用后楼梯的房客。索菲娅享受独立生活，可以随时自由地阅读和学习。此前在医院里，她被朋友们包围，生活中充满了快乐，但也安排得很满，留给她独自思考的时间很少。索菲娅很期待人生的下一阶段，但她内心仍然希望能设法留在波士顿，与她最亲爱的露西在一起。

她担心露西会非常想念她的帮助，担心她不会照顾自己，不过父亲送给露西的礼物还是给她带来了些许安慰。[19]她告诉母亲：“我无法向您和爸爸表达我有多么感激。多亏了他送给露西那辆迷人的小马车，一想到她不用在疲惫不堪和冻得半死的时候还要自己驾车，我心里就轻松多了。”她向露西保证，在纽约完成学业后，她就会回到波士顿，到时候她们就可以真正开始共同生活了。

学院首届共招收十五名学生。而在招聘教授的时候，布莱克韦尔姐妹只看重才能，而不考虑性别。学校的九名教授中只有两名女性。伊丽莎白教授卫生学，埃米莉教授产科和妇科。此外，露西·阿博特和伊丽莎·蔡平担任助理医生，同时阿博特还教授临床助产术。阿博特曾就读于新英格兰女子医学院，而蔡平读的是宾夕法尼亚女子医学院。

这所学校是伊丽莎白和埃米莉毕生心血的结晶。在 1868 年 11 月 2 日的开学典礼致辞中，伊丽莎白说，自从创办妇幼保健院以来，她们就一直在为这一时刻而努力。

“十五年来，我们一直面对着金钱和技术这两座陡峭的悬崖，千方百计，努力攀登。然而，我们一点一点，一块砖接着下一块砖，为自己搭建起立足的根基。这个根基虽小，却很坚实。”[20]伊丽莎白宣告。

伊丽莎白很高兴她找到了这么多愿意参与女性医学教育的男性。她满怀希望，或许这意味着主流社会对女医生的接受程度正在提高。“我们已经习惯遭遇‘蔑视和拒绝’，因此鼓励、欢迎和成功都显得令人惶恐。但不管出于什么目的，现在学院成立所得到的支持都是热情而友好的。”伊丽莎白承认。

的确，女性成为医生越来越为公众所接受，尤其在美国，这里的女子医学院正变得越来越普遍。但反对者仍然为数众多。就像通常情况一样，女性越是努力，遭遇的阻力也就越大。《澳大利亚医学杂志》的一篇文章称，医学界的女性将永远被视作奇人异士，就好比“跳舞的狗和长胡子的女人”。[21]

而在索菲娅看来，女性“比大多数男性更热爱医学工作，天生更倾向于从医，也比大多数男性更适合医学工作”。[22]考虑到莉齐遇到的许多男医学生性情懒惰又聒噪，她也许是对的。

可以在一所真正的医学院接受培训，开始走上医学博士的坦途，这令索菲娅非常兴奋。每天早上 9 点，她就忙着在解剖室观察标本。

每隔一天的上午还有解剖学与生理学讲座。狭小的阶梯教室里有两层半圆形平台，上面摆放着椅子。女士们头戴小礼帽，身穿百褶裙，胸前系着纽扣，脖子上系着蝴蝶结，在优雅地放在腿上的笔记本上认真地做着记录。房间中央，一张长木桌上放着一具尸体，用一块白床单半掩着。授课的塞缪尔·沃德医生站在旁边，详细讲解人体内部复杂的构造。他身后的画架上挂着一幅插图，描绘着当天讲解的身体系统，以帮助学生强化知识点。一旁的凳子上放着一本打开的教科书，供教授阅读。

当索菲娅上完上午的课回家时，艾丽斯已经为她准备好了午餐。下午的课程从 2 点开始，包含三个科目，每科一小时。久坐令索菲娅感到身体僵硬、烦躁不安，她很快向埃米莉提议在两堂课之间安排五分钟的休息时间，好让女学生们站起来，开窗通风，在走廊上走动走动。埃米莉立即同意了这个极好的建议。

全套课程的学费为105美元，其他费用包括5美元的注册费、10美元的示范费和30美元的毕业费。[23]一年级学生学习医学科学的“基础”分支，包括草药学、药剂学和化学。索菲娅把实用解剖学、医学原理与实践两门课程的入场券珍藏起来。布莱克韦尔学院还有一个特色，那就是为在校学生提供循序渐进的课程，而不是通常的重复课程。

“这里的教学质量真的特别好，我的学业突飞猛进，”索菲娅自豪地告诉母亲，“我这辈子从没这么努力过，身体也从没这么好过。我身体好得不得了。（过了这么多年还是如此，我可真有福气！）我能吃能睡，行动自如，没有任何病痛，脾气也非常好！真希望妈妈能看到我在我的小窝里，和狗狗、艾丽斯还有这一切相伴的样子。”[24]

伊丽莎白担心索菲娅不够自律，无法完成她们严苛的训练。她坦陈：“如果她想获得我们的文凭，就得比我所知道的她更加努力。”[25]

除了课堂授课，学生们还可以参加市内各类医院和保健设施（包括慈善医院、疯人院、眼耳医务室、癫痫和瘫痪病人医院、育婴医院、发热和天花医院）的临床授课。最值得一提的是，她们可以参观规模庞大的贝尔维尤医院。每年有多达12 000名病人走进这家医院，其中有500人来看产科。[26]

但在贝尔维尤，妇女并不总能得到友善的欢迎。伊丽莎白听说了一件事，涉及那所“没有原则”的顺势疗法学校——纽约女子医学院。[27]校方派自己的学生与400名男生一起参加贝尔维尤医院的临床讲座。男生的行为令人发指，但伊丽莎白认为女生的反应也不得体。她对芭芭拉说："她们做了最不检点、最愚蠢、最无礼的事。"

据纽约女子医学院学生安娜·曼宁回忆，在贝尔维尤医院进行临床实习期间，男学生和医生经常对她和另外五名女同学发出怪叫、冷嘲热讽。"现在的学生根本不了解我学医时的条件，"安娜后来在一次为她举办的午餐会上对来宾说，"医院里所有的工作都让我们感到厌恶和不快。"[28]

尽管索菲娅无比渴望成为布莱克韦尔的第一届毕业生，但家庭事务很快打断了她的学业。11 月 12 日周四，索菲娅在解剖室学习时收到了一封信。母亲在信中告诉她，父亲病得很重。索菲娅在回信中向病重的父亲献上两个大大的吻。她一边等待信件送到父亲手中，一边满怀期待地想象着他一天天好起来的样子。

到了周一，她收到了姐姐卡莉的一张便条，语气悲伤："我想你哪怕今天从纽约出发，也没有任何希望见他最后一面了。"[29]索菲娅告诉伊丽莎白，她必须马上动身离开。

"亲爱的，我们深感遗憾。这不仅是你的巨大损失，也是我们的损失，"伊丽莎白回答，"请不要让这件事打消你学医的愿望。"[30]

"别担心，"索菲娅强忍悲痛向她保证，"我会成为一名医生的。"

索菲娅匆匆赶回英格兰，而在当时，要想跨越大西洋，唯一的交通工具就是轮船。她于 11 月 28 日周六回到家，发现父亲在她收到卡莉的便条的十天前就去世了。如果她一直留在英国，很可能赶得上在父亲去世前见他最后一面。她发誓再也不让如此辽阔的海洋将她和家人隔开。她要留在英国，哪怕她已经在纽约预付了一个学期的学费。

在海上航行期间，她写信告诉露西，她不打算继续在纽约攻读医学博士学位，也不会再返回波士顿了，并感谢露西为她所做的一切。“即使是现在，当我面对这样的情况，正在回家的路上，一想到你为我所做的一切，想到我亏欠你的一切，我首先想到的是……你对我（所有）的爱和帮助，我知道这不是结束。”[31]

露西伤心欲绝，但她一如既往地无私，对索菲娅能为家乡的运动所做的一切持乐观态度。“就算你不回美国，你也不会放弃这项事业的。你会为英国的女性打开通往这份职业的大门。”[32]

“但我们总有一天会再见面的，当我们成了老太太的时候，不是吗？”索菲娅安慰她，“哦，亲爱的，我已经厌倦了生活、战斗和希望！每次我燃起一点希望，稍稍站稳脚跟，就又立刻被打倒！”[33]

第十一章　莉齐征服伦敦

莉齐取得了令人难以置信的成就，成了英国注册医生名录上第一位在英国接受培训的女性（伊丽莎白来得更早，但她是在美国培训的）。《柳叶刀》假惺惺地对此表示祝贺，并提出臆测："毫无疑问，考官们充分考虑到她的性别，省略了所有会对女性的头脑造成冲击的科目，而它们在普通全科医生实践中是非常必要的。"[1]

当然，莉齐参加的考试与男性完全相同。但医学界必须找一些理由来解释她的成功，找一些借口来贬低她的重大成就。这篇文章坚持认为，莉齐是个例外。作者根本不认为会有哪个女性将她视为榜样："我们不能将这一事件视为即将发生变革的预兆。"最后，他列举了莉齐因身为女性而不适合的所有职位，包括军医、医院员工、家庭医生、乡村医生。说真的，她为何要费这个劲？

遗憾的是，尽管莉齐的名字进入了注册医生名录，但她发现伦敦没有一家医疗机构愿意雇用她。于是在 1865 年秋天，她像伊丽莎白一样开办了私人诊所。至少莉齐不用担心没钱吃饭或取暖，因为她的父亲纽森为她付了房租，还给了她一笔钱。而且，她的母亲每周都会从奥尔德堡的庄园送来一篮一篮的新鲜农产品、禽肉和烘焙食品。她的父亲为女儿来之不易的成功感到欣喜若狂，母亲则勉强能够容忍她走上这条奇异的人生道路。作为回报，莉齐每周都会用自己削的鹅毛笔给父母写信，报告自己的生活。

莉齐在伦敦医疗区边缘的上伯克利街 20 号找到了一个好地方，可供她安家并开设私人诊所。这座房子有五层楼，但没有中央供暖系统，也没有通电。纽森为诊所提供了典雅的家具和装裱精美的艺术品。但门上的铭牌该怎么写呢？“我不喜欢门上的‘加勒特小姐’。”[2]莉齐抱怨道。这么写看起来“像个裁缝”。但“医生”的头衔也不太合适，因为她还没有正式的医学博士学位。埃米莉也认为“医生”可能会让一些人不舒服。路易提议用“伊丽莎白·加勒特，L.S.A.[1]”，再加上一个夜铃，这样似乎就合适了。[3]伊丽莎白听从了姐姐的建议，她的铭牌上写着“伊丽莎白·加勒特，药剂师协会注册成员”。

莉齐雇了一名应门女仆，负责带领病人走上楼梯，来到候诊室。莉齐把大厅后面的画室布置成检查室，当她准备好了，病人就会被叫到这里。在为病人看病时，她身着一袭漂亮的棕

1 L.S.A.，药剂师协会注册成员（Licentiate of the Society of Apothecaries）的简写。

色天鹅绒连衣裙，上面装点着精美的爱尔兰蕾丝。

在维多利亚时代的常规检查中，医生可能会测量病人的脉搏和体温，用听诊器听听呼吸系统和消化系统，检查尿样，有时也检查血样。他们还会观察病人的整体体征，留心眼睛、舌头、嘴唇和皮肤的外观，并记录疾病的迹象和病人报告的症状。

莉齐的私人教师主张向病人解释诊断结果，这个观点在当时几乎闻所未闻。这意味着莉齐的病人很可能是最早从这一进步观点中受益的人。了解自己的病情和治疗方法，病人就能更好地照顾自己，学会留心自己的症状并向医生报告，以及为自己争取权益。

起初，人们都不愿意向女性求医，莉齐的病人很少，她还有时间去听音乐会、逛美术馆。她算是半个名人，这样的身份令她成为城中最受欢迎的晚宴嘉宾之一。她曾与约翰·斯图尔特·密尔共进晚餐，并乘坐安伯利子爵夫人凯特·拉塞尔的马车回家。密尔是自由派议员，著有多部有影响力的哲学著作。安伯利夫人是妇女教育权、选举权和同工同酬的早期倡导者。她曾在力学研究所发表关于妇女选举权的演讲，消息传出后，维多利亚女王大怒，称她“应该被狠狠鞭打一顿”。[4]

3月，莉齐在家中举办了一场生理学讲座，安伯利夫人、慈善家弗朗西丝·鲍尔·科布、密尔的妻子哈丽雅特和女儿海伦出席了讲座。

“每个人都比我更关心这个话题。”[5]安伯利夫人承认，她喜欢有莉齐为伴，却对莉齐的演讲不感兴趣。

由于女性独居被视为伤风败俗，莉齐的同学简·克罗成了她的室友。她们与埃米莉、芭芭拉和路易住得很近，走路就能到，正方便组织活动。在芭芭拉说服密尔向议会提交请愿书，要求将投票权扩展到拥有财产的妇女之后，几名女士就着手收集所需的100个签名。就在莉齐家的餐厅里，英国第一个选举权协会在伦敦诞生了。

尽管享受着繁忙的社交生活，但在职业发展上，莉齐感到孤立无援。“我仿佛**身处堡垒**，但很孤独，而且这种状态可能会持续很长时间。”[6]莉齐说。她的私人执业业务缓慢发展了六个月，随后她和布莱克韦尔一样，决定在镇上开一家慈善药房，让贫困妇女能够获得她们迫切需要的免费医疗服务。莉齐的熟人纷纷慷慨解囊，为她提供了近150英镑的慈善资金。1866年7月，她的圣玛丽妇幼保健慈善药房开张了，位于伦敦马里波恩区西摩广场的拐角处，离她家只有几个街区。

每周一、三、五下午3点，莉齐会在这个简陋的小药房开门营业。药房位于一栋三层建筑的一楼。她没怎么装修，只粉刷了窗户，以保护隐私。几名男性为她担任名誉顾问，包括一名内科医生、三名外科医生和三名产科医生。人们认可他们，并以为他们能为这里提供服务，所以他们能让诊所看起来更值得信赖，这是仅靠女医生还无法做到的。莉齐还雇了一名男药剂师，但要求他雇用两名女助手进行带薪实习。

莉齐在这座繁忙的城市中如鱼得水，尽管这里拥挤、肮脏的街道与奥尔德堡开阔的田野和岩石海滩相去甚远。不幸的是，城市的生活条件意味着人们对医疗服务的需求要比乡下大得多。这里的空气中弥漫着厚厚的烟雾。家庭和工厂使用烟煤，燃烧产生的烟尘和含硫气体经常形成淡黄色的雾，人称“豌豆汤”。这种污染很快导致呼吸道疾病高发，老年人和婴幼儿尤其易感。

马的粪便和尿液遍布街道。至于人类的排泄物，条件较好的家庭会在后花园建一座外屋，权当厕所。晚上，你可以使用床下的便壶，然后在早上将排泄物倒进粪坑。尿液会渗入泥土中，而夜香郎则受雇在半夜登门，收走粪坑里的固体排泄物，卖给农民做肥料。

值得庆幸的是，就在莉齐开设私人诊所的那一年，新的下水道系统终于建成。它连通伦敦的大部分街区，将污水输送到城外的污水处理厂，而不是直接倾倒进泰晤士河。这项工程耗时多年，受 1858 年的“大恶臭”推动而建设。城市人口的激增是需要适当的污水处理系统的主要原因。从 19 世纪初到 19 世纪末，伦敦的人口从不到 100 万增加到 650 万。[7]

19 世纪中期，出生在伦敦的人的预期寿命只有 37 岁。[8] 霍乱、天花、伤寒和肺结核（通常被称为肺痨）等疾病肆虐，夺走了维多利亚时代许多人的生命。作为事实上的家庭照顾者，妇女受传染病的影响尤为严重。感染和呼吸道疾病是最常见的死亡原因。因工伤或接触有毒物质导致的死亡，或分娩和家庭暴力相关的死亡也比比皆是。

在伦敦东区，贫困、人口密集、婴幼儿夭折、犯罪和淫乱行为比比皆是，莉齐的慈善药房就开在这里。1850 年，查尔斯·狄更斯在他主办的《家常话》周刊中描写了这一地区："这里有臭水沟、露天下水道和堵塞的排水沟，臭气熏天……没有一滴水是干净的，一些水井里的水发黑发臭，窗框上的油漆在硫化氢气体的作用下变成了黑色。几乎所有的居民看起来都不健康；妇女们常常抱怨恶心和食欲不振，她们眼窝凹陷，皮肤又干又皱。"[9]

在狄更斯写下这些文字之后许多年，这一带的生活条件并没有多大改善。1865 年，也就是伊丽莎白的慈善药房开张的前一年，索菲娅的前女友奥克塔维娅·希尔描述了马里波恩贫民窟的情况："墙壁上的灰泥直往下掉，一段楼梯上放着一个桶，用来接从屋顶漏下来的雨水。所有的楼梯都黑乎乎的，栏杆都不见了，被租户们当成柴火烧掉了。"[10]奥克塔维娅正在推动住房改革，她强烈批判伦敦贫民窟的恐怖，主张建造低矮、带有花园的别墅式排屋，而不是大规模的高层公寓。

所以，莉齐的慈善药房开业时遇上霍乱暴发也不奇怪了。霍乱是一种水源传播的细菌性疾病，感染途径是接触病人的排泄物——在那个没人洗手、污水横流的时代，这个未知的事实真是致命。馊掉的食物、瓜类等"寒性水果"，甚至过度愤怒都被认为是该病的诱因。[11]

医生们对疾病的产生有很多错误的理论。罪魁祸首包括夜晚的空气、久坐不动、脚上沾水和温度骤变。发热的病因包括极端温度、大便不规律、受伤、空气不好或情绪暴躁。苏格兰医生威廉·巴肯发现了人的血统与患病风险之间的联系，在1848年版的《家庭医学》中，他将“生病的父母”列为致病的主要原因之一。[12]

直到1854年，伦敦一个社区的霍乱疫情才找到了令人信服的源头，那就是公共水源：宽街的一个公共水泵被婴儿的脏尿布污染，导致数百人患病。水泵被拆掉之后，疫情就减轻了。[13]

如果不及早治疗，霍乱会导致脱水和死亡。绝望的时代需要孤注一掷的手段：霍乱不在乎你是富有还是贫穷，病人也不在乎医生是男人还是女人。因此，尽管莉齐的私人诊所业务发展缓慢，但她的慈善药房立刻人满为患。

在每个下午短暂的营业时间里，都有大约80名妇女花1便士请她看病。[14]那年，她接待了3 000名病人，她们在她的药房就诊超过9 300次。[15]很快，她得到了一些急需的专业援助。弗朗西丝·摩根、伊丽莎·沃克·邓巴和路易莎·阿特金斯出现在莉齐的门前，希望得到一些建议，以复制她的成功，获得药剂师协会颁发的行医执照。莉齐邀请她们到她的慈善药房接受临床培训。

霍乱疫情消退后，慈善药房的大部分病人都是来自附近利森格罗夫贫民窟的妇女儿童。这是一群可怜人：因贫困而憔悴不堪，因生育而精疲力竭，因酗酒的丈夫而受尽折磨，因从事性工作而衣衫褴褛。[16]这些妇女终于可以放心地与医疗服务的提供者讨论一切困扰她们的问题了，因为她是一位女性，一个她们可以信赖的人。

莉齐很快意识到，健康和阶级有关，大多数疾病的恶化往往要归咎于贫穷和缺乏教育造成的不健康的环境。[17]令她感到绝望的是，她能为这些病人提供的往往只是“大量的鱼肝油、奎宁和其他昂贵的药方”。

另一方面，她的私人诊所拥有一批有名望的病人。安伯利夫人非常乐意聘请莉齐担任她的私人医生。这段关系在安伯利早产时受到了考验。莉齐发现她怀了一对双胞胎姐妹，她们是脚朝前出生的。第一个孩子活了下来，但第二个孩子胎死腹中。安伯利觉得莉齐没有对孩子的夭折表现出足够的悲伤，但事实证明她对女性的支持超越了她个人的痛苦，她仍然找莉齐看病。

莉齐的所有病人都有一个共同点：无论富有还是贫困，她们都感到了前所未有的自由。她们可以向一位女医生倾吐心声，而女医生也能更好地理解她们所患疾病背后复杂的病因。

女权运动领袖约瑟芬·巴特勒从利物浦出发，跋涉 200 英里来找莉齐看病。她长期体弱多病，希望一位女医生能够缓解她的病痛。她从莉齐那里得到的建议比其他的医生都更加详尽，因为她“更深入地了解了我的精神状态和生活方式”。[18]约瑟芬说：“我在她面前滔滔不绝，能说的东西远比我能够或愿意告诉任何男人的都要多。哦，如果男人们知道女人要忍受什么，如果每个好女人都祈求改变的到来，那该多好啊！我向上帝祈祷，希望能出现许多加勒特小姐。”[19]

约瑟芬是一位热情的社会改革者，近来因高调反对 1864 年的《传染病法案》而崭露头角。英国政府发现有许多军官染上了性病，于是制定了这项法案。流行的观点认为，女性只能忍受性，而男性则需要定期满足他们的肉欲。政府将妓女视为社会的必需，需要加以管理。

该法案规定，任何被怀疑卖淫的妇女都必须接受侵入性的医学检查。如果她拒绝，她将面临牢狱之灾。被发现患病的妇女要强制入院，住院时间最长可达三个月。后来该法案的补充条款将这一期限延长至九个月，并要求所有登记在册的妓女接受特别警察的定期检查。患有性病的军官或其他男子则不用承担任何后果。

“这项法律定义了一项需要严加惩处的罪行，”约瑟芬怒斥，“但请注意，它被判定为女性犯罪，而对男性而言则不构成犯罪。”[20]伊丽莎白·布莱克韦尔同样反对该法案的目的。她认为应该阻止而不是管制卖淫，并同样对该法案中“不平等的性道德标准”感到愤怒。[21]

女权运动团体中几乎每个人都在讨伐该法案，只有莉齐除外。在经营慈善药房的三年时间里，她得出了这样一个结论：依靠人们自愿寻求治疗无法有效阻止性病的传播。她看到，女性往往不会在出现症状后及早到医院就诊，入院后也不会停留足够长的时间。她不得不怀疑，法律规定到底能不能更有效地杜绝疾病传播。但她对她们的困境表示同情。

“医院通常不接收她们，慈善药房无法治愈她们，传教士和避难所也很少接触她们，”莉齐说，“她们没有健康，没有尊严，没有朋友，没有金钱。还有比这更悲惨的处境吗？”[22]

她还想到了这些病人所生的孩子，在她看来，这些孩子经受着性传播疾病带来的痛苦，而这一切并非他们自身的过错。莉齐因支持《传染病法案》而与兰厄姆广场的女权主义者们发生了冲突；有些人从未原谅她，将她的举动视为极大的背叛。事实证明，来自妹妹米莉的反对最让她感到痛苦。

五年后，莉齐为她的社区做了很多好事，无论是优雅的淑女还是最落魄的女人都感激她的服务。[23]慈善药房的账本上总共记录了 9 000 个病人的名字和 40 000 次就诊。在助产方面，她监督了 250 例家庭分娩。莉齐轻快地穿梭于病人的家和慈善药房之间，内心兴奋不已，期待着下一个病人的到来。她创造了一个小天地来从事热爱的工作，终于感到有望实现自己的人生目标。但是，她内心仍有某个部分从未被触动。

第十二章　索菲娅横扫爱丁堡

对索菲娅来说，回到布赖顿与母亲同住的生活有时令人窒息，有时简单而令人安心。井然有序、无忧无虑的生活可以让人放松，但母亲认为她的显微镜玻片和医学书籍太“下流”。[1]索菲娅这个人闲不住，至少闲不了太久。想要成为一名女医生的愿望仍在她心中燃烧。1月时，她已经开始计划前往剑桥大学、圣安德鲁斯大学、爱丁堡大学和其他医学院校，看看能不能“打入什么地方”。[2]首先，她申请了伦敦大学。校方告诉索菲娅，其章程中明确规定不招收女生。接下来是爱丁堡大学。

1869年3月，年近30岁的索菲娅前往爱丁堡大学申请入学。她见到了修辞学和英语文学系主任戴维·马森，马森答应介绍她认识医学院的大部分教授。他还写信给爱丁堡大学草药学和治疗学系主任罗伯特·克里斯蒂森和医学院院长约翰·H.鲍尔弗，帮索菲娅说话，希望他们在她就入学一事征求意见时以礼相待。作为尝试，她打算在夏季学期进行学习。

索菲娅应邀与助产学教授詹姆斯·杨·辛普森爵士及其夫人杰茜共进早餐。辛普森十分支持索菲娅的大学申请，并对埃米莉·布莱克韦尔医生给予很高的评价。用餐期间，辛普森递给索菲娅最新一期的《英国医学杂志》，把杂志上一条关于莉齐的消息指给她看。“根据部长的特别指示”，她在巴黎获准参加第一次医学博士学位考试，并在众多观众的见证下“大放光彩”，通过了考试。[3]

“这个女人一定学习和工作的能力都很强，不是吗？”[4]索菲娅说。第二天，她将再次与辛普森夫妇共进早餐，以确保获得辛普森的支持。

一连四天，索菲娅接连不断地与教授们会面，每次会面都做了笔记。[5]有些会面进行得比较顺利：大学校长亚历山大·格兰特和他的妻子苏珊表现得亲切友好，博物学教授乔治·奥尔曼说他很期待在课堂上见到索菲娅。另一些会面则不然：鲍尔弗质疑女性能否胜任解剖工作；组织学教授J. 休斯·贝内特不明白女性为什么要当医生，但承认她们作为助手的潜在价值。

大多数情况下，这些男士都礼貌地接待了她，但也有例外。医学系主任托马斯·莱科克怒斥女性“没有足够的体力行医”。他告诉索菲娅，他认为大多数对医学感兴趣的女性只想当堕胎婆。索菲娅离开他家时，在一个观点上完全同意他的看法，而且只同意这个观点，那就是“有自尊心的女人最好别进他的教室”。

当她见到克里斯蒂森时，他“毫不妥协”，怒气冲冲地告诉她“事情已经决定了”。他是爱丁堡大学的一个活宝，72岁，脾气古怪，固步自封，惯于一意孤行。克里斯蒂森身材瘦高，深色的波浪鬈发围绕在耳边，长胡子剃成了络腮胡。索菲娅称他为“食人魔”。

克里斯蒂森是一名技艺精湛的毒理学家和法医，著有《毒物论》《遗体医学法律检验》。[6]他刚刚入行就在备受瞩目的伯克和黑尔谋杀案中做证，由此崭露头角。伯克和黑尔为了赚钱杀害了16人，把尸体卖给一名解剖学讲师。

克里斯蒂森有厌女症，还经常吸食可卡因。他认为女人可以成为合格的助产士，但绝不能当医生。他生活在一个没有女人的世界里。作为医学院教授，他只教授男性；在个人生活方面，他丧偶20年，仅有的亲人是三个儿子和一个孪生兄弟。克里斯蒂森痴迷于毒药，经常进行自体实验，这种做法至少有一次差点要了他的命。他阴险狡诈、冷酷无情，迫使大学围绕他的兴趣制定教育重点，只提拔他喜欢的人，而不起用其他经验或学识更丰富的人。

如果这些特点听起来有些耳熟，那是因为阿瑟·柯南·道尔年轻时学习医学，由此认识了克里斯蒂森。有人认为，克里斯蒂森启发了夏洛克·福尔摩斯身上可疑的道德品质，但更重要的是，他帮助启发了福尔摩斯的宿敌莫里亚蒂的性格特点。

索菲娅在爱丁堡遇到的阻力，远比伊丽莎白或莉齐所经历的要强大得多。她们当然也遭遇了他人的诋毁和敌对，但与索菲娅相比，她们遇到的问题不过是小菜一碟。

鲍尔弗院长决定将她的入学资格交由学校的教职员工投票表决。出人意料的是，投票结果对她有利。她可以入学，条件是将学习范围限制在产科和妇科。

然而，爱丁堡皇家医院的高级助理医师克劳德·缪尔黑德恳求学校取消索菲娅的入学资格。缪尔黑德的武器是一份有200名学生签名支持的请愿书。[7]威廉·特纳[1]也表示反对。所有人都担心，如果有一名女士在场，教授们就无法详尽讲解课程，这种状况“会给男学生造成困难和伤害”。[8]会议决定，男女学生必须分开上课，而为一个学生单独开班对大学来说成本太高，负担太重。她的录取决定被推翻了。

索菲娅虽然感到沮丧，但并没有气馁。在接下来的几个月里，她撰写了《医学是女性的职业》一文，后来收入约瑟芬·巴特勒编撰的文集《女性工作与女性文化》。那年夏天，伊丽莎白·布莱克韦尔也来了，正好能让索菲娅散散心。伊丽莎白说，她和索菲娅在一起“度过了一段令人振奋的时光”。[9]她接下来要去伦敦，计划在那里开一家私人诊所。

为了撰写这篇论文，索菲娅在大英博物馆的图书馆里一待就是几个小时。最终，她全面梳理了医学界杰出女性的历史，

---

1 威廉·特纳（1832—1916），英国解剖学家，1903 年至 1916 年任爱丁堡大学校长。

上至古希腊时期，下到伊丽莎白·布莱克韦尔。她希望消除历史对女科学家的抹杀。当女性被告知不具备科学才能时，几乎没有任何对她们有利的证据，除非她们愿意自己对这一主题进行深入研究。索菲娅希望人们认识到，长期以来，女性一直在提供医疗护理，做出科学发现。

索菲娅指出，《伊利亚特》证明了古代女医师的存在。荷马在其中将阿伽墨得描述为一名金发女子，她精通地球上每种植物的药性，照料生病和受伤的特洛伊士兵。《伊利亚特》的译者备注，妇女从医在当时是极为寻常的事情。[10]

她讨论了阿格诺迪斯、底比斯的奥林匹亚，以及雅典和罗马的妇产科医生阿斯帕西娅。她提到了 14 世纪的意大利人多罗泰娅·布卡和亚历山德拉·吉利亚尼。吉利亚尼是现代解剖学的先驱，也是第一个对解剖标本进行注射以便保存的人。她还介绍了 16 世纪的西班牙哲学家奥利娃·萨布科·德·南特斯，她撰写了多部医学和心理学专著。

索菲娅在文中追问："是谁有权宣称，不应允许（女性）将她们希望从事的工作科学化，她们仅能从事令人厌烦的日常护理工作，而将所有关于疾病的智性认识以及所有关于维护或恢复健康的规律的研究留给男性？"[11]

索菲娅指出了医学界人士的论点中的自相矛盾之处。一方面，他们宣称在确定女性确实有能力学医和行医之前，不应该建立女子医学院；另一方面，他们又说女性不应该与男性一同学医，所以她们必须有自己单独的医学院。她利落地揭穿了其中的虚伪之处：女性必须证明自己的能力，才能获得一所属于自己的学校；但只有在属于自己的学校里，女性才能获得相关的技能和知识，以证明这种能力。按照这种逻辑，永远也不会出现女医生。这可能正是问题的关键所在。

为了驳倒“女性应该与男性分开接受医学教育”的论断，索菲娅想到了这样一个观点：女患者应该毫不羞耻、心安理得地向男医生咨询，而男医生应该摆脱任何可能出现的尴尬，把每个病人都当作纯粹的病例来对待。如果医生和病人可以打成一片，为什么医学生就不可以呢？

“如果说任何一个适合从事医生这一职业的人，都必须能够在实践中摒弃个人的性别观念，那么很显然，如果是出于同样的目的而寻求同样的知识，那么所有勤勉的学生都应该能够一起学习。”[12]索菲娅论证道。

索菲娅指出，对于那些认为女性因为智力缺陷不可能成为医生的人而言，允许女性接受医学教育实际上正符合他们的最大利益，正好能证明他们的观点。如果女性真的缺乏学医所需的脑力，那么她们就会在考试中一败涂地，继而证明这个观点是正确的。但如果事实证明，她们中的一些人真的能通过考试，那么反对她们从医的空想理论将不攻自破。

论文完成后，索菲娅又把精力放在了游说爱丁堡大学上面。她决定，如果校方认为不值得为一个女人大费周章，那么她要做的就是招募更多的女人。马森感到索菲娅受到了学校的不公对待，并将她的艰苦努力告诉了他的朋友、《苏格兰人报》

编辑亚历山大·拉塞尔。拉塞尔在他的专栏中报道了这场风波，并鼓励更多的女性申请入学。

很快就来了四个人：索菲娅、伊莎贝尔·索恩、伊迪丝·皮奇、玛蒂尔达·查普林和海伦·埃文斯。现在，她们和索菲娅一同要求学校正式录取她们，而不仅仅是允许她们参加某些讲座。这样一来，学校就不能再以人数为借口拒绝她们入学了。

伊莎贝尔之所以认识到人们对女医生的需求，背后是一段极其令人心碎的故事。[13]在距离结婚一周年还差一个月的时候，伊莎贝尔和丈夫约瑟夫的第一个孩子早产了。他们的医生曾是船上的外科医生，不习惯给妇女和儿童看病。孩子太虚弱，无法吮吸，伊莎贝尔挤出的奶往往还没来得及给孩子吃就馊了。第二年冬天，孩子开始咳嗽。医生将水蛭敷在他的喉咙上，但他逐渐变得虚弱无力，于当年10月夭折。

当伊莎贝尔听说莉齐进入医疗登记册的伟大成就时，她决定报名参加实用助产士课程。“我很想追随她的脚步。”[14]她解释说。没过多久，伊莎贝尔就写出了这个学科的获奖论文。她甚至通过了药剂师协会的初试。但她不能像莉齐那样，把私人教学内容拼凑起来提交给药剂师协会。莉齐钻过的空子马上被堵上了。在她通过考试后，药剂师协会修改了规定，只允许从被认可的医学院获得教学证书。

伊莎贝尔认为她唯一的选择就是去巴黎学习。但就在她准备启程前往法国的时候，她听说爱丁堡可以为女性提供学习机会，于是带着一家人挤上从伦敦开往爱丁堡的火车，与索菲娅会合。她把四个孩子都带在身边，其中两个女孩、两个男孩，年龄分别为十岁、八岁、两岁和一岁。“他们都得了百日咳，所以车厢里只有我们。”[15]伊莎贝尔打趣说。约瑟夫当时为了打理公司远赴上海，所以她雇了一个保姆帮忙照看孩子，于是玛蒂尔达也跟着他们来了爱丁堡。

海伦出生在爱尔兰，她和伊莎贝尔的遭遇一样，第一个孩子在襁褓中夭折，后来，她的丈夫也去世了。[16]伊迪丝不确定自己能不能干好医学这一行，但还是想试一试。她问索菲娅：“在你看来，除了基本的能力和足够的毅力，还需要具备什么条件才能确保获得成功？我相信我可以说我具备了这些条件，而且还非常热爱所学的科目，但至于目前对这些科目的透彻理解，恐怕我还有很多不足。”[17]

伊迪丝和索菲娅搬到了一起，索菲娅的女仆艾丽斯和她的狗特克也加入其中。她们位于巴克卢广场 15 号的小宅院充满生机。没过多久，伊莎贝尔和她的孩子们也住了进来。从这里步行去上课只需六分钟，附近还有许多花园。

伊迪丝有一头乌黑浓密的长发，顺着她高傲的头顶披散下来，她身材高挑，姿态古典。这是一位忠实的朋友，她的魅力令人卸下防备，她的机智让人目眩神迷，她的聪慧更是难得一见。她还相当谦虚。五位女士都通过了爱丁堡大学的入学考试，其中伊迪丝在全部 152 名考生中获得了最高分。[18]

1869 年秋天，她们成为有史以来第一批被英国大学录取的女性。

“我衷心祝贺你们成为本科生。”伊丽莎白·布莱克韦尔在从伦敦给索菲娅寄来的信中写道，“在我看来，这是英国女性迄今为止取得的最伟大的成就；它确立了一项伟大的普适原则，将带来一切崇高的进步。我觉得我必须在冬季课程期间到爱丁堡来看看这个班级，献上我的祝福！”[19]

女学生们于 11 月入学，她们的学业从一开始就麻烦不断。尽管她们确实强迫学校打开了大门，但教授和男学生们不会让她们轻松获得教育。首先，学校向她们收取比男生更高的学费。其次，一些教授开始钻学校规定的空子，校方只是**允许**他们为女性授课，可没有**要求**他们必须做到。

学校提供了课程材料，却让女学生们自己安排授课内容。索菲娅经常自告奋勇地给这班女学生上课，并辅导她们学习数学。她曾在新英格兰妇幼医院协助露西工作，还曾在布莱克韦尔开办的大学短暂学习，因此比其他许多女性更有优势。她们根本就是花了更多的钱来自学。更重要的是，尽管她们单独上课的内容与男同学相同，但她们面对的评分标准要苛刻得多。尽管如此，她们还是出色地完成了生理学和化学这两门课。

12 月，索菲娅和其他女学生在《苏格兰人报》上读到了宾夕法尼亚医院发生骚乱的消息。宾夕法尼亚女子医学院院长安·普雷斯顿成功为她的 30 名学生申请到在医院参加临床讲座的资格。[20]当这些女学生到达时，等待她们的是坐在外科圆形剧场上层的近 300 名男性医学生。他们开始吐唾沫，给她们起外号，说下流话，发出怪叫。他们嘲笑、嘶吼、跺脚，还把烟草汁吐在女学生的裙子上。讲师们试图平息男生们的怒火，继续讲解病例。尽管咆哮声、跺脚声和吐口水声不绝于耳，但讲座仍在继续。之后，男生们追着女生们跑到街上，一边喊着下流话，一边扔石头。

“我很好奇，这些粗鄙的男人究竟有没有他们尊重或尊重他们的母亲或姐妹？”[21]《苏格兰人报》怒斥。

爱丁堡的女学生目前还没有遭遇过这样的敌意。这种情况很快就会改变。

伊迪丝继续在学业上发光发热，在春季考试中获得了最高分。在有 231 人参加的化学考试中，索菲娅位列第十，伊迪丝排名第三，在一年级学生中排名第一。获得全班前四名的学生能得到炙手可热的霍普奖学金。但在宣布结果时，化学教授说他要跳过伊迪丝，把奖学金颁发给名单上的下一个男生。他的理由是，因为女生们单独上课，所以从严格意义上讲，她们不属于“班级”成员。在考试内容完全相同的情况下，他竟然还这么想——要不是因为这极不公平，这件事简直算得上笑话了。

事实上，在那张最高分名单上的所有人中，伊迪丝是最有资格拿到这笔钱的。托马斯·查尔斯·霍普医生于 1799 年到 1843 年任爱丁堡大学医学和化学教授，曾为女士们开设一系列公开讲座。[22]这些讲座大受欢迎，令他受宠若惊，于是他用这笔收入（约 1 000 英镑）设立了霍普奖学金，资助学生免费进入化学实验室。[23]

这一举措令报刊界一片哗然。《苏格兰人报》的一名作者高呼，女性和男性一样拥有接受医学教育的权利，而她们却被视为贱民，被要求为仅有的一点教导而感恩戴德，同时所有的奖项和荣誉都留给了男性，这极不公平。[24]在《旁观者》上，一名敏锐的观察家指出，医学系的女学生之所以被安排单独授课，是因为教授太敏感，而不是女学生太敏感；教授让她们单独上课，又辩称这意味着她们不被考虑参与竞争，真是蠢得可笑。[25]

《泰晤士报》借此机会对伊迪丝大加赞赏，称她“为她所属的性别做出了贡献，不仅在与男性的公开竞争中证明了女性的智力，更重要的是，在面对失望时表现出气度和礼节。皮奇小姐秉持一个真正的学生的精神，宣称她所获得的知识就是对努力最好的回报；但是，在被鼓励去争取一份炙手可热的奖励，并公平地赢得了奖励之后，她却失去了获奖资格，而事先没有任何人警告她这条限制的存在，这真是令人难过”。[26]

一名女性竟能比大多数男性做得更好，这样的事实让部分师生脊背发凉。毕竟，这说明女性可能并不是因为心智不全或体力不支而不能学医。女学生们并非勉强过关，而是表现出色。显然，她们不会像大多数教授所期望的那样，几个月后就放弃。他们必须让她们的生活更加艰难。

“课程考试的结果让我们的反对者意识到，所谓的实验并不会像他们满心期盼的那样失败；要想从根本上压制这场实验，就必须采取强力措施。”[27]索菲娅解释说。

但在其他人看来，女性的聪明才智证明了她们有权身处此地。在下一次校务会议上，马森接过了妇女们的事业。他提议，鉴于她们取得的成功，应该允许她们加入普通班级，这样就可以免去单独开班的额外费用，以及随之而来的不便和困难。鲍尔弗院长附议，特纳和克里斯蒂森极力反对，动议以47票对58票宣告失败。

马森后来告诉索菲娅，特纳、约瑟夫·李斯特和克里斯蒂森似乎“执意要除掉你们”。[28]

和同时代的许多人相比，李斯特反对女性学医的态度更加坚决，他断言男女隔离的解除意味着道德标准的消亡。他在外科消毒方面的贡献影响深远，相比之下，他对所谓体面的僵化态度，以及拒女性于传统医学院门外的不懈努力，当然就不那么出名了。

李斯特称，在男女混杂的群体中讨论医学话题是极不得体的。[29]而男性和女性在医院的病房里并肩学习简直难以想象——他们可能会互相挤来挤去。如果女性想成为医生，那么她们必须在学习和实践中回避男性。鉴于传统大学不欢迎女性，而且英国也没有独立的女子医学院，那么如果女性遵守这些规定，她们永远也成不了医生。

特纳、李斯特和克里斯蒂森对女性接受医学教育的反对态度得到了医学界许多人的支持。1870年前后，为了回应女性公开要求英国向她们开放医学教育的呼声，医学期刊上发表了大量有关这一问题的观点。[30]

男性医学名家的愤怒充斥着一个又一个专栏，他们将女医生称为“她们所属性别的叛徒”，宣称女性弱小可怜又缺乏自信，并坚持认为她们不可能作为医生一同工作，因为她们“往往一见面就彼此憎恨，其愤怒程度男人无法理解”。不知为何，“如果让她们自己判断，她们就会失败”。更糟糕的是，她们永远不会知道自己失败的原因，“除非她们去请教某个男人”。[31]

一名忧心忡忡的女读者甚至写信给《柳叶刀》，力辩“无论在怎样的危险关头，没有女人会把自己托付给一个女人”。[32]女性缺乏医生所必需的“冷静和坚强的神经”，因为“女性系统的生理变化是不可靠的”。此外，“从道德上讲，女性不适合做医生，因为她们管不住自己的舌头（哪怕是最好的女性）”。一想到女性要上医学课，作者就感到厌恶。

《英国医学杂志》上的文章则认为，女性加入劳动力大军将损害她们的性别以及整个社会的利益。[33]还有人担心这些无情的女医生会把所有可怜的男士都挤下工作岗位，甚至宣称这会“减少男性的薪酬，从而助长独身现象”。不知为何，文明社会的根本结构取决于女性对男性的依赖，而不是接受她们“对独立的快乐这一海市蜃楼的渴望”。

《医学镜报》批评《英国医学杂志》关于女性的观念还停留在中世纪，但也承认女性出于“敏锐的感性”，可能不适合医院和手术室。[34]

“女士们都很适应自己的位置，那就是追随巴黎的时尚潮流，以及待在家里泡茶。”《医学新闻与通报》命令道。[35]该杂志还提出了一个相当新奇的论断：“大量的病例显示，一个医生要想治愈疾病，绝对不是凭借他的病理学知识，也不是凭借他对药物的熟悉，而是靠他仅凭在场就能产生的威望，靠他能够‘摆出架子’，一句话，靠他是一个——男人。”[36]

谁能想到男人仅凭自己的阳刚之气就能把病菌赶走？也许事实恰恰相反。同年，莉齐的朋友埃梅拉·格尼在给她的信中写道：“亲爱的健康女神，你给我带来了健康和活力！你赶走了我的感冒，并让我好一段时间都感到容光焕发。”[37]

女医学生们并没有对公众的质疑置之不理。1870 年 6 月，索菲娅对亨利·贝内特医生在《柳叶刀》杂志上提出的“十分傲慢”的质疑做出了尖锐的回应。“女性有什么权利要求在精神上与男性平等？”[38]贝内特发问。他在 1845 年出版了一部关于子宫疾病的专著，并发明了一种窥器。人们不禁要问，他的女病人，包括维多利亚女王在内，是否因为他认为女性低人一等而遭受了痛苦。索菲娅的回应也刊登在《柳叶刀》上。

“贝内特医生宣称女性‘在性别、体质和精神方面都不适合从事艰苦和无休止的工作’，然后又提出，女性在医疗行业中只能承担‘最艰苦、最劳累、报酬最微薄的工作’。”[39]索菲娅写道。她推测，贝内特在分配医疗的职业角色时真正关心的是后一部分。他允许女性承担所有收入微薄的助产工作，但花大钱看病的人则需要男性头脑中的高超医术。这是怎样的骑士精神！

到了夏季学期，女学生由五个变成了七个。她们又迎来了两名学生：埃米莉·博韦尔和玛丽·安德森（她的弟弟福特·安德森是米德尔塞克斯医院的住院医生，莉齐曾与他共事）。她们即将名声远扬，然后成为后人永远铭记的“爱丁堡七女杰”。

莉齐听说了这些勤奋女学生的事迹，于是请求她的富有的病人安伯利夫人资助她们。安伯利夫人提供了为期三年的奖学金，金额为 50 英镑，莉齐自己也为另一项奖学金提供了三分之一的资金。莉齐最初对索菲娅从医的担忧已经抛到了九霄云外，她全力支持她的朋友。

教授植物学的鲍尔弗院长是少数愿意为女学生单独授课的教授之一，但他身体欠佳，无法同时教两门课。于是，索菲娅找到了在大学校外班教授博物学的阿莱恩·尼科尔森医生，询问能否让她们跟他上课。

尼科尔森询问学生们是否同意让女学生们加入，然后欢迎她们参加他的常规课程。索菲娅说，就这样，“第一个‘混合班’成立了，持续了整个夏天，没有造成丝毫不便”。[40]男生们对女生的到来不以为意。而女生们尤其喜欢班级组织的实地考察，到福斯河砂石满布的岸边的挖掘现场研究化石。

外部教师大多对校方对待这七名女性的方式感到震惊。为了给她们的事业助力，他们于 1870 年 7 月通过了两项决议，以允许外部教师“向对男生授课一样自由地向女生授课”，并确保“不限制讲师向女生传授知识的方式”。[41]

不出所料，特纳断然拒绝指导她们学习解剖学，甚至不允许他的助手这样做。于是，外部教师又开始提供必要的教学。彼得·汉迪赛德医生和帕特里克·赫伦·沃森医生说，他们认为男女一起上课没有问题。他们都允许女学生去参加他们的解剖学和外科常规讲座。汉迪赛德以前甚至还教过女学生，培训了一些助产士。

学习解剖学的学生可以从 10 月初开始进入解剖室，但讲课要到下个月才开始。索菲娅解释说，勤奋好学的学生通常会提前来，而其他人要到 11 月才来。女学生们最早到达，并在解剖室里获得了一个属于她们的舒适角落。

用于解剖的遗体有时很难找到。死刑犯被视为最好的猎物，适合在睁大眼睛的学生面前切开展示，但随着医学院和独立解剖机构的需求日益增长，尤其是学生数量的增加，被定罪的犯人总是不够用。为了填补这一缺口，解剖学教授们经常主动花钱购买尸体。[42]

尸体成了大生意。盗贼从新坟中偷走尸体，好赚一笔快钱；尸体贩子从悲痛欲绝的贫困家庭手中购买尸体，然后转手卖给医学院，从中牟利；济贫院所有者出售“无人认领”的尸体，以帮助维持机构的运转。婴儿的尸体尤其珍贵。有些尸体是整具出售的，但如果把尸体切分，各部分单独出售，可以赚得更多。

解剖被精英阶层视为科学进步和探索的必要手段。在 19 世纪 90 年代发现甲醛具有保存组织的功能之前，尸体可能放在威士忌或白兰地等烈酒中保存。汞、锌和其他金属也被用来减缓尸体的腐烂。[43] 19 世纪 30 年代末，伦敦的一名医学人士试验了多种尸体防腐剂，他倾向于使用沸水和砷的氧化物，或一种含有铅丹、铅白、煮沸过的油和松节油的混合物。

第一个尝试长期保存解剖学标本的人是一名女性，亚历山德拉·吉利亚尼。[44] 14 世纪初，她在博洛尼亚大学为著名解剖学教授蒙迪诺·德·卢齐担任助理。她开发了一种开创性技术，可以在不破坏尸体血管的情况下凸显血管树，这为解剖学研究带来了极大的进步。吉利亚尼从静脉和动脉中抽出血液，然后填充彩色液体，使其凝固。最后，她还会把这些结构画下来。多亏了她，现在的学生们连最细小的静脉都能看到。

几个世纪以来，标本保存方法不断改进，趋于完善，使奇妙而复杂的人体解剖结构定格成永恒的奇观。借助维多利亚时代开发的技术，肺部、血管和淋巴系统的华丽树状分支被注入彩色树脂或蜡，化作绚丽夺目的硬化结构。骨骼在海边被晾晒漂白，或是被染色，以突出其形状和阴影。器官则漂浮在装满葡萄酒和松节油的罐子里。

给血管和器官注入香脂、油和树脂，在酒和二氯化汞中浸泡两周，然后涂上一层漂亮的清漆，尸体就可以被完整保存下来。这样的珍品会陈列在医学院的解剖学收藏中，比如外科医生大厅里的那一具就是如此制成。

整个秋天，女学生们在汉迪赛德的指导下学习解剖学的奥妙，整个过程轻松得令人吃惊。男学生们从来没有出格之举，顶多和这七个人简单说几句话。据索菲娅说，男同学都安静而恭顺，从各方面来说都不冒犯；他们接受了女同学的存在，并在她们身边勤奋学习。[45]汉迪赛德医生告诉索菲娅："自从女学生们进入他的房间以来，上了大约二十次课的他头一回体验到这样安静而勤奋的学习氛围。"实际上，女性对男性产生了良好的影响！[46]

大约就在这个时期，女学生们申请到爱丁堡皇家医院的病房学习，但遭到婉拒。这可是爱丁堡唯一一家规模足够大，可以为学生提供培训的医院。她们没有退步，而是让汉迪赛德教授和沃森教授写信强调这种实践培训的重要性。她们还说服皇家医院的三名医务人员写信表态，称如果女学生们被允许进入，他们将很乐意提供培训。皇家医院决定将投票时间再推迟一周。即将上任的教授亨利·利特尔约翰医生告诉索菲娅，尽管他预见让女医生上岗会带来灭顶之灾，但他还是会"饮尽杯中苦酒"，投票支持她们。

就在女生们等待审议的时候，男生们起草了一份请愿书，要求禁止女性进入皇家医院。他们获得了500人的签名。[47]几位教授热情赞扬了男生们的努力，女学生的申请再次被驳回。

现在，男生们开始对女生们的坚持感到不满了，这很可能是受到了教授们的怂恿。有几个男生"明显变得傲慢无礼，利用一切机会辱骂我们，毫无教养——比如，当着我们的面把门关上，大摇大摆地挤到我们通常坐的座位上，当我们走近时发出马嘶般的笑声和嚎叫"，索菲娅回忆道。[48]

男生们仿佛在一夜之间组织起来，决心尽可能地让女生们在校园里感到不舒服。她们收到恐吓信，被人往脸上喷烟雾，在街上受到大声辱骂。还有人在街上跟踪她们，有人闯进她们的住所。

自从《苏格兰人报》第一次报道索菲娅在申请进入爱丁堡大学时所面临的歧视之后，医学界的女性就成了这座城市的热门话题。这不仅是教育工作者和医学专业人士之间的讨论，也是公众之间的讨论。首先，女性是否应该有资格进入医学院？她们是否应该被单独教学？是否应该允许她们在医院接受实践培训？是否应该授予她们医学学位，从而允许她们成为执业医生？你愿意接受女医生的治疗吗？

争论很快就从报端蔓延到街头。1870 年 11 月 18 日周五下午，在皇家医院决定拒绝女医生进入的两天后，紧张局势达到了顶点。

深秋的寒意刚刚降临。即便在天气最好的时候，苏格兰也是阴沉沉的，但寒冷的月份气氛格外凄凉，太阳常常在下午 5 点前就落山了。冰冷的空气仿佛在啃啮她们的面颊，她们正沿着铺满鹅卵石的街道，坚定地向外科医生大厅走去，参加那里举行的考试。

当她们走近那座宏伟的古希腊风格建筑时，索菲娅看到路上挤满了密密麻麻的人群。在街道两旁和大厅的六根大型外柱之间，有 200 多名男子在等待着这些女性闯入者的到来。[49]这些女人需要得到教训，需要被吓唬吓唬，回到原来的位置上去。据报道，男人们把威士忌酒瓶传来传去，抽着香烟，嚎叫着，唱着歌，“很有精神，但没什么品味”。[50]拥挤的人潮阻断了交通，长达一个多小时。

当女学生们走近时，这群暴徒大声辱骂，并向她们扔垃圾、泥巴、臭鸡蛋和蔬菜。这群暴徒当中只有少数人是她们在医学院的同学。其余大多数人是其他专业的学生，是被当天早上教室里流传的一封匿名信召集到这里来的。[51]

女学生们毫不畏惧地继续向大楼走去，突然，男人们当着她们的面关上了大门。最终，一名看门人和几名同情她们的男同学帮忙全力推开大门，她们才得以进入教学楼。

从那时起，男学生就分成了两派：一大群人反对女学生，较少人支持女学生，但其人数不可忽略。索菲娅说，少数友好的同学对闹事者的愤慨甚至超过了女学生们，他们主动提出护送她们进入大厅，以确保她们平安进入考场。

她们进入大厅后，骚乱并没有停止。大部分闹事者都跟在她们身后挤了进来。汉迪赛德努力把大部分捣乱分子赶出了考场，剩下的几个人又把“可怜的梅莉”弄进来，这是博物馆馆长的宠物绵羊，平时在外面的草坪上吃草。绵羊吓坏了，围着桌子跑来跑去，咩咩叫着。汉迪赛德命令男人们出去，并关上了门。至于那头羊，他宣布：“别管它了。这可怜的牲畜比那些把它弄进来的人更有理智。”[52]

在考试过程中，外面的喧闹声持续不断，令人心烦意乱。她们努力集中精力，而她们裙子上的泥巴开始干结变硬。考试结束后，汉迪赛德走到索菲娅身边，问她和其他人是否愿意走后门离开大楼。她向他保证，有足够多善良的学生可以护送她们从前面出去。

就在她和教授说话的时候，那些好心的男士慢慢围拢过来，自告奋勇要当保镖，最终把她们团团包围。一行人安全地穿过仍在闹事的男学生，走出了前门。她们匆匆赶回家，换下沾满泥巴的裙子。

在整个过程中，女学生们从未退缩，也没有报复，表现得就像真正的追求科学的学生。女学生们的无动于衷肯定进一步激怒了男学生们，因为他们必定是想展示女性是多么脆弱，她们的天性是多么敏感、情绪化和容易生气。

后来，治安官仅仅对闹事学生当中的三人处以每人一英镑的罚款，罪名是扰乱治安。[53]

第二天，女学生们来到学校上课时，她们的保镖已经在挥舞着大棒，驱赶一群愤怒的学生了。当她们走近时，保镖们向她们脱帽致意，然后迅速跟在她们身后，在阶梯教室里就座。下课后，他们又护送女学生们回家。

这次骚乱没有把七人组吓退，恰恰相反，它为她们的事业注入了新的活力。她们希望女性有机会接受教育成为医生，并在自己选择的职业中获得社会的认可。

“我开始学医仅仅是出于个人动机；现在，我还想让妇女摆脱这些年轻流氓的照护，”伊迪丝在《苏格兰人报》上写道，“我对每一个被这样的人照护的可怜女孩深表同情，比如那天晚上，他们跟着我在街上走，用医学术语向我解释他们的语言中令人作呕的含义。如果一个男人竟然把他的科学知识用于如此堕落的用途，那么我看他已经坏到根子上了。”[54]

索菲娅解释说，通过近距离接触“这种在道德上出奇可鄙的野蛮行径，我们在脑海中烙下了最强烈的信念，那就是如果医学界有可能出现这种情况，那么女性就必须强行进入这个行业，以保护她们的姐妹，否则她们就要落到这些畜生手中，任由他们摆布”。[55]

索菲娅和她的朋友们起初或许还没有意识到，让女医生重新进入这个行业会产生多么重大的影响，而现在她们的眼睛已经完全睁开了。她们看到了自己的努力有怎样的意义，认识到自己的成功事关重大。这是一项艰巨的任务，但一想到它的深远影响，她们便前所未有地坚定。

第十三章　轮到埃米莉闪耀纽约

再来看纽约。索菲娅离开布莱克韦尔姐妹的学校八个月后，伊丽莎白本人也离开了。她让埃米莉负责管理保健院和学校，自己返回伦敦，这次她打算留下来。

在巡回演讲期间，伊丽莎白对定居伦敦的兴趣与日俱增。“我对英国的工作了解越多，就越喜欢它。”[1]伊丽莎白对埃米莉说。她发现英国各地的人们渴望听取她方方面面的知识，无论是如何成为一名医生，如何养育健康的孩子，还是作为一名女性如何找到有吸引力的工作。母亲们请求她提供健康方面的建议，至少有三个女人表示希望成为医学生，甚至还有“德高望重的老医生”要她打破伦敦的流行做法，独立执业。

对于一个 48 岁的单身母亲来说，搬家到 3 000 英里之外是个很大的变动，但承担新项目、追求新目标完全符合她的性格。她还想念居住在那里的十年间，和那些带给她活力的英国朋友比邻而居的时光。

在动身前的几个月里，伊丽莎白注意到埃米莉在工作中显得很不开心。她担心埃米莉不再乐于行医。但埃米莉的问题很可能出在伊丽莎白身上，因为在伊丽莎白离开后，她再次对自己的事业感到非常满意。虽然伊丽莎白可能察觉到了埃米莉对她的强势作风的抗拒，但她并没有对妹妹流露出任何敌意。事实上，她经常以赞赏的语气谈起妹妹，说她“在这场运动的中心表现出色——远远走在学生们前面，并且作为机构的领导者展现了威信，这没什么不好”。[2]

我们所知道的是，两位布莱克韦尔医生都有主见，有个性，高要求。她们都很高兴伊丽莎白即将远行，让大海再次将她们分离。

“我非常愿意让她执掌大权，长期以来我都在协助她获得这个职位。她完全同意我去欧洲居住，只盼着我早点走。”[3]伊丽莎白说。

埃米莉从未像伊丽莎白那样获得公众的瞩目。她同样努力工作，默默耕耘，最终获得了医学学位，创办了世界一流的女子医学院和附属医院，但伊丽莎白才是那个让人铭记的人。以第二个或第三个人的身份去做一件事是很艰难的。埃米莉并不是喜欢寻求关注的人，但长期生活在别人的阴影下，终究会渴望阳光。

认识埃米莉的人总能发现她的天赋。布莱克韦尔医学院的学生萨拉·约瑟芬·贝克认为，埃米莉属于“传统意义上的那种伟大先驱。她激励着我们所有人，让我们感到我们仍在接受考验，并且对于立志成为医生的女性来说，什么样的教育标准都不算过高。我想我们中没有多少人意识到，我们是要作为试验品走向世界的，但布莱克韦尔医生意识到了”。[4]

早在埃米莉还是医学生的时候，她就很快认识到，鉴于医疗攸关生死，专业知识是绝对的底线，对女性来说更是如此。在芝加哥的第一个学期，她就在给伊丽莎白的信中写道：“我见习了足够多的外科手术，我知道只有具备足够的资质，才能承担这项工作。一两次不成功的手术足以击溃一个年轻的外科医生，但如果得到良好的教育，我想我应该能成功。”[5]

从最初的手术经历开始，埃米莉在临床实践中就表现出一种近乎可怕的疏离感。手术就是科学，而科学令人着迷。“我带着些许紧张进行了第一次大手术，大腿截肢手术。但无论是在那次手术中，还是在过去面对其他所有的病例时，我都没有感到丝毫的不愉快。我相信我在这方面不会有任何困难，”埃米莉对姐姐透露，“一旦投入观察或协助工作中，所有不愉快的感觉都消失了。血液对我的影响并不比温水更强烈。”[6]

在学习期间，埃米莉在美国和欧洲的许多医院和诊所见习，从而了解到当时的医学原始的一面。她知道姐姐能理解她。在给伊丽莎白的信中，埃米莉写道：“我知道你对医学抱有某种蔑视的态度，照顾孑然一身的可怜病患肯定没什么吸引人的地方。”[7]从这段话中，可以窥见她对早期的对抗疗法持健康的怀疑态度，以及日常行医中不可否认的辛苦。不过，她的想法从这里开始变得阴暗起来：“我总觉得，最好的办法就是让整个医院连同里面的人都消失。”虽然这种评价听起来令人毛骨悚然，但埃米莉的本意很可能是出于怜悯，因为医生能为临终病人所做的事情实在太少了。再想到埃米莉曾在医学最发达的国家学习，师从该领域最杰出的医生，这一点就更加令人震惊。

在拉什医学院短暂学习期间，她师从芝加哥外科名医丹尼尔·布雷纳德，他也是这所医学院的创始人。她协助他完成了多例畸形足手术，一例下颌切除术，甚至还帮忙按住一名女子，让他切除部分病变的眼球。教授建议埃米莉买一套更好的解剖刀，但她还是只买了一块磨刀石。即便如此，她还是觉得这很奢侈——她曾买下一把有缺口的刀，因为它便宜了 25 美分，只要 1.25 美元——但刚磨好的刀锋利无比，这种满足感令她觉得磨刀石"相当迷人"。

"手术虽然最引人注目，但它绝不是外科最困难的部分。"[8]埃米莉断言。她观察到，术后护理甚至比手术本身更加困难。

埃米莉在纽约妇幼保健院的外科医生岗位上大放异彩，甚至完成了一例乳房肿瘤切除手术。保健院很快又不堪重负，于是埃米莉把另一座更大的房子改建成医院。没过多久，她们每年接待的病人就多达 7 500 人。[9]

埃米莉自己也收养了一个女儿，是个爱尔兰裔女孩，埃米莉给她起名叫南妮。尽管孩子让她的家充满了欢乐，但她仍然渴望有个亲密伴侣。[10]她很快就爱上了自己的学生伊丽莎白·库希尔。她们之间 11 岁的年龄差距几乎没有造成什么影响。

"她是个了不起的可爱姑娘，"她们学院的教授玛丽·帕特南诧异地向伊丽莎白报告说，"她有灵气、无私、慷慨又聪明。

我真不知道埃米莉医生离了她该怎么办。她完全沉浸于她的存在中，仿佛已经等了她一辈子。”[11]

玛丽自己也是医学界女性中的先驱。她从小就想学习科学，她说她在9岁时发现了一只死老鼠，当时就产生了把它剖开检查的冲动。接受教育后，她旋风般参观了各所女子医学院和医院。年仅17岁时，她来到布莱克韦尔姐妹开设的纽约妇幼保健院接受培训。随后，安·普雷斯顿帮助她在一年内完成了宾夕法尼亚女子医学院的学位课程。男院长辞职以示抗议，于是安填补了他的职位，成为美国第一位医学院女院长。

接下来，玛丽在玛丽·扎克热夫斯卡和露西·休厄尔的波士顿医院实习。她明显对美国为女性提供的医学培训感到失望，于是也把目光转向了法国。她告诉母亲："我对纽约充满了恐惧，它对医学科学或医学进步漠不关心，没有足够的图书馆，而且学校和医院的组织管理很糟糕。”[12]

在巴黎，玛丽住在伊丽莎白为她安排的寄宿家庭里。她花了两年时间在闻名世界的巴黎大学（即索邦大学）医学院旁听讲座，在门诊见习，最终被正式录取，成为该校第一名女学生。他们让她单独从一扇门进入，在课堂上单独就座。

在捍卫女性学习科学和医学的权利方面，玛丽与索菲娅一样充满激情。“很显然，反对女医生的人大多并非真心相信女性不能学医，而是强烈反对她们应该具备这样的能力。”[13]玛丽抨击道。她的观点后来成为新一代医生的代表理念，他们认为对于行医而言，科学与同情心一样至关重要。

回到纽约后，玛丽开始在布莱克韦尔学院教授草药学和治疗学。她说，她最重要的任务是“培养女医学生（目前尚不存在的）的科学精神”。[14]要想提高美国女性的医学教育水平，埃米莉和玛丽还有很多工作要做。

“在美国，这场运动被‘善意但方向错误的热情’所误导。”[15]一名作家在《苏格兰人报》上写道。匆忙成立专门的女子医学院，无意中为正规院校继续拒绝招收女性提供了借口。由于学校办得仓促，创办者未能制订适当的教育计划。眼下，一些资质不佳的女性试图执业，而这并非她们自身的过错。许多学生通过寻求额外的培训而掌握了适当的技能，但她们仍然会被和那些表面上拥有相同资质的女性联系起来，职业发展受到阻碍。有些人可能认为实验失败了，但女性实际上并未得到公平的机会。作者的结论是，只有当女性拥有与男性完全相同的机会，并以完全相同的标准接受评判时，才能比较双方的能力。

埃米莉同意其中的许多观点。尽管她总能在自己学院的学生中发现一些有个性、有智慧的女性，但她敢打赌，出现在这些早期女子医学院门口的大部分学生都没什么希望，她们是“无法成为护士或教师的女人，以及各种各样的怪人”。[16]

不过，埃米莉也承认单独设立女子学校的必要性。她解释说，被所有医疗机构拒之门外是既定政策，社会和业界的排斥也是常态。

“医学界的女性就像一群移民，身处一个新的国度，她们唯有边走边开路才能前进。”埃米莉称。她无意贬损这些早期的女子学校或其中的学生，只是想说明她们已经走了多远。她还说：“每个中心的先驱者都需要勇气、信念和自我奉献精神。”由于她们的辛勤工作和不懈努力，许多这样的学校后来都成长为有影响力的机构。到 1870 年，人口普查记录显示：美国有 525 名女医生，超过了世界上所有其他国家的总和。

女性主义学者苏珊·韦尔斯在其关于 19 世纪女医生的著作中解释说，对于早期进入这一领域的女性而言，“医学不仅为她们提供了进入更广阔领域的可能，还让她们看到了一个没有领域之分的世界”。这些女性“都确信成为医生拯救了她们的人生”，这个职业给了她们使命感，为她们提供了发挥才能和智慧的空间。[17]

抵达伦敦后，伊丽莎白搬进了芭芭拉位于布兰福德广场的家。现在，她将第二次进入一个包罗万象的伦敦进步名人圈子：哲学家兼生物学家赫伯特·斯宾塞、女权运动者兼慈善家罗斯·玛丽·克劳谢、诗人兼画家但丁·罗塞蒂、作家兼活动家弗朗西斯·鲍尔·科布，以及笔名乔治·艾略特的小说家玛丽·安·埃文斯。玛丽·安多年前说过，伊丽莎白·布莱克韦尔是“全世界我最想结识的女人之一”。现在她如愿以偿了。[18]

为了工作，伊丽莎白在约克广场的一所房子里租了房，并在门上挂上自己的名字，宣传她的医疗服务。然而，她很快发现自己掉进了陷阱。“我的医生招牌竟然被用来掩盖房屋主人的可疑身份。”她惊呼。朋友们出手相救，安排取消了她签订的租约。

就这样，伊丽莎白在海德公园北面几个街区外的伯伍德广场6号重新开始了私人行医生涯。她最亲爱的芭芭拉很快就去了阿尔及尔。失去了社交中心，伊丽莎白只能靠自己的能力在伦敦社会中立足。她很快又回到了自己喜欢的工作中，定期举办讲座，推动社会改革。1870年，她收到了职业妇女学院的邀请，在那里发表演讲《如何保持家庭健康》。1871年初，她作为周日讲座协会的特邀演讲者，在圣乔治大厅为众多听众带来了《论健康理念》。

这一年，伊丽莎白还在她的客厅里成立了国民健康协会。[19]弗朗西丝·霍根是该组织的共同创始人，也是令人信服的名誉秘书。性情活泼的路易丝公主是她们的赞助人。该组织的座右铭是“预防胜于治疗”，旨在填补公众在家庭卫生基础知识方面的巨大空白。

她们每周为母亲团体和工人俱乐部举办讲座，介绍如何避免传播细菌、家庭卫生的重要性，以及如何精打细算地筹备饮食。年轻女孩的健康问题尤其受到关注。有一本小册子描述了时尚对女孩健康的危害：厚重的裙子紧紧束缚着腰部娇嫩的器官，梆硬的紧身胸衣压迫着心脏、肺部和其他器官，以及衣裙不够保暖。

她梦想着一个近乎乌托邦的和谐社会，而这一切都是这个梦想的一部分。“我一直坚信，医疗行业作为健康的伟大守护者，具有至高无上的重要性，”伊丽莎白宣称，“我渴望看到基督教精神在社会中的体现，而这种体现目前还远未实现。”[20]

她的许多理念似乎都是进步的：女孩应该接受有关身体和性的教育，女性的性欲可以和男性一样强烈，只有道德品质出众的人才应该当选政府官员，应该在工业中创造更多的就业机会。但她也持有一些常见的保守观念，认为世界应该消除卖淫、手淫和人工避孕。

随着年龄增长，伊丽莎白的想法越来越古怪。后来，她为完美社会开出的药方还包括：教育男人和女人消除“变态”的冲动；鼓励女性成为警察，并为女性设立神职人员的职位；禁止那些患有慢性疾病（包括身体或精神疾病）的人结婚。[21]她一生都在照料慢性病患者，却没有什么办法可以缓解他们的痛苦，这很可能促使她产生了这样苛刻的态度。但无论她是怎样得出了这样的结论，她正在倡导优生学，这一事实不容忽视。

伊丽莎白将国会议员詹姆斯·斯坦斯菲尔德视为强大的盟友。作为一名社会改革者和受人尊敬的政治家，斯坦斯菲尔德帮助她和约瑟芬·巴特勒实现了废除《传染病法案》的目标。不过，伊丽莎白坚持认为应该将梅毒传播定为刑事犯罪，而他并不认同。

伊丽莎白在英国期间最主要的目标是崇高的，那就是“在英国为女性创办或开放全面的医学教育。只有当英国妇女能够自由获得医学博士学位，我才会感到我的公共工作——我自己特殊的先锋使命——结束了”。[22]

第十四章　一位女医生结婚了

在索邦大学一间宽敞的考场里，身高五英尺的莉齐独自站在三名威风凛凛的男士面前，他们身着镶深红色绲边的黑袍，坐在一张长桌旁。在她身后，层层叠叠的座位上挤满了男学生、教师和围观者，他们兴高采烈，都想一睹这名来自英国的叛逆女子的真容。随着嘈杂的谈话声渐渐平息，她坐到了考官对面的座位上。

当然了，她很紧张，但身为一名出色的内科和外科医生，她的特质之一就是冷静，在压力之下仍然应对自如。莉齐迅速而准确地回答了考官们提出的每一个问题，并且全程使用法语，听众每次都报以热烈的掌声。最后，主考官保罗·布罗卡教授向她致以最诚挚的敬意。人群再次欢呼起来。

那是 1869 年 3 月，就在索菲娅在爱丁堡大学对教授们软磨硬泡的时候，莉齐终于拿到了正式的医学学位。她早就在药剂师协会注册，获得了执照，已经在伦敦行医近四年了，但她还缺一个真正的医学博士学位。现在，她又通过了一次考试，离实现目标又近了一步。

只要满足报名资格，学生就可以申请参加医学博士考试，不需要学习该学校的课程。莉齐认为没有必要参加更多的讲座，因为她以前学过很多东西，也有独立执业经验，所以她只申请了考试。她把目光转向了欧洲大陆，确切地说，是巴黎。莉齐一直都知道存在这个可能性。早在 1862 年，她就告诉伊丽莎白，尽管英国没有医学院招收她，但她仍然渴望获得医学博士的资格：即使“那是外国的医学博士，我相信也会比（药剂师）大厅颁发的执照更受人认可”。[1]

莉齐最初向索邦大学提交的申请被拒绝了。同时申请的还有另外两名外国女性，校务委员会担心，如果继续接收女学生，她们的数量恐怕会越来越多。玛丽·普特南从 1866 年起就在学校上课，但直到最近才被允许注册为学生。

最令人惊讶的是，这些新来的女性申请者的命运将由法国皇后决定。当时拿破仑三世皇帝生病了，所以在部长会议做出这个决定时，欧仁妮皇后代表他主持会议。会议讨论还没开始，她就批准了这些申请者。“既然道路已经开辟，那么我希望这些年轻女子能成为表率。”[2] 皇后说。

获得批准后，莉齐把全部精力都放在准备考试上。“我要退出所有的社交活动，以便晚上能够空出时间来工作，这样既节约时间，又节省精力，”她下定决心，“在实际工作的干扰下努力准备考试并不容易。”[3] 她不再接受社交邀请，也不再参加选举委员会，至少暂时如此。好一段时间，她的生活中只剩下工作和学习。她计划在每次考试后回家继续练习。

关于莉齐学业的消息很快传遍了英国上流社会。维多利亚女王的一名侍女邀请莉齐进宫汇报自己的工作。随后消息就传遍了王室。

“是路易丝公主殿下。”[4]一天下午，迎宾女仆推开莉齐咨询室的门，紧张地宣布道。21岁的公主一进门，就看到一脸惊愕的莉齐，她身穿满是糨糊的旧工作服，正站在梯子上贴墙纸。她的书桌上散落着解剖学书籍，还有从一具骷髅模型上拆下来的骨骼。

路易丝公主是维多利亚女王的子女中最开明、最知性的一位，听闻莉齐的成就，她非常兴奋。而莉齐见了来访者，就像追星族见到明星一样。她对王室深有好感，不愿错过路易丝吐出的每一个字。临走前，路易丝嘱咐莉齐不要告诉她母亲她来过这里，因为女王不会认可。维多利亚女王最终听说了这次会面，极其恼火。

莉齐的第二轮医学博士考试定在第一轮考试的三个月后，内容是外科手术和病理学。她要再次面对考官，赢得听众的赞赏，但这次可不仅仅是口头背诵知识了。她必须操刀两台手术。当天还有两名男性参加考试，其中一人的成绩和莉齐一样，也是“优异”；另一人的得分则低了三个等级，是“及格”。[1]

---

1 法国公立大学通常采取评分加评级体系，满分为20分，其中10分以上为及格，12分以上为良好，14分以上为优秀，16分以上为优异。

12月进行了第三和第四轮考试：首先是化学、动物学、植物学和自然哲学（物理学），然后是医学法理学、草药学和卫生学。她的成绩单上再次写满了“优异”。

1月的考试科目是临床医学、助产学和外科学。她在一个问题上绊了跟头。这个问题是关于著名的爱尔兰医生罗伯特·格雷夫斯，他于1835年首次描述了一种自身免疫性疾病，该病后被称为格雷夫斯病。他还发明了用手表测量病人脉搏的方法，并建议让发热病人进食和饮水，而不是禁食禁水。那个问题的答案已经到了莉齐嘴边，但她似乎怎么也说不出来。

“您不了解你们的伟人吗？”[5]主考官催促道。

“可是先生，这样的人太多了！”莉齐回答道，观众和考官都被她逗乐了。她再次通过了考试。

两周后，她提交了关于偏头痛的论文。选择这个课题并非因为她的兴趣或专长，而是出于更实际的原因。“我必须找到一个不需要解剖尸体就能好好研究的课题，我在私人诊所或慈善药房的实践中很少接触解剖，”莉齐解释说，“我还希望选一个大课题，它要求对主要生理机能之间的协同运作有一定了解。”[6]

这篇论文长达30页，完全用法语撰写。她在论文中指出，她的病人经常在经期发作偏头痛。她还注意到，那些患有偏头痛的病人往往是最聪明的。为了减轻偏头痛的严重程度和发作频率，莉齐建议戒酒、饮食简单规律、多运动、卧室通风良好，以及尽量多呼吸新鲜空气。

她主张，偏头痛发作时多休息，多喝热茶。她开出的处方是止痛药加止吐药，分别应对疼痛和恶心，这在当时是一种创新的药物组合，至今仍是治疗偏头痛的常用方法。对于反复发作的偏头痛患者，莉齐建议使用法拉第机进行电磁治疗。她在自己的许多病人身上都使用过这种疗法。

她利用这种疗法走在了医学发现的前沿。伦敦医院最早使用电疗法的记录恰好发生在莉齐和伊丽莎白后来学习的两家医院。莉齐接受培训的米德尔塞克斯医院早在 1767 年就拥有了一台电疗机，伊丽莎白曾经实习的圣巴塞洛缪医院也很快效仿。

提交论文后，她现在要做的就是等待通知，最后一次站在考官面前。

在此期间，纳撒尼尔·赫克福德医生和他的妻子萨拉需要一名客座医务官，为他们在伦敦东区新建的儿童医院服务。他们想让莉齐担任这个职位，她曾在米德尔塞克斯医院师从赫克福德医生学习助产。但医院董事会中并非所有人都欢迎女医生。副主席兼财务顾问詹姆斯·斯凯尔顿·安德森就担心，这项任务对一名女士来说太过艰巨。莉齐来到董事会接受质询，她所展现的博学、冷静和自信打消了所有的顾虑，他们都认为她完全胜任。詹姆斯也对她刮目相看，当她离开时，他立即追上去与她攀谈。

“我在她下楼时截住了她。”[7] 詹姆斯说。他和她说了他妹妹玛丽想学医的事。詹姆斯是个潇洒的男人，他身材瘦长，蓄着大胡子，鼻子尖尖，目光灼灼。他来自苏格兰，肤色白皙，口音淳朴，比莉齐小两岁。在交谈中，他们发现莉齐在米德尔塞克斯医院时就认识了他的哥哥福特。

没过多久，两人就开始合作改善儿童医院的条件了。他们很快就痛苦地意识到，赫克福德夫妇对商业经营一无所知。尽管账上只剩下几英镑，但他们还是花大价钱租来木桶风琴，请来木偶戏班子，为医院里的年轻病人举办奢华的圣诞派对。莉齐在自己的诊所和慈善药房里一向精打细算，她对他们的挥霍无度感到震惊。

尽管贫困街坊将赫克福德的医院视为“痛苦、饥饿与寒冷的苦难之海上的一条方舟”，但莉齐只能看到医院需要翻修的一切。[8] 她发现有段楼梯破得跟梯子一样，有些用来吊装货物的活门位置不对，还有一条杂种狗在肮脏的病房里转来转去。起初，莉齐决心大力整改混乱的门诊，清除医院里的跳蚤和其他危险的害虫，并整理药品库存，监督备药过程。面对她的努力，一名医生抗议说，跳蚤对他来说不算什么。

试图帮助那些似乎并不想要帮助的人是很有压力的。“我不能把时间和精力浪费在只是善待医院里那些可怜人上。”莉齐对杰米叹息道，她已经开始这样称呼詹姆斯了。她担心这个职位会分散她的精力，使她无暇顾及建立私人诊所和慈善药房的工作。“我追求的事业是成为一名伟大的医生，这是我为帮助女性所能做的最有用的事情。所以，如果这所医院对我有帮助，我就欢迎它；如果它妨碍我，我就离开它！”[9]

杰米曾在叔叔的航运公司工作，还在伦敦苏格兰军团当过军官。遇到莉齐的时候，他已经32岁了，担心自己将孤独终老。不过，他们很快就不仅仅是工作上的朋友了。莉齐和杰米之间保持着书信往来，很快她就开始邀请杰米共进晚餐——每次都至少有她的室友在场，更多时候是一群人的晚宴。

就连难以取悦的埃米莉·戴维斯也宣布："在你所有的朋友中，我最喜欢安德森先生！"[10]杰米喜欢讲故事，聪慧机敏，天性随和，真是个令人着迷的伙伴。不过莉齐曾经责备他，说他没有留心遵守与两边客人轮流交谈的餐桌礼仪。显然，他和某个邻座说得太多，和她说得不够多。

在花了五个月苦苦等待索邦大学考官的消息之后，莉齐终于收到通知，要她前去答辩。1870年6月15日，她身着黑色羊毛长袍，搭配浆过的饰带，头上没有任何首饰，怀里抱着一卷论文。她向考官们朗读了自己的论文，然后回答了一系列问题，涉及医学和科学的方方面面：从如何治疗肺炎和异位妊娠，到如何制备砷化合物、使用鱼肝油、眼泪的分泌过程、有毒鱼类和放电鱼类的性质，以及如何提取犯罪现场的脚印。

当考试终于结束，莉齐和她吸引而来的一大群人被要求离开，以便考官们讨论。仿佛过了很久，双开门终于再次打开，一个响亮的声音宣布她的论文"答辩通过"。此时距离莉齐第一次宣布要成为医生已经过去了漫长的11年，现在她终于可以正式使用"医生"这个称号了。她是索邦大学第一位获得医学博士学位的女性。

《柳叶刀》杂志的巴黎记者几乎是目瞪口呆地报道了这条

消息："所有的评委在称赞加勒特小姐时，都或多或少地表达了对女医生这一话题的自由派观点。总体上，教师群体中充满了欢庆的气氛。当加勒特小姐穿过庭院离开学校时，我高兴地看到，几乎所有的学生都彬彬有礼地向他们的女同学鞠躬致意。"[11]

在另一篇文章中，这家医学杂志终于承认了莉齐的专业能力："无论以哪种性别的标准来衡量，加勒特小姐的能力都如此出众，所以就她而言，我们将搁置所有关于女医生的争议，称她为她所投身的这项事业的楷模。"[12]连《英国医学杂志》也认同，"每个人都不得不佩服加勒特小姐所表现出的不屈不挠的毅力和勇气"。[13]不过，这两份杂志都没有对她使用"医生"这个光荣称号。

杰米是第一个向她表示祝贺的人。她还收到了许多贺信，其中一封来自索菲娅和"爱丁堡七女杰"中的其余几位，她们写道："祝贺你获得世界上最好的医学院之一授予的最高荣誉，同时我们也想表达我们对你的赞赏，你为他人树立了榜样，为所有选择医学作为职业的女性带来了荣誉。"[14]

莉齐从未把这些赞誉放在心上。被潮水般的赞誉淹没之后，有一次她在旁注中写道："尽管听到了这么多**荒唐的吹捧**，但坦白说，E. G. 其实并没有那么自恋。"[15]杰米也一直在帮助莉齐克制她的自负，警告她别被赞美声"冲昏了头脑"。

"我一直把你的警告放在心上，警惕着赞美的影响，"她回答道，"我认为只要不听进去，不接受它，就不会有太大的危害。”[16]

加勒特医生变得炙手可热，需要她的地方已经不仅限于诊室了。10月中旬的一天，一群男士出现在她家门外，他们大多是她的病人的丈夫和父亲，前来请求她竞选市里新成立的学校委员会的席位。一想到能宣传自己的教育理念，她就兴奋不已。她认为，为了促进健康，孩子们需要有空间玩耍，呼吸新鲜空气，沐浴阳光，还需要像样的厕所。她还希望告诉大众，女性不会因稳定的工作而受到伤害。

这个观点在当时并不流行。哈佛大学内科医生爱德华·克拉克和服务英国贵族的精神病学家、《心理科学杂志》联合主编亨利·莫兹利都认为，女性应该放弃职业甚至教育，这对女性脆弱的体质有害。他们在大西洋两岸传播他们所谓的科学理论，反对女性接受教育。他们宣称，如果允许女孩像男孩一样接受教育，她们的健康就会受到严重损害：高深的学习会让她们精疲力竭，损害她们的生育能力，甚至导致神经和精神失常。

经期被视为一个尤其危险的时期，不宜从事艰苦的脑力或体力活动。但实际上，这些男医生观察到的是相关性，而不是因果关系：女孩迎来月经初潮时，恰好也是学业开始变得更加困难的时期。

现在，莉齐就是个活生生的反例。在她的回应文章中，她认为实证经验与女孩在这一时期暂时失能的说法完全相悖，并指出无论对于女孩还是男孩，青春期都可能伴随着虚弱和行为退步。她还强调，大多数女性不会因为月经而感到困扰。“健康的女性几乎无视月经的存在。”[17]她写道。更不用说工人阶级妇女还会在经期照常劳作，她们别无选择。人们对不同阶层的妇女持不同看法，认为一方能胜任家庭之外的工作，而另一方甚至不能从事轻微的活动，这表明这种观点不过是一种偏见。

莉齐总结，莫兹利和克拉克的观点是错误的，尤其是他们几乎没有提供任何证据来支持他们的论断。她推断，女性的神经紊乱和抑郁实际上是缺乏智力刺激的结果：缺乏目标或职业。她解释说：“成千上万的年轻女子长到18岁时容光焕发，却因压抑无聊而逐渐变得了无生气。”

莉齐参加了学校委员会竞选，竞选活动由杰米组织，她获得的选票是其他六名候选人的两倍多。在当选一周后，莉齐出现在一次聚会上，有人形容她“年轻又迷人——居于房间里的美人之列：看到这位才学过人的医学博士身着装点蕾丝的玫瑰色丝绸衣裙，头发上插着鲜花，四处走动，接受男士们对她的两种身份致以恭维，真是有趣”。[18]而此时，莉齐的眼里只有一个男人。

12月，她告诉杰米，圣诞节后她打算“像隐士一样生活”，只能去图书馆，以便赶在5月的截止日期前完成她与麦克米伦出版社签约撰写的医学教科书。[19]但杰米无法忍受继续以朋友的身份相处下去了。周五，也就是平安夜的前一天，他过来吃晚饭时向她求婚。这一次，她欣然接受了。

“我爱你胜过爱任何人，”她向他坦白道，“彼此分离的生活令人难以忍受。”[20]

在她这个年纪，在拒绝了那么多男人之后，她可能以为自己已经没有结婚的可能了。“我的认知突然发生了改变。”[21]莉齐说。埃米莉很高兴，但莉齐其他的亲朋好友不这么认为。有些人担心莉齐结婚后就要告别她为之奋斗的事业，放弃她在妇女运动中的工作。真正了解她的人应该更清楚这一点。

“我真心希望你不要以为我可鄙地抛弃了我的岗位，”她对埃米莉说，试图让支持妇女参政论的妹妹放心，“我认为不必这样。我相信，只要人们认为婚姻与自由和独立的事业不相容，女性问题就永远不会得到彻底解决；我认为这正是个好机会，我们也许可以做点什么来反驳这种观念。”[22]

作为一个无意中成为公众人物的人，莉齐知道她的婚姻将被放在显微镜下审视，受到争议和讨论。人们会屏住呼吸，等着看她能否同时维持婚姻和事业，并寻找任何微小的动静来证明这不可能，要她在其中一个方面失败，或者两头皆输。她确信女性可以兼顾事业和家庭，并打算成为活生生的证明。[23]她解释说：“医生有两种生活，职业生活和私人生活，两者之间的界限永远不会混淆。”

《英国医学杂志》认为，莉齐的婚姻将是对女性能力的一次公开考验：“婚姻与女性行医的兼容问题一向受到热议，眼下它将得到部分的检验。”[24]而《柳叶刀》提出：“如果她能成功将家庭女主人和医学从业者这两种身份结合起来，她将完成职业的历史上前所未有的壮举。”[25]他们大概是忘了，事实上，工人阶级的妇女一直以来都在辛勤劳作，既要照顾孩子，又要挣钱养家。

有一天，在地铁里，莉齐听到两个男人在讨论她即将举行的婚礼。她后来告诉杰米，当他们大声猜测那个幸运儿的模样时，她真想拿出他的照片给他们看看。接着，她听到一个自称是杰米朋友的医生在散布关于他们的谣言，告诉人们杰米说他“不会**允许**”莉齐在婚后继续行医。[26]

“我当然不相信，但这些关于我们的谣言是有害的，”莉齐对杰米说，“请阻止他。”

双方订婚后，莉齐几乎每天都给她心爱的杰米写信，而他每天晚上下班后都会顺路去看她。这股热情令莉齐不知所措，她开始感到他的来访变得难以承受。

“亲爱的，自从你离开之后，我已经精神恍惚地呆坐了将近一个小时。我几乎可以肯定，对我们来说——不管怎样，对我来说——最好不要经常见面。这太令人分心了，”沉醉在爱中的莉齐恳求他，“并且这样的分心和沉湎会使人心生疑虑，怀疑是否应该享受这种如此令人沉湎的幸福。”[27]

出乎意料的是，在莉齐的所有亲人中，她的父亲纽森对她的订婚最为不满。他为这个充满抱负、独立自主的女儿感到骄傲，一想到她要离开她为之付出巨大牺牲的工作岗位，他就感到怅然若失，尤其是在目睹了她所经历的一切之后。杰米的家人则对儿子娶了一个名人感到十分不安，但他们还是很喜欢她。至于莉齐的母亲，她对这个未来女婿满意极了，他可是牧师的儿子！不过，他们要选择非传统的婚礼仪式，这令她很失望。

“庆祝我被‘交出去’，真是可怕又可笑的想法！”[28]莉齐对母亲的恳求嗤之以鼻。

他们本来计划在复活节结婚，但莉齐希望摆脱她的恐惧，对婚姻影响工作的担忧使她什么事都干不成。[29]她认为，要想“驱除恶魔”，摆脱“由野心引发的”狂暴的“报复”，最好的办法就是立即结婚。婚礼提前到了2月。杰米送给莉齐一辆马车作为结婚礼物，这样她出行时就不用急匆匆地走在伦敦泥泞不堪的街道上了。

婚礼当天，莉齐穿着灰色天鹅绒礼服，戴着配套的帽子，帽檐下别着一朵粉色玫瑰，独自一人步入教堂。纽森坐在前排，几乎全程都在痛哭流涕。

事实证明，安德森夫妇的非传统婚姻在富裕阶层具有开创性意义。他们白天投入各自的职业圈子，然后回到家一起聊天，听音乐，看书。他们还喜欢一起去乡村旅行，到剧院看戏。这样的安排在今天看来再寻常不过，但在维多利亚时代的上层社会中是革命性的。

正如伊丽莎白在纽约的经历一样，莉齐在伦敦开办慈善药房几年后，她开始感到有必要扩建，增加住院设施。许多病人病得太重，无法到诊所就诊，但他们的家太狭小肮脏，医生也无能为力，尤其是需要动手术的时候。还有一些病人从乡下远道而来，需要一个过夜的地方，哪怕他们的病情不一定需要住院。开业一段时间后，她的病人不仅包括周边居民，还包括来自全城各个角落的希望由女医生诊治的女性，尤其是妇科疾病患者。

她看到了将诊所扩展为一家综合性医院的机会。在她的设想中，将有合格的女医生与她并肩工作，赢得附近居民和其他病人的信任。医院将服务伦敦的贫困社区，同时为医疗行业的女性创造职位空缺。医院将只聘用女性，男性医生则作为顾问不定期参与。

一个委员会成立了，以筹集扩建所需的资金。委员会的主要成员中有普拉斯基特，还有埃米莉的兄弟 J. 卢埃林·戴维斯牧师。戴维斯在马里波恩基督教堂任职，非常乐意支持任何有助于改善这个贫困社区妇女生活的活动。

《柳叶刀》宣称："没有什么比为贫困妇女建立医院，却将男性的智慧和技能拒之门外更有害的了。"[30]（事实上，虽然医院的正式员工中没有男性，但有许多杰出的男医生担任顾问。）

莉齐在慈善药房的楼上安排了一间住院病房，有十张病床。[31]她花了 300 英镑把这里重新粉刷，并安装了通风设备、自来水和下水道，尽量让这个阴暗狭窄的空间像样一点。就这样，慈善药房变成了新妇女医院，于 1872 年 2 月开业。

病人每次就诊收费六便士，比慈善药房之前的收费略高，但这似乎不成问题。附近的女士们仍然渴望得到女医生的服务。作为一家私营机构，医院每年要筹集六百英镑以维持运营。人们慷慨解囊，还捐赠了各种物品，有大毯子、毛巾、棉布、法兰绒长袍、羊毛衫、睡衣、软管、床垫、一个大浴缸、棋牌游戏、床头书、鸡蛋、蜜饯、面粉、果冻、蛋糕、野味、鲜花、瓶子、十六只野鸡、一桶葡萄、一箱醋栗、圣诞礼物以及给病人的信。[32]

幸好，莉齐在这次扩建中得到了帮助。弗朗西丝·摩根回来了，而且还带着医学博士学位。她于 1871 年 3 月回到慈善药房，成为莉齐的第一名助理员工。就像伊丽莎白·布莱克韦尔身边有玛丽·扎克热夫斯卡一样，弗朗西丝也成了莉齐不可或缺的助手。由于药剂师大厅改变了规则，弗朗西丝、伊莉莎白和路易莎没能像莉齐那样获得它颁发的行医执照，于是她们去了欧洲唯一一所招收女学生的医学院：苏黎世大学。

弗朗西丝只花三年时间就完成了五年制的医学学位课程。随后，她在巴黎和杜塞尔多夫接受了一年的培训。但她无法凭借外国的学位在英国注册行医。如果被人发现她在当医生，那可就麻烦了。未经注册登记行医的人将被罚款二十英镑。[1]

弗朗西丝出生在威尔士，受过良好的教育。她在十几岁时怀孕了，但她的家人并没有强迫她放弃孩子或与她断绝关系，而是予以包容，将孩子当成弗朗西丝的小妹妹来抚养。她有着小而相互靠近的眼睛，一头乌黑的长发编成松散的辫子，在脑

1 相当于今天的 2 500 英镑或 3 200 美元。——作者注

后挽成一个低发髻。她的下巴方正，额头凸起。

弗朗西丝和莉齐在慈善药房门诊处各工作三班，每班两小时：莉齐的排班是每周一和周四下午 1 点到 3 点，周三上午 9 点到 11 点；弗朗西丝是每周二和周五下午，以及周六上午。她们轮流处理急诊需求。

医疗系统还存在一种误解，以为女医生只能应付小毛病。莉齐和弗朗西丝的体验却恰恰相反。《泰晤士报》报道称，如果你到莉齐的新妇女医院就诊，“就会发现她们在处理严重疾病时备受信赖”。[33]

妇女们因为各种各样的疾病前来就诊。[34]在医院最初几年的记录中，妇科疾病占了很大比例。最常见的诊断包括子宫炎症、子宫肌瘤、子宫脱垂、子宫癌和“妊娠期子宫风湿”，以及阴道炎、阴道痉挛（盆底肌肉痉挛）、外阴脓肿、卵巢肿瘤和严重的痛经。当然，她们也治疗了大量非妇科疾病：心脏病、肺结核、肺炎、胸膜炎、耗竭性麻痹[1]、胃炎、肝炎、风湿、瘫痪、“歇斯底里截瘫”、湿疹、脓疱、直肠癌、乳腺癌、贫血、“顽固性便秘”、疝气、坐骨神经痛和“潜伏的忧郁症”。

在成立的第一年，这家医院收治了 103 名住院病人。这一数字直线上升，到第四年医院每年收治 200 名住院病人。平均而言，新妇女医院每年报告 3 例到 4 例死亡。死亡原因主要是晚期癌症、蜂窝组织炎、支气管炎以及手术并发症或感染。这

1 耗竭性麻痹，相当于今天的多种进行性肌萎缩症。

远远低于当时伦敦其他医院平均10%左右的死亡率。

有一例死亡发生在乳腺癌肿瘤切除之后。切口部位出现了坏疽，需要进一步手术来切除病变组织，以控制病情发展。不久，病人患上了丹毒，这是一种由A组链球菌引起的皮肤感染。感染很快扩散到其他病人身上，引起了医务人员的担忧。其他病人最终都康复了，但院方认为有必要清空医院两个月，并重新粉刷、涂白，以阻止感染进一步扩散。

莉齐的医院完全采纳了李斯特的新式消毒程序。四年前，约瑟夫·李斯特在《柳叶刀》上发表一系列文章，为整顿外科业务奠定了重要基础。他这套消毒方法的依据是路易·巴斯德提出的革命性理论，即空气传播的病菌会导致感染；它旨在保持伤口和切口的清洁，操作复杂细致，不断更新，确实降低了死亡率。医疗器械要经过煮沸，伤口敷料要先用消毒的石炭酸浸泡。一些外科医生还会使用移动式石炭酸喷雾器，在长时间的手术中为病人实施喷洒消毒。

莉齐对员工说："作为一名外科医生，要做到彻底无菌，需要长年累月的钻研。"[35]一个世纪以来，随着人们对病菌本质的不断探索，李斯特的方法为我们今天所熟知的无菌手术条件奠定了基础。

在医院成立初期，莉齐经常发表医学论文，描述一些值得关注的病例。[36]其中一名患者是个18岁女子，因为癫痫发作入院，发作时只有四肢抽搐的症状。四年前她曾因风湿热接受治疗，一年后开始出现单侧舞蹈症。[37]舞蹈症是一种神经系统疾病，表现为不自主的抽搐运动；这是一种自身免疫反应，由 A 组链球菌感染（通常与风湿热相关）引发。这名女子的手臂症状尤其明显，会狂乱而无意识地甩动。

最近这次发作后，她的左臂和左腿都麻木了，舞蹈症也恶化了。在新妇女医院入院时，她看起来营养状况良好，也没有贫血。她的消化系统和子宫功能正常，也没有发现心脏杂音。莉齐怀疑她的抽动一定是由一条或数条脑部小血管的栓塞导致的。

医生给她开了砒霜和溴化钾，让她在门诊继续接受治疗。1857 年，人们发现溴化钾可以治疗癫痫，但效果并不尽如人意。[38] 癫痫被认为是由过度自慰引起的，而舞蹈症则被归咎于歇斯底里。人们认为溴化钾能抑制性冲动，从而使癫痫不再发作。每天十粒的溴化钾被广泛用作镇静剂和抗惊厥药。在一些国家，它仍然被批准作为抗癫痫药物使用。

随着时间的推移，真正有效且不会让病人中毒的药物终于面世了。[39] 化学家们将数百年来一直作为草药使用的植物带进实验室，揭开了它们的秘密。很快，他们就能从金鸡纳树中提取奎宁来治疗疟疾，从毛地黄中提取洋地黄来治疗心脏病，从柳树皮中提取水杨酸（阿司匹林的前体），从古柯叶中提取可卡因，并从罂粟中分离出吗啡、可待因和海洛因。

然而，“不那么致命”并不总是意味着安全，就像天然并不等于无害一样。自 17 世纪以来，鸦片酊一直被当作万能药。[40] 这是一种红褐色、苦得可怕的酊剂，是酒精混合 10% 的鸦片粉末制成的悬浮液。这种药物能够缓解疼痛，又不会让病人丧失工作能力，因而备受推崇。作家和艺术家称赞它能够促进创作。这种药物不仅在药店有售，在酒吧、杂货店和理发店也能买到。当然，药物滥用和成瘾已成为主要的公共卫生问题。到1865年，估计有200万人滥用鸦片制剂。

新妇女医院还治疗过一个格外奇特的病例。[41]一名50岁妇女出现了卵巢囊肿的症状，这是一种充满液体的肿瘤，常见症状包括腹部肿胀不适和背部疼痛。弗朗西丝对她进行了检查。卵巢肿瘤很大，但她的脉搏很规律，心音正常。病人看起来相对健康，也就是说，她没有出现大多数晚期卵巢癌病例出现的肌肉萎缩和体重减轻。弗朗西丝决定对肿瘤进行穿刺，以清除部分积液。

“你是多么开朗，多么平和。”在准备手术的过程中，莉齐对病人说。病人一定对治疗充满希望，也许是很高兴能得到如此博学、富有爱心的女性的照顾。然后，在没有麻醉的情况下，弗朗西丝迅速用穿刺器刺穿了这名女子的腹部。这是一根双层金属套管，六英寸长，半英寸粗。

接下来，弗朗西丝慢慢地取出磨尖的内管，只把外管留在病人的肌肉里。外管上连接了一条橡胶管，让液体流入下方的一个桶。弗朗西丝一定还会时常暂停排液，以免病人晕倒。排出的液体量没有记录，但卵巢囊肿可容纳1升到15升的液体。排空囊肿后，医生们取出导管，缝合伤口。在缠绷带的时候，病人突然开始不安分地动来动去，然后猛地跳起来。

"我喘不上气。"她喊道。她的嘴唇和指尖立刻变成了青灰色，人也瘫倒在地。在接下来的一个半小时里，医生们全力抢救她。这名妇女喘着粗气，挣扎着呼吸，意识清醒，但说不出话来。她的心音快而有力，但脉搏微弱。身子向前倾的坐姿对她来说最为舒服，但这个姿势让医生很难继续检查她的心脏。

"事实上，当时的情况太过凶险，我们全部的注意力都在怎么救人上，以至于忽略了一些迹象，如果我们有余力观察的话，或许就能注意到。"莉齐回忆说。

她们推测，一定是有个血块堵住了她的心脏右侧或肺动脉。挽救她的唯一办法就是刺激她的心脏收缩，将血块冲出血液循环的主干道。由于病人无法吞咽兴奋剂，她们只好用很烫的绒布敷在她的背上，用芥末按摩她的胸部和腿部，并用力揉搓她的手脚。她们还把氨水抹在她鼻子底下，把她的手浸泡在热水里。莉齐和弗朗西丝竭尽所能，却不指望能真正起任何作用。"不管怎么看，这个女人已经命悬一线了。"莉齐强调道。

慢慢地，病人的四肢开始恢复血色，她的情况稳定下来，可以吞下几滴兴奋剂了。不到三个小时，她就可以好好睡上一觉了。到了第二天，她可以躺下来，没有任何不适。但她仍然需要尽快切除卵巢。

莉齐以惊人的频率在医学期刊上发表类似这样的精彩病例和观点，涉及的主题五花八门，令人印象深刻：《下肢收缩、肌肉萎缩和视神经开始萎缩一例》、《心脏血栓和脑部栓塞》、《教育中的性别》以及《妇女医学教育》。[42]

这是女医生为医学进步做出的诸多贡献之一。在她们的帮助下，医学期刊上的病例报告得到了规范化。这些专栏曾经是医生们炫耀的地方，只展示最怪诞而奇异的极端病例。而女医生们发现，通过病例记录分享更普通的患者和病症的信息能产生更大的影响力。这样的见解对同行更有用，尤其是当患者是女性，或当医生成功采用了一种独特的治疗方法时。

莉齐的医院和她的家庭都在不断壮大。1873 年，怀有身孕的莉齐主刀了各种各样的手术，包括切除子宫肌瘤和卵巢肿瘤，以及治疗子宫脱垂、乳腺脓肿、阴道闭锁和阴道瘘。她日益证明了自己作为外科医生的精湛技术。对于那些声称怀孕会影响女医生专业能力的反对者来说，这又是一记响亮的耳光。

但是，直到有病人需要进行卵巢切除术时，莉齐的技术才真正经受住了考验。

卵巢切除术于 1816 年首次实施，但它因死亡率极高而备受争议，大多数外科医生都不敢尝试。事实上，鉴于这种手术的危险性，莉齐所在医院的管理委员会甚至禁止她在院内进行第一次卵巢切除术。

她下定决心要做这件事，于是在一栋私人住宅里租下一个房间，进行了清洁、粉刷和消毒。杰米支付了费用，从而让这一切成为可能。在圣巴塞洛缪医院的托马斯·史密斯医生的监督下，莉齐带着一名护士，成功完成了手术。在证明了自己的能力后，她所在的新妇女医院才允许她在院内进行第二次卵巢切除术。两个病人术后都恢复得很好。莉齐是第一位成功实施这种手术的女外科医生，但另一个更重要的里程碑即将到来。

1873 年 7 月 28 日，37 岁的莉齐生下了她的第一个孩子。他们给这个可爱的女儿取名路易莎。莉齐欣喜若狂，因为孩子是个女孩。按照大多数中上层家庭的习惯，他们把家里的顶楼改成了育婴室，还雇了保姆和奶妈。现在，莉齐是一位妻子、外科医生和母亲。她深爱着自己的女儿，尽管在育儿上得到了额外的帮助，工作上有许多事情要她应付，但她还是设法抽出大量时间陪伴女儿。

同年，她当选为英国医学会会员。她辞去了儿童医院的工作，为加入该学会腾出了急需的时间。尽管莉齐还算是个名人，但有的成员直到两年后才意识到他们中有一位女性。

次年 6 月，她所在的新妇女医院再次扩建，租下了马里波恩路 222 号和 224 号，租期 14 年。她花了 780 英镑来修缮建筑、添置新家具和安装浴缸。之前的房舍太小，床位无法满足病人的需求，医院员工也感到挤得难受。

几名记者来到医院，为《女王》杂志[1]撰写专题报道，他们立刻被医院的井然有序和无处不在的女性气息所折服。他们仔细观察了住院外科医生的术前准备工作。“看着病人和她周围的环境，我们不禁想到，如果我们也会遭遇类似的处境，那么只有女性在场的事实能带来多大的慰藉。”[43]

1《时尚芭莎》杂志的前身。——作者注

莉齐似乎是女性能够“拥有一切”的活生生的证明。她的家人从未感到被忽视，她的工作也是如此。但是，莉齐并不是天生的母亲。

噪声会令她心烦意乱，而且她很难与孩子们沟通，也很难参与他们的游戏。[44]但路易莎说：“爱克服了这些困难。她能容忍一个婴儿在她写作时拿着两把勺子敲打，是尽职尽责的妻子和充满智慧的母亲。”尽管有保姆照顾，但小路易莎并没有整天关在屋里。她经常坐着马车陪莉齐出诊，或是在新妇女医院的病房里玩耍，她梳着浓密的刘海，系着长长的蓝色腰带，在病人之间转来转去。莉齐希望明确区分自己的公共生活和私人生活，把小路易莎带来当然会模糊界限，但这也是个绝佳的机会，能够向女儿展示一个有女性从事医生工作的世界。（路易莎长大后也成了一名外科医生。）

莉齐始终牢记，她在公众面前的每一次亮相都是对女医生整体形象的展示。她的声誉将影响人们如何看待女性的能力，以及其他女性将获得怎样的机会。莉齐太懂得这一切了。“亲爱的，快穿上你最漂亮的晚礼服，”她曾对医院里的一名同事说，“我想让你和我一起去参加一场招待会，让他们看到女外科住院医生也可以美丽动人。”[45]

第十五章　爱丁堡运动的落幕

索菲娅和“爱丁堡七女杰”所经历的外科医生大厅骚乱成了一个转折点，公众对女医生的看法由此发生了改变。身为任何意义上的第一人，你的一举一动都会受到无情的审视，所有这些女性都痛苦地意识到了这个事实。如果“爱丁堡七女杰”中的任何一位在骚乱中奋起反击，她们就会面临更多的嘲笑，被认为缺乏女性魅力，或者更糟，被认为缺乏作为一名医生所需的沉着冷静。她们知道，即使泥浆、辱骂和混着烟草的唾沫如雨点般落下，她们也必须坐在那里默默忍受，以证明自己具备理性的科学精神，证明这点小事还不足以刺激她们。

她们还知道，在男性面前，她们不能对任何医疗程序表现出厌恶或震惊。当伊丽莎白还是杰尼瓦医学院的一名学生时，她就给自己规定了极为苛刻的饮食计划，“严格得都快把自己饿死了”，她的姐姐安娜说。[1]伊丽莎白这样做是为了确保避免自己不小心脸红或脸明显变色，让别人以为她因教学内容而感到尴尬。

她们做的是长期打算：她们知道，如果要实现目标，证明自己可以与男人平起平坐，值得拥有同样的机会，她们就必须表现得完美无缺，即使在谩骂、垃圾和被放出来的绵羊的围攻之下也不例外。

尽管公众舆论开始倾向于支持女学生，但男学生仍在抱怨，声称有女性在场就无法学习，因为科学教育会探讨“刺激”和不雅的领域。

教授们同样对此表示担忧，其中一人对他班上的学生说：“先生们，我已经向你们详细描述了那些有趣的事件，要是有女人在场，我是不可能提及这些事件的；我希望我们可以长期免于她们的在场给我们造成的烦恼。”[2]学生们报之以雷鸣般的掌声，这充分体现了女性在教室里所面临的偏见。

但大多数报刊都对男学生在骚乱中不体面又没规矩的表现表示谴责。《苏格兰人报》的一篇文章称，这一事件将使医学生成为懦弱无耻的代名词。另一篇文章则嘲讽他们的暴脾气：“在妇女学习医学专业知识的道路上又出现了新的障碍。眼下这个障碍就是男学生敏感的头脑受到的伤害。如果这种敏感是真实存在的，那么它一定会严重影响他们履行自己的专业职责。”[3]

索菲娅开始收到大量来信，人们对她和其他女同学受到如此恶劣的对待表示难过和同情。她还收到了几名在医疗领域工作的女士的来信，她们的经历与索菲娅大相径庭，因而感到特别震惊。

一名在伦敦米德尔塞克斯医院接受外科护士培训的女士写信给索菲娅，表达了她的惊讶。“我一部分时间在女病房学习，另一部分时间在男病房学习；在男病房，我从未发现学生或病人在我面前有任何异常举动。我从未感到这种安排有任何困难，也没有理由认为学生们会遇到困难。”[4]

伊丽莎白也感到惊讶，索菲娅的旅程竟不像她自己在伦敦接受临床培训的时候那样顺利。她于 1850 年至 1851 年间在圣巴塞洛缪医院工作，她说她当时受到了医务人员的友好对待，对此她一直心存感激。谈到男女混合学习的问题，伊丽莎白认为：“少数经过挑选的女性或许可以比较轻松地加入普通学校，而且安排医院访问学习甚至比安排课堂教学更省事。”[5]也许，同时有七个女人在场超出了医疗机构的承受能力。

对索菲娅来说，听闻这段美妙的经历大概没什么帮助，反而只会在她的伤口上撒盐。当然，她很高兴听到男女混合学习是一个可以实现的目标，但为什么她所在的小团体要忍受这样的骚扰呢？外科护士之所以没有引发关注，很可能是因为她接受的是护士培训，这是人们所接受的女性的位置，是医生的**助手**，她的目标不是成为医学博士或外科医生。至于伊丽莎白，人们可能认为她所构成的威胁更小，因为她已经获得了医学学位，又独立执业。

索菲娅能够这么快又这么轻松地召集一群有意接受医学教育的女性，这一定令医学院感到震惊。这表示现状即将发生巨变。像伊丽莎白和莉齐这样的女医生人数越多，事业越兴旺，也就有更多的女性能看到自己作为医学专业人员的未来。

“爱丁堡七女杰”遭受的来自同学们的欺凌愈演愈烈。现在，男学生抓住一切机会，只要在街上看到她们，就向她们泼脏水、丢垃圾。他们这样胆大妄为，背后得到了许多教员，尤其是克里斯蒂森和李斯特这两位名教授的支持。

一名男医学生在给伊迪丝的信中写道：“我敢说，骚乱的真正原因是一些教授在讲课时说了你们的坏话。他们从来不放过任何一个机会，要煽动针对你们的仇恨情绪。据我所知，他们对骚乱阴谋的知情程度可能超过了大多数人的想象。”[6]

如果说索菲娅目前还只是克里斯蒂森的眼中钉，那么她即将成为一个十足的克星。1871 年 1 月 2 日，爱丁堡皇家医院的出资人召开董事会选举公开会议。索菲娅知道新任管理者将决定是否允许女性进入医院，于是前去参加会议，力推她心目中的候选人，那就是对女医生持欢迎态度的人。会议通常在爱丁堡议会大厅举行，但外科医生大厅的骚乱大幅提高了公众对本地医疗和医学培训负责人的关注。他们需要更大的空间，于是会议地点改到宽敞的圣吉尔斯大教堂。

会议期间，索菲娅指出克里斯蒂森的助教克雷格先生就是“外科医生大厅骚乱”中那个醉醺醺、满嘴脏话的主谋。

这是一次混乱的会议。索菲娅从头开始，简要讲述了女学生们在申请入学过程中遇到的困难，然后指出，在她们申请进入爱丁堡皇家医院之前，男学生们已经接纳了她们的存在。她解释说，正是她们想在医院病房里获得临床经验的愿望激怒了男学生。那些原本安静温和的同学变得粗鲁无礼，最终导致骚乱。

“诚然，另一部分同学具备真正的男子气概，不甘在这样卑鄙的事情上充当傀儡，他们愤然出手相救。但很明显，一些新的影响在起作用。我不是说暴乱者背后有人指使，但如果不是清楚地知道我们的对手需要在医院里有个武器，这不光彩的一幕绝不会发生，”索菲娅指出，“我知道克里斯蒂森医生的班级助理是暴乱的带头者之一。”[7]

听到这一指控，大教堂里响起一片嘘声，随之而来的是要求“遵守秩序”的呼声。克雷格没有出席这次会议，但克里斯蒂森来了。

索菲娅继续说着，她响亮的声音盖过了杂音：“我听说他当时醉得厉害，所以他说粗话也情有可原。我并不是说克里斯蒂森医生知道或允许他在场，但我要说，如果他认为克里斯蒂森医生会强烈反对的话，我想他是不会去的。”

“市长大人，我必须提出申诉，”克里斯蒂森吼叫起来，他被索菲娅的话激怒了，“我认为，对我的助手所使用的语言，是任何人都无权在这样的会议上使用的；那位绅士没有出席，无法为自己辩护，也无法指明它是真是假。我不知道它是真是假，但我知道我的助手是一位十足的绅士，否则他就不会成为我的助手；我再次提出申诉，市长大人，您是否允许任何人说出这样的话？我完全可以肯定，全场没有哪位绅士会就一个不在场的人说这样的话。”

“如果克里斯蒂森医生**希望**——”索菲娅冷冷地反驳道，但克里斯蒂森不等她说完就打断了她。

“我什么也不希望，我只希望结束这种下流的指控。”这名医生满脸通红，唾沫横飞地说道。

“我不知道什么下流指控，”市长插话说，“她只是说，她**认为**——”

克里斯蒂森再次打岔，抢先把话说完：“她**认为**那位先生醉得厉害。”

“我没说他醉得厉害，”索菲娅纠正道，“我是说有人**告诉**我的。”

“收回‘醉得厉害’这个词。”市长指示道。

“我说这是他的行为唯一的借口，”索菲娅重申道，“如果克里斯蒂森医生希望我说他是在清醒的时候说的，那我就收回其他的假设。”听到这句调侃，教堂里爆发出阵阵笑声。

苏珊·B. 安东尼和伊丽莎白·卡迪·斯坦顿的女权主义周刊《革命》在遥远的美国报道了这次会议，并总结道：“如果有什么东西可以击垮爱丁堡大学的老古板思想，那一定是杰克斯-布莱克小姐所掌握的机智和嘲讽的武器。”[8]

克雷格随后以诽谤罪将索菲娅告上法庭。这类民事诉讼自 13 世纪以来就比较普遍，但被告很少是女性，这引发了不小的轰动。围观的人群挤满了法庭，人们都想一睹女医学生这个怪物的风采。“她身着素雅的黑衣，仅在颈部和手腕有白色装饰；她身材高挑匀称，黑发黑眼，面容俊俏，神情冷静。

她全然镇定自若，这副举止与克里斯蒂森医生的紧张形成了鲜明对比。”[9]

当伊莎贝尔作为支持索菲娅的证人出庭时，报刊记者发现另外这名女医学生并不乖张古怪，纷纷在报道中流露出失望之情。“端庄文静，富有淑女风范，穿着低调但又相当符合正统观念，这样的索恩夫人令许多人感到困惑。”但令他们困惑的不仅仅是她的穿着和风度。“她为什么要结婚？女医学生竟然敢于美丽，敢于结婚，敢于穿着得体，这当然是不可饶恕的罪行。”[10]

克雷格赢了官司。但是，尽管他要求赔偿 1 000 英镑，法官只判给他 1 法寻（相当于 0.25 便士）。这个判决简直就是一记耳光，克雷格的律师也在结案陈词中宣称，这个象征性的数字与其说是一场胜利，不如说是一种侮辱。报刊赞扬索菲娅在自卫中展露的机智，甚至宣称她的表现证明她所属的性别有资格追求高等教育。索菲娅大获全胜。她充分利用了公众的支持，每次受挫后人们都会为她辩护。在这次事件中，公众也捐出了足够多的钱来支付她的诉讼费用。

回到大学后，侠义心肠的学生们继续每天出现在学校，保护女同学上下课，直到反对者们宣告放弃。随后索菲娅让志愿保镖们停止了善意的护送服务。3 月的期末考试要顺利得多。

皇家内科和外科医学院的院长们通常会亲自为学校的优秀学生颁奖，但这一年，在得知获奖者中有女性后，他们拒绝出席，仿佛就连背弃传统都要比把奖项一视同仁地颁发给女性更得体。这一年没有举行任何颁奖仪式，只是将奖品邮寄给获奖者。这是史无前例的。

爱丁堡媒体《每日评论》的一名作者敏锐地发现，虽然只有 23% 的男学生在学校的获奖名单上占有一席之地，但 100% 的女学生榜上有名："那些肆意给这个英勇的小团队设置障碍的人不仅缺乏骑士精神，还不知道公平竞争。"[11]

6 月，索菲娅向大学理事会提出申诉，指出按照目前的情况，女学生将无法修完毕业所需的所有课程。校方必须采取行动，好让她们完成学业。而校方坚持认为，必须在常规课程中为她们单独开班授课。更重要的是，要想获得学位，学生最多可以在校外选修四门课程。而到目前为止，七个人所修的所有课程都是由校外教授讲授的，因为只有他们愿意提供单独授课。索菲娅解释说，由于现有的教授大多拒绝为她们单独开课，大学要么需要增聘教授为她们授课，要么需要放宽对校外班的限制。

在征求法律意见后，大学理事会在下一次月度会议上宣布了答复："大学仍必须被视为专门为男学生提供教育的机构……只有男生才有权要求获得学生身份这一特殊待遇。"会议的结论是，即使是"获准进入大学学习"的人也不一定有权要求获得学生身份。[12]

现在，皇家内科和外科医学院的院长们采取了更直接的方法。他们通知校外讲师，夏季学期结束后，攻读医学学位的女学生将不再被允许进入外科医生大厅。教授们仍然可以给女学生上课，只是不能在这栋楼里。一些人将这种额外的障碍视为懦弱之举，表明他们害怕女医学生获得学位后可能带来的威胁。

“医学界似乎认为，他们只要来到这些热情的学生身后，大喊‘嘘！’，就足以把她们吓得魂飞魄散。到这个时候，他们肯定已经对杰克斯-布莱克小姐有了更深的了解。”《格拉斯哥先驱报》上的一篇文章指出，“难道爱丁堡医学院的教师们害怕和女士们竞争吗？”[13]

女学生们受到的宣传越多，校外的妇女就越是支持她们。许多人不仅支持她们学医的努力，还开始质疑那些男生是否适合行医，因为他们的言行有失体面。

在一场再次审议是否允许女学生进入爱丁堡皇家医院病房的会议上，当地一个身体虚弱的老太太向与会者发表了讲话，说她要代表全市1 300名妇女发言：“如果这些目前在爱丁堡皇家医院学习的学生无法心平气和地对待和他们做同学的女士，那么他们又怎么可能具备科学精神或纯洁的心灵，从而证明自己有资格在女病人接受最精细的手术和检查时进入女病房呢？”[14]

听到这句话，一群吵闹的学生大笑起来。其中一个人宣称，索菲娅曾告诉他，她中止了在美国的学业，因为那里的女医学生品格太差。当索菲娅站起来抗议时，这些男人开始大喊大叫，并向她扔豌豆。尽管遭遇挑衅，但她仍然坚决否认说过这样的话。

虽然爱丁堡皇家医院继续拒绝女学生进入，但她们的斗争得到了宣传，当地几名医生邀请她们到自己的门诊实习，看护贫困病人。“我们抓住了其他一切送上门来的见习机会。”[15]伊莎贝尔说。皇家慈善药房、查尔默医院和济贫院医务室也为她们敞开了大门。

索菲娅已经准备好从聚光灯下淡出，她还享受了一段短暂的个人幸福时光：露西·休厄尔远渡重洋，陪伴她度过了整个9月。两人探望了一位因肺结核而不久于人世的朋友，参加了英国科学促进会的会议，然后北上苏格兰珀斯郡，住在一家乡村客栈——同住的还有一个幽灵。这次旅行和相互陪伴来得正好，让她们好好放松了一下。露西和索菲娅从未失去在职业上结成伙伴的愿望。

“露西，我**真**希望你能和我们一起在这里待上几年。你会成为我们的女王，你会给所有相关的人带来无尽的好处，包括女士们、贫困妇女和女学生，所有人，”索菲娅恳求道，“这里的人们热切盼望着女医生的到来，你在这里不知道能挣多少钱，还能做很多难以估量的好事。”[16]

对女医生的渴望是个大胆的断言，因为有那么多人反对她们，并将缺乏需求作为一项理由。但是实际上，许多妇女早就希望能向女医生求诊，只是这件事没有得到公开讨论，直到现在。爱丁堡的女性仅仅因为试图学医，就受到如此可怕的对待，这件事恰到好处地开启了话题。是时候让公众清醒地认识到女医生的缺乏对妇女健康造成的损害了。很快，各种各样的故事开始涌现。

“根据我的观察，我几乎可以列举几十个病人，她们的健康受到损害，生活的乐趣和劳动能力也随之丧失，因为年轻女孩（有时也包括年长妇女）不愿意让一个男人进行私密的检查和治疗，无论他有多么受人尊敬。”[17]一封署名为“一名妇女”、在《曼彻斯特观察家时报》刊出的信写道。不知道这名妇女究竟是身为护士，还是只是在谈论亲朋好友的生活，但她表达了许多人的共同感受。

在《苏格兰人报》上，一名英格兰女子讲述了她接受某个爱丁堡著名医生治疗的可怕经历，她说：“在这种情形下，妇女默默承受的心灵痛苦是无法形容的。现在是时候让男人停止谈论女人在这件事上的感受了。他们不可能知道女人永远不会告诉他们的事情。妇女所需要的，就是让一部分属于她们这个性别的人取得资格，担任她们的顾问。”[18]

一直以来，妇女体验着来自男性的不尽如人意的医疗保健服务（或有意回避他们的服务），这样的公开声明令人振奋，女性终于开始谈论这个问题了。刊载于《每日评论》的另一封信描述了一次购物时的即兴对话：“我碰巧与一名年轻的女店员交谈起来，我完全不认识她；聊天时我建议她去寻求医疗建议，她眼里突然涌出泪水，回答说她在（爱丁堡）皇家医院待了两周，这段日子令她痛苦不堪，因为在某些不可避免却令人极为不快的检查中，总有男学生成群结队地出现，正如她自己强烈表达的那样，‘真快把我逼疯了’。”[19]

当然，女性应该自由地选择任何部门或专业方向行医，为任何性别的病人服务。最早的女医生中有许多人选择为妇女儿童开办医院，这不一定是体现了她们只应治疗这些群体的信念，而更可能是对当时妇女经历恶劣或粗暴的治疗的独特遭遇的一种反应。

如果说索菲娅预见到爱丁堡的女性会疯狂地追求女医生，那么露西在美国已经经历过这种热潮了。自 1862 年开业以来，她的波士顿妇女医院已经为满足需求进行了一次扩建，现在正准备进行下一次扩建。这家医院最初只有 10 张床位，如今即将变成一所拥有 55 张床位，在郊区占地 9 英亩的专门医院；每年的住院病人从 118 人增加到 244 人，在慈善药房就诊的病人增加了一倍，达到近 3 000 人。[20] 至少有一半的病人从波士顿以外的地方赶来，就为了向女医生求诊。

唉，露西要回家了。在返回美国的漫长航程中，她给索菲娅写信道："昨晚我一直在想，如果你我能共同执业，我们一定会比任何一个人单干做得更好，因为你有许多我所欠缺的品质。当我彻夜难眠，想到你希望我在爱丁堡帮助你时，我似乎感到我必须断绝一切关系，立刻回到你身边；但接下来，我的新英格兰良知又唤醒了我，告诉我生活的目标应当是责任而非享乐，于是我努力安身于上帝赐予我的工作。"[21]

回到波士顿家中一周后，露西再次写信给她最亲爱的索菲娅，她想要见到朋友的热情终于消退了。"昨晚，我离开后第一次梦见病人，而不是梦见你。"这是索菲娅生命中又一次永远不可能实现的合作。[22]

无奈之下，索菲娅不再规划与露西的未来，把目光重新转向自己如何在爱丁堡获得医学教育的问题。

女医学生们再次集合，决定下一步行动。她们一致认为可以暂时搁置要求大学保证她们最终能够毕业的事情。眼下更紧迫的事情是能不能获准参加10月的第一轮专业考试。在四年的医学院学习期间，医科学生必须参加全部四轮专业考试。五名女生达到了考试科目（化学、植物学和博物学）的所有要求，她们递交了参加第一轮专业考试的申请，缴纳了费用。她们就是最初入学的五名女生。

距考试还剩十天时，她们收到了鲍尔弗院长的来信，宣称接收她们的申请和费用是个错误；没有大学理事会的许可，她们不能参加考试。索菲娅花了一整天时间在城里奔波，试图及时解决问题。她咨询了律师，律师让她去咨询苏格兰总检察长兼治安官帕特里克·弗雷泽。弗雷泽马上接待了她，并向她保证院长的行为是不合法的。他很快就此事写好了一张字条。索菲娅拿着字条回到律师办公室，让律师起草了一封信，威胁说如果鲍尔弗院长不改变决定，她将起诉他，要求赔偿损失。索菲娅亲手把信交给了他。面对法律后果，他立即打消了念头。

考试结果出来了，只有四个人及格。索菲娅自己没通过！她羞愧难当，心里明白自己准备得不够充分。而且，她还担心她们的对手会动辄拿这一点来证明女性在智力上的劣势。但对手们放过了这个机会。

“这实在有点好笑，这些女士当中最引人注目的一个竟然在考试中失败了。”[23]一名作家在《泰晤士报》上写道。

“诗人总是歌颂默默无闻的好处。那些坐在塔尖上的人被远远看见，没有屏障为他们隔绝好奇的目光，”《柳叶刀》得意扬扬地评价索菲娅的失败，在他们看来，她付出这些努力不过是为了出风头，“最近忍受着拔牙般痛苦的医学生们一定很高兴，庆幸他们并不像女权卫士杰克斯-布莱克小姐那样为公众所熟知。”[24]

索菲娅大吵大闹，说考官们给她打分过于苛刻，因为她给他们带来了麻烦；但她申请进行的独立审查证实，她的成绩很可能确实够不上及格线。事实上，索菲娅用来学习的时间实在太少了，因为她要挑战大学的顽固企图，那就是为女性提供低一等的教育，如果非要提供的话。她还接受了好几个在女权活动上发言的邀请，这也占用了她不少时间。

索菲娅还要处理与约瑟芬·巴特勒的矛盾，巴特勒对她在《传染病法案》问题上站在莉齐一边而大发雷霆。巴特勒希望能获得这两位医学女性的高调支持，来推动她反对《传染病法案》的运动。被她们两人冷落是一个重大打击。巴特勒感叹：“我们在当今最重要的一个问题上站到了对立面。”她无法相信，该法案残忍地对待妇女，而“医学界的女士们毫无同情”。[25]

索菲娅在爱丁堡也有自己的斗争。在1871年10月底的一次大学理事会会议上，亚历山大·伍德医生提出动议，要求学校必须为这些女学生提供完成学业所需的设施和指导。为了支持他的动议，他提交了一份请愿书，由一名目睹了外科医生大厅骚乱的女士起草，9 000 名妇女签名支持。就连《柳叶刀》也认同："爱丁堡（大学）对七位女士不公，先是招收她们为学生，然后又中断她们的学业。"[26]

投票结果相差无几，107 票反对，97 票赞成，但女学生们没有取得胜利。索菲娅在《苏格兰人报》上声称，要不是克里斯蒂森教授从中作梗，她们过去两年的学习会一帆风顺，而不是不断遇到绊脚石和讨厌的学生。不管他是不是她们的主要对手，索菲娅显然是这么看他的。[27]

不利的投票结果对她们造成了沉重的打击，出于对前景的担忧，索菲娅大胆地询问校方在毕业问题上有什么想法。大学会做出必要的努力，让她们完成学业吗？她于 11 月致函大学法庭，希望能得到答案。[1] 这些女学生入学已经两年了，在此期间，她们已经完成了毕业所需课程的一半。法庭必须采取行动，让她们能够完成学业。[28]

次年 1 月，法庭终于做出回应，声称毕业并非医学教育的必要条件。如果女学生们放弃毕业的想法，学校将向她们颁发"合格证书"。如果她们接受这些条件，法庭将安排她们接受完成学业所需的指导。校方不会同意将她们选修的任何课程计入学位教育。

1 在 19 世纪，英国大学拥有所属教区主教及王室的授权，有权对学校成员进行司法管辖。

索菲娅说，大学“不会以任何方式帮助我们成为能够合法行医的医生；如果我们花费多年的努力和一大笔金钱来接受教育，他们最终或许会给我们颁发好看的合格证书，可这些证书实际上一文不值！”。[29]

她告诉同学们，由于《医疗法》不承认任何“证书”，这意味着她们在英国任何地方都没有行医资格，任何这样的文件“对我们来说都毫无用处”。

索菲娅和其他六名女学生对校方提起诉讼，要求授予她们学位。她们认为起诉学校是她们最后的希望。伊丽莎白明确告诉索菲娅，对学校提起诉讼是不明智的。她敦促说，浪费在诉讼上的钱最好用在其他方面。

但就在准备打官司的时候，她们收到了一个好消息。没有必要打官司了，事情对她们有利。常任上诉法官判定，不授予成绩优秀的女学生正规学位，而给她们颁发合格证书，是不称职和不公正的，“纯属胡闹”。[30]虽然他不能强迫大学录取女学生进入普通班，但他认为大学法庭可以动用自己的权力，承认她们在校外班的学习成绩，将其计入学位教育。

索菲娅为这一胜利感到欣喜若狂，但她并未得意忘形，因为她知道校方不会这么轻易放过她们。她不禁要问，**他们接下来会怎么做**？很快她就知道了。大学正准备向上级法院提出上诉。

并且，还有其他的东西即将破坏这场运动，那就是爱情。“爱丁堡七女杰”的反对者急于证明女性不该成为医生，因为婚姻和家庭肯定会让她们分心太多。

首先，克劳德·马歇尔来了，带走了莉齐的大姑子玛丽·安德森。玛丽因此从大学退学。

接着，支持她们的《苏格兰人报》编辑亚历山大·拉塞尔爱上了七人组中的一个。

“噢，再坐一会儿吧。”拉塞尔恳求道，当时索菲娅以为他们的事情聊完了，正起身准备离开他的办公室，“这么说，你们班的人越来越少了？”[31]

“是的，”索菲娅黯然承认，“我们已经失去了一个人。”

“我听说你们又要失去一个人了！”拉塞尔说。

“噢，不！”她抗议道。“我希望不会。”

“但我想是的。”拉塞尔回答，语气狡黠。

“是吗？”索菲娅小心翼翼地问，眉头紧锁，“那么，你听说是谁了吗？”

“是埃文斯小姐。”

“噢，不，我不相信。”索菲娅结结巴巴地说。

“嗯，她亲口告诉我的。”拉塞尔得意地说。

“是吗？她到底要嫁给谁？”她问道。说到这里，拉塞尔的脸上开始泛起难看的红晕，一直红到他光秃秃的头顶。

“你不知道吗？”他说。

“不……”真相正在浮现，她不愿承认。

“真的不知道？”他步步紧逼。

“我怎么会知道？”她坚持说。

“嗯，她让我告诉你这件事，所以你明白了吗？”他说，对她的迟钝越来越感到不安。

“R先生，”她终于屈服于他的小把戏，“你不会是在说自己吧？”

他的脸色更红了。“对，是我。”

“行吧！我希望你的背叛会让你睡不着觉！”索菲娅说。

“现在你可别对她太苛刻了！你能去看看她吗？”拉塞尔问道。

“不，当然不去。她最多指望我别派警察去找她。”她开玩笑说。

“给她打上D的烙印？”拉塞尔试探道。就像军队里对待逃兵一样。[1]

“是的，”索菲娅断然拒绝，“你可以告诉她，我不会那么做，这是她能指望的最大限度了！”临走时，索菲娅又说：“我觉得你这个人真是出奇幸运，但我希望你的良心能让你睡不着觉！”

又过了不到两个月，玛蒂尔达嫁给了她的表哥、爱丁堡大学教授威廉·爱德华·艾尔顿。整个冬季学期，“爱丁堡七女杰”因婚姻失去了三名最初的成员。（玛蒂尔达和玛丽最终在巴黎获得了医学学位。）

“我真希望你和皮奇小姐能坚守到底，”阿格尼丝·麦克拉

---

1 在19世纪的英国，军队中的逃兵（deserter）会被刺上字母“D”作为惩罚。

伦劝说索菲娅，“六个月内三桩婚事，确实令人担心。”[32]

阿格尼丝是积极的妇女参政权活动家，父亲是爱丁堡议会代表。她也是她们事业的积极拥护者和巴克卢广场的常客，该组织称她为“圣阿格尼丝”。她和另外两名女性，简·马辛贝德·芒迪和安娜·达姆斯，最近决定进入大学预科学习，因此，尽管该团体因婚姻而失去了一些成员，但仍有七名女性在爱丁堡寻求医学教育。

对阿格尼丝来说，她学医并不是因为她觉得自己有治病救人的使命，也不是出于对科学的痴迷，而是和独立有关。“如果我感觉自己有从医的使命，那我就会更大胆，但你知道，老实说，情况并非如此。相反，我非常怀疑自己的能力，”阿格尼丝承认，“不，吸引我的是一个明确的活动领域，而且是一个独立的领域。”[33]

那年 4 月，索菲娅受邀在伦敦圣乔治大厅举行的妇女参政权活动上发表演讲。“别再惹上诽谤官司了，”在索菲娅准备演讲时，伊迪丝和她开玩笑说，“我多希望能在听众席上对你做鬼脸、扔豌豆！”[34]

她的演讲内容是医学界的女性。听众席上挤得满满当当，大家都渴望聆听这位“爱丁堡七女杰”领袖的演讲。与她并肩坐在讲台上的是伊丽莎白和莉齐，这两人在她攻读医学学位的过程中起到了最为关键的作用。

她的演讲很长，而且有些枯燥。她简要介绍了伊丽莎白和莉齐攻读医学学位的过程，然后详细讲述了自己在爱丁堡所经历的磨难。讲台上的索菲娅并没有像听众所期待的那样激情澎湃，这让他们有些失望。她的演讲可能比听众想象的要更加平和，不过她还是找到了一个机会，公开点名批评了她的敌人。

“在爱丁堡，反对女性接受医学教育的力量全都来自一个人和他的追随者。”索菲娅宣称，“不必说，这个人就是罗伯特·克里斯蒂森爵士，他年纪大，资历深，自然在学校里和爱丁堡医学界具有非同寻常的影响力。”[35]

这一次，没有人对她扔豌豆。这篇演讲稿和索菲娅早前撰写的一篇文章一起，在当年晚些时候以《妇女医学教育》为题付印。她深情地将这篇文章题献给露西·休厄尔医生。

这个夏天，女学生们纷纷外出接受培训。伊迪丝在伦敦一家疗养医院找到了工作，埃米莉·博韦尔和新婚的玛蒂尔达前往巴黎，新加入的简和安娜在波士顿的医院得到了玛丽和露西的热情接待。

“我已经观察了三次休厄尔医生使用产钳的过程，没有比这更行云流水的了。她使用任何器械都非常熟练，”简从波士顿写信给伊迪丝说，“我认为做得好的外科手术非常迷人，我从未见过有人能如此轻松又稳妥地掌控器械。无论她对我或我的孩子做什么，我都会感到安心。”[36]

夏天结束时，索菲娅已经出现了倦怠的迹象。这毕竟是一段漫长而艰苦的旅程。她忙着上课、写信和登门拜访以宣传她们的事业，每天的工作经常要持续 12 个小时。

“噢，露西，我已经厌倦了这一切，”她哀怨道，“我越来越怀疑我自己能不能完成学业。我想一旦战斗胜利，我就要溜进某片林子躺下来，睡上一年。”[37]

那年冬天，爱丁堡皇家医院董事会最终通过一项动议，允许女学生入学，条件是她们要与男学生分开。另一位鲍尔弗，不是院长，而是乔治·W.鲍尔弗医生，在内科病房给她们授课，每周三天，每天一小时。这位鲍尔弗胸怀宽广，专门研究心脏和循环系统疾病。周日上午，她们在外科病房跟随沃森医生学习。女医生们的临床培训仅限于这两个病房。

“我们不救治伤员或接待门诊病人，没有病理演示，没有外科培训，也没有任何专门的科室，”伊莎贝尔悲叹道，“我们只能满足于我们好心的朋友所能提供的一切。”[38]

下一个学期的学习枯燥至极。在校外课程《医学法理学》（即法医学）中，利特尔约翰教授向她们讲述了一个又一个血淋淋的故事：玛德琳·史密斯被控投毒谋杀案，因奇科姆岛挖出了一只脚，牛肚致人窒息案。周六是实地考察的时间，她们要去克雷根蒂尼污水处理场、牲畜屠宰场，或爬上陡峭的利伯顿山观看过滤池。利特尔约翰一边走一边讲课，学生们气喘吁吁，奋力地跟上他。

作为爱丁堡的第一位卫生医务官，利特尔约翰监督城市公共卫生方面的重要进步：改善排水和供水，拓宽街道，解决住房拥挤问题。最值得一提的是，利特尔约翰爵士也被认为是夏洛克·福尔摩斯这个人物的灵感来源之一。[39]他在爱丁堡大学同样是个传奇人物。每当他走进讲堂，学生们都会报以热烈的掌声。他执教42年，据他的讣告描述，他的讲课生动精彩、令人难忘，无人能出其右。“利特尔约翰的幽默极具感染力，迸发着智慧；他的手势极富戏剧性，他还知道大量的奇闻轶事，学生们在他的课堂上听得如痴如醉。”讣闻中写道。[40]

他教学生如何在法庭上做证，包括如何描述伤痕、解释血迹证据和分析脚印。他还建议：**“永远不要向妻子透露专业问题。”**[41]关于女性的身体，他也有很多话要说。

“阴道检查可能导致猝死。”“未受孕的子宫是分解最慢的器官。”枪支“不适合妇女使用，因为她们不理解它的原理”。我们不禁好奇，作为第一批听他上课的女性，女学生们在听到这些离奇的理念时究竟怎么想。

慢慢地，留下来的女学生在校外完成了爱丁堡大学毕业所需的所有课程：临床医学、助产学、草药学和病理学。索菲娅在后三门课程中都取得了优异成绩。在帕特里克·沃森和乔治·鲍尔弗两位医生“无微不至的关怀”下，她们还继续在医院的内科和外科病房工作，直到完成所需的两年临床培训。

尽管已经满足了毕业的所有前提条件，但“爱丁堡七女杰”仍然不抱希望。她们还在等待法官裁决她们能否获得学位。伊迪丝悲叹道：“我想我们没有机会了，医学界人士的影响力对我们非常不利。”

一个希望的火花是，她们的宣传终于让政治家们注意到了她们的困境。自由党议员戴维·韦德伯恩宣布，他计划提出一项法案，赋予苏格兰的大学为医学界女性提供教育和颁发学位的权力。为了给这项法案争取更多的支持，索菲娅给众多政府官员写信，与他们会面。

内政大臣是英国最高级别的政府官员之一，他认为最好扩大法案的范围，不仅包括苏格兰大学和医学学位，还包括英国所有的大学和所有的学科："虽然我的选民可能不太同意，但我不反对提出一部《授权法案》，赋予所有大学对女性授予医学学位或任何其他学位的权力。"[42]

这部《授权法案》在政府更迭后幸存下来，由保守派议员拉塞尔·格尼（埃米莉亚的丈夫）和他的自由派议员重新提出。人们希望该法案不会引起反对。毕竟，该法案并没有**要求**学校招收女性或为她们提供教育，只是明确了学校确实有权这样做。但反对法案的请愿书纷至沓来。就连那些认为"爱丁堡七女杰"受到了不公平待遇的人也担心，由于大学课程是为男性开设的，它可能不适合女性。

索菲娅的宿敌克里斯蒂森批评这项法案，说教授们会拒绝为女学生授课。"强迫一个男人去做他讨厌的事，或是在他看来可能要了他的命的事，这并不容易。"[43]（他们还说女人喜欢大惊小怪呢！）就在克里斯蒂森努力打压这项法案、扼杀妇女平等权利的同时，首相建议女王授予他男爵爵位，以表彰他对医学的贡献。该法案原定于 4 月进行二次宣读，但被推迟了，以便政治家们有更多的时间思考其影响。该法案最终在 6

月进行讨论，然后再次被推迟。女学生们没有时间继续等待，观望政治的车轮是否会朝着对她们有利的方向转动了。

她们不会坐以待毙，早已开始向其他院校咨询入学事宜。她们的成绩单已经满满当当，申请参加医学博士考试本应只是走个过场。尽管如此，她们仍然遭遇了重重困难。

她们走访了伯明翰大学、圣安德鲁斯大学和杜伦大学，还有爱尔兰的各所院校。杜伦大学决定不同意招收女生，哪怕只是参加考试也不行。圣安德鲁斯大学似乎更有希望，至少有四位教授站在她们这边。可惜，学校的大门还是只开了一条缝，并没有完全向她们敞开。

伊莎贝尔试图在获取学位之外找到一条通往医学注册的道路：向皇家内科和外科医学院以及伦敦和爱尔兰的药剂师协会发出呼吁。女学生们竭尽全力，尝试了每一种可能的方案。但是，面对医学界人士对她们能力的不断质疑，她们的决心和克制开始动摇了。

“自从见到你，我真是遭受了许多医生的许多折磨，我的脾气不但没有变好，反而更糟了，”伊迪丝对索菲娅抱怨，“当他们大肆吹嘘他们的无限优越时，我多想大声说出我的想法，告诉他们：‘你知道你表现得多么愚蠢可怜吗？’但我只能坐在那里，满脸堆笑，让男人炫耀他们的聪明才智——天知道怎么回事，总是这样——真是蠢得出奇！”[44]这样的处境真是令人沮丧，她们竟然要让这些男人来决定她们到底有没有资格参加考试。

威尔士亲王御用内科医生托马斯·金·钱伯斯敦促女学

生们别再惦记医学学位，在完成教育后“作为未注册的执业医师大胆行医，随时准备接受质询”。[45]她们认真考虑了这个令人震惊的建议。

露西警告索菲娅不要走这条路。“你的上一封信让我感到非常不安，你谈到要在没有文凭的情况下开始执业，这在我看来是个错误，”露西告诫道，“我认为如果以这种方式非法行医，你就等于放弃了你一直以来为之奋斗的一切，而且会为一些没有经过深入学习的妇女开辟一条可以利用的道路，你也就没有办法向公众展示你们的资质之间的差别。”[46]

“爱丁堡七女杰”并没有等待太久。大法官们很快做出判决：爱丁堡大学当初允许这些女学生入学是越权行为。她们的入学是非法的，不能毕业。没有英国大学的医学学位，她们就不能被列入医学注册名单，也就不能合法行医。

她们选修了所有能选上的课程，经常自己组织上课，遭遇了同学的骚扰，在这条道路上处处碰壁。她们投入了这么多年去学习和斗争，却还是无法毕业。

她们没有理由继续留在爱丁堡了。“1874 年 3 月末，放弃爱丁堡的医学课程。”[47]索菲娅泄气地宣布。

“我们因为这项事业被吸引到爱丁堡，支付了高昂的学费，却损失了四年多的时间，这都是因为校方的举动。”[48]伊莎贝尔对她们的悲惨境地做了总结。男性统治的医学界或许赢得了这场战役，但女性扫清道路、勇夺医学博士学位的战争才刚刚开始。

第十六章 开辟道路

遭遇这样的公开挫败之后，对于下一步如何更好地实现目标，争取女性在医学领域享有平等的受教育和职业机会，运动内部产生了分歧。所有“第一位女性”受到的瞩目是许多内部分歧的症结所在，因为这种关注给她们带来了巨大的压力，她们都感到需要一举成功。当然，问题在于她们对成功的理解各不相同。

“爱丁堡七女杰”没能成功获得学位，莉齐认为这意味着整个活动都是灾难性的失败。她担心索菲娅可能真的造成了运动的倒退。她斥责道，“你缺乏判断力和好脾气”，造成了巨大的伤害。[1]

索菲娅则比较乐观。在她看来，爱丁堡之战是一场失败的战役，但它为一场必胜的战争铺平了道路：“没有所谓的‘失败’……在爱丁堡用泪水播下的种子在其他地方收获了喜悦。”[2]她还说，考虑到大多数医学界人士态度守旧，公众舆论尚不成熟，发动一场这样的斗争至关重要。她宣布，比起等待允许女学生进入大学的政策通过，这个办法更快、更有效。

事实上，让公众关注女性成为医生的问题并不是一件小事。现在，这个议题得到了广泛讨论，让妇女有机会大声承认对女医生的需求，并反驳任何关于女性没有足够能力获得学位和照护病人的质疑。

与前辈们不同，索菲娅不怕冒大风险，也不怕当众丢脸，只要这样能更快地取得成果。她的性格冲动而外向，与淑女作风的莉齐和内向古怪的伊丽莎白形成了鲜明对比。莉齐和伊丽莎白都喜欢用缓慢而稳妥的方式克服障碍，消除反对态度，她们不赞成索菲娅的对抗策略。

在莉齐看来，索菲娅马上就要把事情全搞砸了。现在，在目睹爱丁堡发生的事情后，她认为妇女应该出国，而不是像她过去那样向英国机构争取入学机会。

莉齐在《泰晤士报》上公开表达了自己的观点："英国妇女要想解决这个困难，我认为正确的做法应该是到国外去寻求目前在自己的祖国无法得到的东西。通过去巴黎求学，女学生们就能畅通无阻，以极小的代价获得一流的医学教育。"[3]但她也承认有一个小问题：即使女学生在巴黎获得了受人尊敬的学位，她们也无法在英国合法行医。莉齐可以凭借从药剂师协会获得的执照合法行医，但在她获得执照后，协会改变了规则，以防止其他女性效仿。

不过，在莉齐看来，这并不是一个无法慢慢克服的障碍。如果有相当多的女性在法国获得了医学博士学位，然后又在英国悄悄积累职业声誉，证明她们是这个行业中值得信赖和有价值的成员，那么政府最终肯定会认为应该允许她们注册。这个方案一定需要很长一段时间。莉齐似乎并不在乎要等多久，只要事情办得妥当就行。

莉齐的文章见报大约三周后，《泰晤士报》发表了索菲娅的反驳："我可以想象，一个又一个英国妇女被赶出自己的国家，到国外接受医学教育，没有多少事情能比这番景象更加令我们的反对者高兴了。这既是因为他们知道，当她经过多年的努力之后回到这里，她无法要求得到任何法律承认；也因为他们同样确信，只要国内不提供教育手段，就只有极少数妇女会寻求进入这一行业。"[4]

索菲娅指出，到国外的医学院参加考试或接受完整的医学教育，这个方案并不适用于每个女性，甚至不适合大多数女性，因为这不公平地将那些无力负担国外旅行和住宿的女性排除在外。她甚至将那些出国走捷径的人称为运动的叛徒。"我坚信，每一个同意投身这种流亡的妇女都对这个国家医学界妇女的总体事业造成了难以估量的伤害。"

虽然索菲娅和莉齐为女性争取同样的权利和机会，但她们的观点和性格大相径庭。索菲娅是个热情冲动的刺头，而莉齐是个细致内敛的淑女。莉齐厌恶成为流言蜚语的主角，但她低估了宣传在社会变革道路上的重要性。而索菲娅知道，任何宣传都是好的宣传。她的大胆作风将女医生话题推上了全世界的头条，她肆意张扬的个性成了记者们的宝物。

莉齐满足于独自在地下悄悄开辟通道，以进入医学教育的堡垒。只有在通过自己开辟的小路获得个人的成功后，她才转移目光，开始思考如何向其他女性开放这一行业。

而索菲娅深知人多力量大。她从一开始就召集同志，着手在前门炸开一个洞。不幸的是，医学界装备精良，从容应对这种明目张胆的入侵，因此在战斗结束时，七名女学生中没有一人能够获得医学学位。

一名在运动早期帮助过这些女学生的内科医生断言："加勒特-安德森夫人是个人成功的典范，但杰克斯-布莱克小姐的斗争不是为了自己，而是为了所有人。"[5]

反对是一种被低估的动力。英国议会自由党议员詹姆斯·斯坦斯菲尔德观察到，对女权运动的顽抗只会助长她们的事业。"当时机成熟时，反对者不仅会被卷入前进的车轮，还会帮助车轮转动。最强大的力量，无论以何种方式发挥作用，都会起到最大的帮助。在我看来，其中最凝聚的力量，一方面是罗伯特·克里斯蒂森爵士领导的爱丁堡大学，另一方面是索菲娅·杰克斯-布莱克领导的妇女活动家"。[6]哪股力量更强大，还有待确定。

早在1871年，斯坦斯菲尔德在一次妇女参政权活动上听到索菲娅的演讲后，就对妇女从医运动产生了浓厚的兴趣。在他看来，这场运动是从索菲娅1869年第一次申请爱丁堡大学开始的。他解释说："我没有把这场运动的开启时间定为加勒特-安德森夫人个人的成功尝试，因为这件事直接导致她强行通过的那扇门被关闭。在我看来，她的崇高地位体现在身为这场运动的先驱。”[7]

伊丽莎白·布莱克韦尔在美国经历过的争论在英国再次上演。既然没有任何机构愿意向女性敞开大门，那么她们是否应该创办自己的女子医学院？这场运动的最终目标始终是让女性像同龄男性那样得到接纳，得以进入成熟的学院和医院。这些学校资金雄厚，拥有高水平的教授、设备齐全的实验室和摆满标本的博物馆，以及畅通无阻的进入大医院实习的通道。运动中的大多数女性都意识到，那样的接纳还要很长时间，因此分校是一个重要的解决方案，希望它只是暂时的。

一名医生在《英国医学杂志》发文提问，为什么还没有人尝试在英国开办一所女子医学院。人们的结论是，一定是想要学医的女性还不够多，所以这件事不值得做。人们对女性兴趣的认识错得离谱。[8]

索菲娅对男女分校教育问题的看法一直在变化。在进入爱丁堡大学之前，她天真而快乐地以为，如果男女生一起学习，“除非一方或另一方的性格确实格外粗野，否则不会出现严重的困难”。[9]她认为，在学生们逐渐习惯男女混合学习的过程中，可能要经过几天的尴尬期。接下来，新奇感渐渐消退，“在对共同学习的内容的兴趣下，尴尬也会消失”。

当然，她充满希望的预言并未实现。离开爱丁堡大学之后，她改变了主意。在亲身经历了男女混合教育可能带来的龌龊事情之后，索菲娅现在主张让女性拥有独立的学校。相比让所有有志从医的女性都去欧洲大陆求学，成立独立院校至少是一个更好的临时解决方案。

“我曾真诚地以为，女学生们不必担心在普通的医学课堂上会感到任何不适，因为‘大多数学生都是绅士’。很遗憾，在这个问题上我不得不改变我的看法。”[10]索菲娅承认道。当然，问题从来都不在于女性，而出在男性身上。有些男孩就是不适合进入混合班。索菲娅现在认为，分校教育是必要的，但她仍然梦想着男女同校。

“我希望能看到不再需要这种规定的那一天，最好在我有生之年。”她表示。虽然索菲娅对人性的信心受到了打击，但她的信心永远不会完全丧失。她坚信混合班级才是正道。她最后总结：“我毫不怀疑，随着文明的进步，这种安排将成为惯例。”[11]

索菲娅写信给威斯敏斯特医院的弗朗西丝·安斯蒂医生寻求建议。索菲娅在爱丁堡战斗期间，他成了她的粉丝和支持者。弗洛伦丝·南丁格尔将安斯蒂视为最伟大的“济贫院医生”之一。安斯蒂致力于改革治疗穷人的济贫院医务室，还发起了反对伦敦过度拥挤的运动。弗洛伦丝钦佩安斯蒂为不幸者争取权利的热情，他们频频书信往来。

至于安斯蒂能否说服同事们开始在他所在医院的医学院招收女学生，则完全是另一回事了。

“我认为这方面的建议不太可能得到采纳，那意味着撼动我们作为男学生的老师的地位。”安斯蒂承认，“恐怕唯一的办法是让女学生们筹集足够的资金，为自己创办一所学校。我认为你们最好的办法是在伦敦租一些场地，建立一所响当当的好学校，进行一流的理论课程教学。但临床教学的困难似乎很大。”[12]

索菲娅回到布赖顿的家中休整，并决定下一步的行动。她原本安排好在原先的教师萨尔兹曼先生那里当学徒，但她很快就厌倦了远离城市，她唯有在城市里才能争取真正的培训。索菲娅又离开了家。她再次前往伦敦，继续她的征途。

第十七章 门派之争

至于莉齐，她即将启程前往爱丁堡，那里的人们对七女杰的战斗记忆犹新。她收到了英国医学会的邀请，要在爱丁堡举办的学会年会上宣读一篇论文。“我真希望这篇论文能对我们的事业提供切实的帮助。”莉齐这样评价这个高规格的机会。[1]也许她有理由把自己视为女医生的杰出典范。她从未在支部会议上遇到过敌意，因此对在苏格兰等待她的一切毫无准备。

当莉齐和她的大姑子玛丽到达时，她们被告知所有的学生票都已分发完毕，玛丽不能参加会议。会议主席正是克里斯蒂森本人，莉齐称他的演讲“沉闷冗长得可怕”，谈性别政治的部分远比谈医学的部分更多。[2]克里斯蒂森宣称，接纳一名女性成员并允许她在全国性会议上宣读论文是“一种特权”。由于玛丽未能获准参加，莉齐是听众中唯一的女性。

“风暴正在这里酝酿。”[3]她在会场上给杰米写了一张字条送到家里，希望能立即获得他智慧的建议。她很想公开为自己辩护，反对克里斯蒂森对她的荒唐攻击，但这样做又让她感到很不舒服。“别以为我不开心，亲爱的，”她向杰米保证道，“总有人要来做这件事，而我内心充满了喜悦，有你，有亲爱的孩子们，还有我的工作，我比大多数人都更能承受得住。如果我能尽到自己的责任，那么失败也不过是向最终胜利又迈进了一步。”

中场休息时，莉齐恳求秘书给玛丽一张票，他最终同意了。但没过多久，他又写字条告诉莉齐，他给玛丽送票的行为越界了，如果玛丽不使用这张票，他将十分感激。但她们当时出去吃午饭了，根本没收到他的字条。整个下午，玛丽和莉齐都在旁听论文报告和讨论。这时，她在新妇女医院的同事弗朗西丝也来了，准备发表自己的研究成果。由于有两名女医生在场，会议的气氛变得越来越紧张。

莉齐开始怀疑她们到底还能不能获准宣读自己的论文。

第二天一早，莉齐独自登上亚瑟王座山练习演讲。回来后她被告知，在她离开期间，他们决定不允许她宣读论文。莉齐气急败坏地跑到英国医学会产科部负责人基勒医生和邓肯医生面前说：“如果你们对我说的是某个成员读过我的论文，认为不值得发表，我会立刻接受，但我认为不应该因为偏见而阻止我宣读论文。”[4]他们表示会考虑她的话，稍后将决定告诉她。

当天下午晚些时候，她收到消息，她被安排在第二天宣读论文。弗朗西丝的处境也不乐观。她被发现不在注册医生名录上，因为她的学位来自苏黎世，于是她在英国医学会的当选被判“违规”。那一年，数百名与她职位相同的男性再次当选，但弗朗西丝没有。

第二天，消息不胫而走，医学界人士纷纷赶来，观看莉齐宣读关于痛经的论文。“我们已经取得了巨大的胜利！”她对杰米感叹道，“这篇论文的反响很好，来了一大批听众，还获得了致谢。会场挤得水泄不通，会后每个人都来跟我握手。”[5]

能在英国医学会会议的产科分会上宣读一篇论文，这对莉齐来说一定特别有成就感，因为前一年她向产科学会提出的申请被拒绝了。当她被推荐成为学会会员时，她的申请甚至得到了许多名医的签名支持，其中有几位自己就是学会成员。如果他们只考虑她的情况，她很可能会得到录取。但他们借此机会考虑了是否让女性加入学会这个大问题。

他们的章程允许任何注册执业医师作为“候选人”加入学会，但后来所有的引用文件都用“绅士”代替了“候选人”。这是一个绝佳的机会，可以宣称这种措辞意味着女性无法成为候选人。

产科学会的男士们曾花了一个下午来讨论允许让女孩进入他们的学会可能带来的影响。查尔斯·泰勒医生宣称：“我们很高兴在其他场合见到女士，但在这里见到她们，我们就高兴不起来了。”[6]威尔特希尔医生则提出，引入一名女士会对学会造成“无可争议的损害”，“如果我们关心学会和产科的话，那么我们能做的最好的事情就是将妇女完全排除在外”。

就连签字提名莉齐加入的埃夫林医生也反对接纳女性。他了解莉齐本人，相信她不会妨碍他们的正常工作。莉齐能让学会锦上添花，她是一位称职而博学的医生。让他们心惊肉跳的是一群想象中的女人，她们头脑简单，肌肉和各方面都较不发达，还要抢走他们的工作。

一名会员高调支持接纳女性。高尔顿医生提出，产科医学或能因为女性的加入而得到发展，他们有责任不排斥女性。尽管高尔顿认为妇女不适合这一职业，但他说，在进行产科观察和向学会提交有趣的病例方面，合格的女医生具备独特的优势。他提议，应该让女性加入。

投票时间到了，只有四名男性赞成这项动议。妇女将不被允许在会议桌前占有一席之地。事后，威尔特希尔表示他担心这个问题将来可能再次出现。学会主席向他保证，这件事眼下已经解决了。

在场的所有人可能都没有意识到他们的偏见有着怎样的讽刺意味，但这逃不过《苏格兰人报》的眼睛。该报挖苦他们"决定永远不允许任何妇女参与讨论如何治疗和缓解只有妇女才会遭遇的痛苦"。[7]

在听说了会议的细节以及他们将她排除在学会之外的决定后，莉齐给《英国医学杂志》写了一封信。她认为有必要为自己辩护，因为据说有一名发言人声称她的名字是被偷偷塞进注册医生名录的。莉齐对这种暗示感到非常愤怒，因为她不得不采取额外的措施，独自闯出一条路，才能进入登记册。

"'偷偷地'意味着不诚实，或者至少和蹑手蹑脚、偷偷摸摸地潜入一样不诚实。我要指出，用这些词语来描述我进入注册医生名录的方法是不正确的。”莉齐称。尽管如此，她仍然抱有希望，认为她们最终会看到曙光：“我衷心希望，在不远的将来，学会成员能够同意让章程变得更加包容。”莉齐期待着有朝一日，女性不再被剥夺任何行业协会的会员资格。[8]

现在，在英国医学会的年会上，她要面对的正是当初拒绝让她加入产科学会的那些人。

爱丁堡大学教授约瑟夫·李斯特对允许一名女性成为英国医学会会员感到非常愤怒。该组织的章程允许注册医生名录上的任何人加入，他要求该章程必须根据其制定背景进行解释。在他看来，这意味着“任何女性都有可能成为注册执业医师的想法，远远不在学会创始人和初创成员的考虑范围内”。[9]李斯特认为，“人”等术语应解释为**男性**。和产科学会一样，他试图通过解释章程，强行将女性排除在外。

在接下来的一次英国医学会会议上，是否继续允许女性加入学会的话题再次被提出。莉齐打算“把这个问题提升到一个更高的层面，并诉诸人们头脑中最美好的部分”。[10]她站起来宣布，这个团体应该更多地考虑组织自身，而非仅仅把自己当成一个仅限男性参加的俱乐部；禁止女性加入将与他们声称支持的科学探索精神背道而驰。

“我们已经听到很多人把这个学会说成一个以社交为目的的‘俱乐部’。但本学会的目标有两个方面：一是促进医学科学的发展，二是促进本行业的利益。没有人敢说，促进医学科学发展的有效方式就是将一群诚实而勤奋的工作者排除在外；

对于许多重要问题的研究来说，她们能带来自己的一些与男性从业者根本不同的经验。”[11]莉齐强调。

她认为，让女医生在学会的专业准则和共识之外执业实际上并不符合组织的最佳利益。把她们吸纳进来会增加而不是减少学会的控制权。“让你们的偏见消失吧！”她最后总结说。会议厅里爆发出热烈的欢呼声。

但一名女性的魅力并没有动摇他们的原则，将女性排除在外的动议以多数票获得通过。考虑到莉齐的声望和专业地位，这项决定没有追溯效力。通过不溯及既往的方式，她成为英国医学会唯一的女性成员，直到该决定于 1892 年被撤销。

很快，莉齐又有了其他的烦恼。她的医院卷入了一场关于外科手术的争论。莉齐认为，外科医生最重要的技能与手的灵活性无关，而是知道如何治愈疾病，无论是通过手术去治愈，还是在可能的情况下不做手术。然而在实践中，她并不总是那么克制。

“昨天我做了一台很大的手术，目前病人一切都很好，”莉齐告诉妹妹米莉，“这种手术在英格兰只做过几次，在其他地方都不常见，而且死亡率一直非常高。所以，如果我的病人能痊愈，那真会让我声名远扬。而且在我治疗过的病例中，这名病人的肿瘤是最大的，这真让我激动。它简直有一个长过了头的脾那么大。”她仍然意识到自己的表现会影响大众对医学界女性的整体看法，又补充说：“我告诉你这些，是为了

这项事业。”[12]

也许莉齐认为这样的手术值得一赌，无论是在医学上还是在职业上。也许她更看重的是职业声誉，而不是病人的最大利益。手术越大胆，病情越严重，她和医学界的姐妹们就越能声名远播——只要手术能成功。

有一次，她切除了一个巨大的肿瘤，并将其送到皇家外科医学院博物馆展出。她向丈夫夸耀病人恢复得很好，但事实上她们后来都死了。莉齐在玩一场危险的游戏，徘徊于外科事业的野心和手术的成功之间。

弗朗西丝对莉齐的狂热和缺乏手术技巧感到非常担忧，于是辞去了在新妇女医院的职位。这成了该医院一系列辞职事件的开端。顾问外科医生 W. A. 梅雷迪思离开的原因是，他“发现在他所看到的安德森夫人的手术记录中，手术失败率太高”。[13]

路易莎·阿特金斯很快也离开了。路易莎曾在莉齐的医院成立早期跟随她实习，后来在瑞士苏黎世获得了医学博士学位。毕业后，路易莎在伯明翰和米德兰妇女医院担任了几年家庭外科医生，然后回到伦敦，在莉齐的医院工作。当过外科医生之后，她对这一行了如指掌。现在，她认为莉齐已经失去了判断力。

“我的良心不允许我的任何一个病人在现行制度下接受手术。”路易莎向医院委员会报告。她坚信莉齐操刀的腹部手术“将对病人、女医生的事业和医院本身造成伤害”。[14]但委员会并不打算对莉齐进行审查，甚至不打算提出告诫。

六周后，路易莎告诉他们，她“亲眼见证了安德森夫人的另一例手术，这丝毫没有改变我的看法，她没有能力独自完成这样的手术”。[15]但他们还是无动于衷。路易莎辞职以示抗议，和她一起走的还有玛丽·道森，后者是医院的病理学家和麻醉师。

为了应对医院的赞助人对机构安全提出质疑的情况，委员会在备忘录中对如何描述手术做了说明。在其中一个病例中，“安德森夫人报告她进行了一台重大手术（不可推迟，否则将对病人造成伤害）。利物浦的医学专家伊姆拉赫先生当时在场，并写了如下意见：‘我刚刚目睹了一个外科医生所能完成的最高难度的开腹手术，我认为在技术水平和及时性方面，我从未见过比这更完美的手术。’”[16]选择伊姆拉赫作为发言人实在令人费解，因为业内人士都知道他有时会实施可能不必要的手术。

莉齐坚信她操刀的每一台手术对病人的康复都是绝对必要的。她很高兴医院委员会在这件事上站在了她这边，而且这段小插曲似乎也没有在她的声誉上留下什么痕迹。

作为医学的下一个前沿领域，外科手术日益成为热门话题。如今，借助更有效的麻醉方法，外科医生得以尝试更具侵入性的手术。开腹手术不再是禁区。第一例成功的子宫切除术于 1853 年完成。无菌手术条件的发展大大降低了病人术后感染的概率。然而，有些人认为这种发展太快了。

尽管伊丽莎白自己也曾想成为一名外科医生，但她也认为这种做法越来越胆大妄为。“我认为失去一个天然的内脏器官是对人体的严重摧残。”[17]她担心这种手术对病人的长期影响没有记录在案，并相信如果收集了这些数据，结果将极其不利于外科手术干预。

“你担心的是所谓的‘摧残’，而在我看来，你一定没有处理过生病的卵巢或化脓的输卵管，否则你会承认，这种摧残是由一个个内科医生的无知或疏忽造成的，发生在外科医生介入之前。卵巢并没有什么特殊的神圣之处！”[18]玛丽·普特南与伊丽莎白争论起来。

莉齐显然同意玛丽的观点。在她看来，在需要动手术的情况下推卸责任纯粹是一种懦弱。[19]

伊丽莎白利用莉齐的医院在手术上遇到的争议，公开与这种屠夫行为划清界限。她担心莉齐会玷污女医生的形象，不想让这个群体背上滥用柳叶刀的名声。她还认为，公开反对她认为多余的手术比避免引起人们对运动内部分歧的关注更为重要。

“对妇女进行手术有着强烈而奇异的诱惑，不出所料，与妇女医院有关的第一声警报已经响起。”伊丽莎白在《黑斯廷斯每日纪事报》上强调，“医学界的老前辈们应当拿起武器，公开反对那些把慈善机构变成屠宰场的年轻前辈，否则我们的医院将永远无法完全获得公众的信任。”[20]

伊丽莎白并不是唯一对外科领域的日益扩张感到不安的人。著名外科医生约翰·埃里克森曾在莉齐的医院担任顾问长达12年，他在英国医学会的一次会议上表达了自己对外科手术日益实验化的保留意见："子宫、脾脏、胃、幽门和结肠，每一个都已经挨过外科医生的手术刀了，成功与否还有待确定；现在该由你们裁定，这些手术究竟是为我们的技艺带来了切实的进步，还是应该被视为对人体耐受度和修复能力所进行的大胆的炫技实验——裁定它们究竟是外科上的胜利，还是手术上的狂妄之举。"[21]

这些争论中存在着旧学派与新学派的对抗。一方将医学视为基于直觉的道德主义实践，另一方视之为世俗的实证科学；一方追求预防的崇高目标，另一方重视干预的现实必要性。虽然有些目标值得人们付出一切，但医学界的女性如果想看到女医生得到应有的培训和认可，就必须找到合作的方式。

第十八章　在伦敦，一间自己的学校

1874 年中，索菲娅决定采纳安斯蒂的建议。她要开办自己的女子医学院。如果办学成功，她就终于可以实现为女性创办学校的毕生梦想，英国女性也终于可以在自己的国家获得医学学位，而不用向教授苦苦哀求，也不用忍受男学生的敌意了。

尽管她自己没有获得学位，但她并不需要依靠学位来开办学校，只要她请来的教授都是各自领域的专家就行。再说，索菲娅离医学博士学位已经很近了，几乎可以尝到它的滋味。她决定学校的理事会只由注册医师组成。她非常希望有两个人能够参与其中。她们是目前英国医学注册体系中仅有的两位女性，而且眼下都在伦敦执业，那就是伊丽莎白和莉齐。

伊丽莎白立刻答应了。当索菲娅在爱丁堡大学奋战期间，伊丽莎白已成为莉齐的医院的顾问医生（在发生手术争议之前）。遗憾的是，到 1872 年底，伊丽莎白不得不减少了工作，因为她患上了胆囊疾病。她告诉芭芭拉，在短短几个月里，她就经受了 13 次剧烈疼痛和呕吐。她咨询过很多医生，但几乎没有得到关于确诊或治疗方法方面的帮助，只有吗啡能帮她缓解疼痛。在这段时间，姬蒂给了母亲很大的帮助，她尽职尽责地照顾伊丽莎白，同时她也注意到让医生承认自己生病了有多么困难。

伊丽莎白深信，伦敦的污染导致或至少加剧了她的病情，因此她和妹妹玛丽安还有姬蒂一同游历瑞士，然后在罗马待了一年。回到伦敦后，伊丽莎白重新开始工作。

她必须赚到足够的钱，才能资助姬蒂回美国老家六个月的旅行计划，她曾答应让姬蒂在春天独自回国。姬蒂已经快 30 岁了，很想看看自己的祖国。把女儿送上船后，伊丽莎白一直惦记着她的“小小旅行家”，“我不得不离开，让她那张可怜的泪脸留在陌生的人群中——这场离别给我带来剧烈的痛苦，也让我自己泪流满面”。[1] 反复发作的疾病拖垮了伊丽莎白，令她的工作越来越困难。她渴望从事在纽约时最喜欢的工作——筹建一所医学院。索菲娅的请求来得正是时候。

伊丽莎白觉得自己的经验和影响力会对她有所帮助，只要她能从像索菲娅这样年轻冲动的人手中夺回一些对组织的控制权。此外，组织管理和教学工作可能比带着偶尔发作的胆囊炎经营私人诊所更轻松、更稳定。而且，再次参与创办一所女子医学院也是一件令人兴奋的事情。

“我对这所规模虽小却名副其实的学校很感兴趣，我将尽我所能推动它运行下去。”[2] 伊丽莎白坚定地说。在她看来，在索菲娅的带领下，她将能获得她来到伦敦后一直在寻找的机会：帮助英国女性开创医学教育之路，而不必承担太多个人责任。而莉齐一直拒绝帮忙，这令她很恼火，也有些担心。

尽管伊丽莎白非常担心索菲娅是个“既有权势又缺乏谋略的危险人物”，但她还是对帮助在伦敦创办这所女子医学院的想法感到兴奋。她向弟弟吐露心声说，她感到“现在不得不插手干预，进行尝试，因为我的经验和判断力可以掌控方向”。[3]

伊丽莎白对这两名女性的喜爱是出于不同的原因，她钦佩索菲娅的坚忍和莉齐的执着。她还认为自己是这两个女人的导师，在她们为争取医学培训而奋斗的过程中，她给了她们启发、建议和帮助。她对索菲娅持有明确的批评态度，也没有戴着玫瑰色的眼镜来评价莉齐。有一次，芭芭拉写信给伊丽莎白，谈到她和莉齐之间发生了不愉快的事，伊丽莎白回信说：“听闻加勒特太太的强势作风，我感到很遗憾，但我并不惊讶，因为我总觉得她的性格里有种危险的强硬因素。”[4]作为更老派的医生，伊丽莎白十分重视对待病人的态度，她一定看不惯莉齐冷静而疏离的作风。

劝说莉齐加入索菲娅的计划要费劲得多。莉齐认为，成立女子医学院的时机还“不成熟”。（她后来说自己在这种状况面前怯场了。）索菲娅写信邀请她加入校董会，并解释说医学界的领军人物已经同意加入教学团队，而且她确信这所医学院万事俱全，能通过医疗审查人员这一关。瞧，学校的规划几乎已经完成了。索菲娅对学校的成功充满信心。

莉齐还在犹豫。在关于索菲娅的事情上，她甚至比伊丽莎白还要小心翼翼，尽管两人多年前就来往密切。她还要考虑自己的名声。在过去九年里，她慢慢打造起自己的独立诊所和妇女医院。莉齐就是一个活生生的例子，证明女性也可以成为勤勉而医术高超的医生。她在业界和患者当中的声誉来之不易，令人羡慕；她不能参与一项可能失败的事业，以免毁掉这一切。莉齐对女性进步的狭隘看法不容许失败，无论是对她自己还是对他人。

这很有可能，因为索菲娅的方法和她在爱丁堡取得的进步被莉齐忽视了。索菲娅未来的伴侣解释了莉齐是怎样“从望远镜错误的一端看索菲娅的”。莉齐没有意识到，“同样的冲动（包括错误等）”使她们的运动在公众中广受欢迎，而且，索菲娅在爱丁堡所面临的激烈反对和打击迟早会发生。更大的问题是，莉齐能否克服她的完美主义理想，接受索菲娅的医学院计划。[5]

有一件事可以打消莉齐对与这所学校建立关系的疑虑：索菲娅的名字不会出现在任何与这所女子医学院有关的材料上，尽管是她领导了这个项目。在公众眼中，索菲娅是一位高调的先驱；但在大多数医学界人士眼中，她是个臭名昭著的煽动者。睿智的安斯蒂医生说服索菲娅，因为她没有医学学位，她的名字不应该出现在学校的招生简章中。索菲娅是个聪明的女孩。她不会没有意识到，这些恐惧其实是因为她的负面名声。

伊丽莎白认为，索菲娅同意不让名字出现在任何学校文件上是个好兆头。“她在这个行业里的名声太臭了，她的名字会损害学校的发展机会。这次她自愿隐姓埋名，但愿我们能用好她的精力，而避免她的冒失。”[6]

索菲娅知道莉齐对她的看法，但还是希望她能参与进来。尽管她们之间有诸多不同，但她们都有着不可磨灭的坦率个性。索菲娅知道莉齐将爱丁堡运动视为一场失败，并对这位所谓的朋友的缺乏尊重感到沮丧。

“如果我记下所有人是怎么跟我解释你的想法的来龙去脉，让我相信是我‘极大地损害了这个事业’，并且都带上出处，我不知道能写上多少页，只要你有耐心读完；但是，除了在许多场合为你辩护，我从不认为有必要过多地注意这些事件。”索菲娅在给莉齐的信中写道。她接着说：“我也不太关心是不是有什么人对你吐露心声，把‘爱丁堡的失败’怪到我头上。说这些闲话没有任何意义。”[7]

索菲娅对这种内斗和不断的自辩感到越来越厌倦。但她也很谦虚，知道什么时候个人的荣誉应该让位于更宏大的目标。在信的其余部分，她努力让莉齐放心，并表示如果确信她的名字可能会妨碍学校的成功发展，她很乐意退居二线，让伊莎贝尔或伊迪丝来掌权。“学校里不能出现分裂，我认为这点非常重要，不管是对你的名声还是我们的名声来说”。

莉齐只有一个晚上的时间来考虑是否接受索菲娅的邀请加入校董会，因为学校规划委员会的会议就在第二天早上。如果她拒绝，就会让人知道这些女人之间存在分歧，从而对运动造成不良影响。如果她接受了，她就必须放下对索菲娅的顾虑，共同努力，确保学校取得成功。

第二天，身怀六甲的莉齐出现在安斯蒂家中。尽管心有疑虑，但她仍然同意参与其中。伊迪丝也在那里。她们一致同意创办一所学校，让女性接受医学教育，使她们能够通过考试，并将自己的名字列入执业注册系统。

安斯蒂被任命为院长，并成立了一个临时理事会，由21名注册医师组成，其中包括《英国医学杂志》编辑欧内斯特·哈特、生物学家托马斯·赫胥黎、莉齐和伊丽莎白。学校很幸运能请到安斯蒂担任如此重要的职位，他在业内德高望重，左右逢源。会议结束几周后，莉齐生下了第二个孩子。她和杰米为这个二女儿取名玛格丽特。

会议期间，伊丽莎白还在法国，但她盼着尽快返回英国。她声称她和莉齐都"认为最好接受这个提议，看看我们是否有可能施加控制（影响）"。[8] 第一次会面的四天后，伊丽莎白就回到了伦敦，并与索菲娅共进晚餐，开始筹备。

伊莎贝尔也在法国，没有参加会议。她于几周后返回，立即试图阻止索菲娅迈出创办女子学校的一大步。但是，看到索菲娅在这么短的时间内就取得了这样的成就，她改变了主意，欣然同意着手帮助索菲娅筹集资金。自由派议员詹姆斯·斯坦斯菲尔德担任名誉司库。索菲娅、伊莎贝尔以及圣玛丽医院的金·钱伯斯医生和阿瑟·诺顿被任命为受托人。索菲娅还非正式地担任了组织秘书一职。

学校的课程将涉及四个方面：健康机能研究、疾病研究、诊断与治疗工具，以及治疗方法。[9]解剖学课程讲授人体的结构，化学课程讲授人体的有机和无机元素构成，生理学讲授人体的工作原理。在学习疾病机制的过程中，学生们不仅要参加外科和病理学讲座，还有望花尽可能多的时间进入医院病房、门诊和尸体解剖室。对于课程中所讲授的每种疾病，学生应在病房中寻找相应的病例，进行观察，以便充分了解。

医院实习的最初几年往往是医学院中最困难的部分。一开始，学生们可能很难理解她们所听到的一切，跟不上思路，但即使她们从中学到的东西有限，这个过程也能让课程和阅读材料中的内容生动起来。为了让学生们更容易克服这种学习曲线，她们不应该等到三年的课堂学习结束后才开始临床实习。

在第三学年，学生应熟练使用这一行所需要的工具：听诊器、体温计、眼底镜、喉镜和脉搏描记器。这些工具几乎都是最近才发明的，大部分诞生于 19 世纪 50 年代中期，彻底改变了诊断过程。

如今，这些工具中的大多数都经过改进，仍在使用。袖带式血压计就源自过去的脉搏描记器，后者是一个杠杆系统，一端绑在手腕上，另一端连接着一个秤盘，在秤盘上放置砝码，就能估算阻止桡动脉血流所需的压力。它是最早的无创血压评估工具之一，并于 1863 年得到改进，以方便携带。

莉齐主张，在尝试使用这些工具诊断或治疗病人之前，学生应该先在健康人身上练习这些工具；不遵守这条规则会浪费学生的时间，还有可能伤害病人。学生们应该互相练习。这些工具还包括显微镜、妇科器械、助产手术器械、外科器材和敷料、电疗器具和药物。第四年，学生们将集中精力学以致用。这是一个非常周密的教育计划，但要实现它，首先需要找到一家可以供学生接受培训的医院。

索菲娅和莉齐现在经常见面，但这并不意味着她们能和睦相处。“友谊全无可能，合作并不轻松。”[10]莉齐的女儿后来说。

深思熟虑、机敏勤奋的伊莎贝尔非正式地扮演了索菲娅和莉齐之间的中间人。她很欣赏这两个女人，也和她们都相处得很好，所以当她们关系紧张时，她会帮忙劝解。现在离伊莎贝尔的四十岁生日还有一个月，她比莉齐大两岁，比索菲娅大六岁。她已经把两个孩子抚养到十几岁，另外两个孩子也到了上学的年龄。（她的儿子阿特伍德和女儿梅后来都成了外科医生。）

诺顿和安斯蒂一样，在索菲娅于爱丁堡出名后成了她的朋友。他还是莉齐的医院的顾问。诺顿和伊丽莎白都谈到，正是索菲娅的巨大能量推动了学校的快速成立。

“我一直在说，除了你没人能完成这些工作，”阿格尼丝热情地夸赞索菲娅，“事实上，你几乎没有什么事情做得不如别人。”[11]

尽管经费十分拮据，但索菲娅仍然充满了乐观精神。有十三个人每人捐了一百英镑，其中包括索菲娅和她的母亲、伊莎贝尔、伊莎贝尔的丈夫和姐夫。露西·休厄尔捐赠十英镑。

这笔初始资金将用于租赁地产。校董会掏空了自己的口袋，凑足了其余的费用。

同道中人玛丽·普特南·雅各比听闻索菲娅在创办学校方面取得的进展，从美国寄来一封充满嫉妒的信：“你幸运地吸引了一群人，他们远比我这里的运动所吸引的人数量更多、更优秀。你至少还拥有一项优势，那就是一场引人注目的战斗，其中每一股力量都是真实而高贵的；而在我这里，这场运动和其他许多问题一样，是一盘散沙。”[12]

玛丽不久前嫁给了儿科医学先锋亚伯拉罕·雅各比，她一直在努力宣传她新创办的妇女医学教育促进协会。美国的女子医学院正在培养出大量的女医生，但消除偏见的进程仍然缓慢。美国医学会尚未允许女性加入，也很少有正规大学招收女生。玛丽对不断遇到的性别歧视阻力感到厌倦。她的沮丧之情溢于言表，她写道：“关于妇女的活动领域、能力、权利、职能、责任和允许从事的职业，层出不穷的讨论似乎相当荒谬。我们不禁要问，为什么女性需要的讨论远远多于男性；争论多是赘言，说教往往无礼。”[13]

在伦敦女子医学院开学的前几天，伊丽莎白告诉芭芭拉，她正忙于重新规划学校这项细致的工作，并确保制定适当的保障措施，以防“最活跃的成员精力过剩”。伊丽莎白抱怨说，由于莉齐太忙了，她只能独自承担把索菲娅拦在学校外面的工作。“我们总是和 J. B. 小姐发生一些摩擦，但现在看来，我们很有希望获得足够的掌控权，让她的聪明才智和精力用到合适的地方。不过一切都在和谐运转。”伊丽莎白保证说。[14]

莉齐提议由她来担任索菲娅的学校的妇科学（旧称妇女疾病）讲席教授，但索菲娅拒绝了。她解释说，为了维护学校的声誉，一开始应该由男性来担任这个职位。这本来是个合理的回答，但索菲娅转身又请伊丽莎白担任卫生学讲席教授。伊丽莎白本应毫不犹豫地抓住这个机会，这是她最喜欢的科目，但她感到她必须拒绝，以便和莉齐团结一致。

索菲娅允许莉齐担任助产学讲师。几个月后，伊丽莎白被任命为妇科学讲席教授。[15]“主要是因为我们不希望这一专业落入男性之手，而我似乎有责任拯救它。”伊丽莎白向芭芭拉解释道。在最初的13位讲师中，除了莉齐，其他人都得到了内科和外科医师学会的认可。这种声望是学校建立声誉的重要手段。但事实证明，参与学校的工作为一些男士带来了麻烦，令他们在日常工作中遭到排挤。

学校理事会成员之一威廉·布罗德本特医生说，这件事在他所在的圣玛丽医院的委员会成员中激起了轩然大波：“就部分讲师与女子医学院产生联系的问题，我们展开了一场激烈的争论。大多数委员会成员都反对女子医学院，要求我们重新考虑与它的联系。”[16]

布罗德本特并未被任命为讲师，但讲师当中的诺顿、金·钱伯斯、沃尔特·巴特勒·奇德尔和乔治·克里切特都在圣玛丽医院工作。有这么多医生与一所女子医学院有关联，这令圣玛丽医院的委员会很不高兴。克里切特和诺顿此前就在莉齐的医院担任顾问。显然，为一家由女性经营的医院偶尔提供咨询服务是可以接受的，但是，到一家旨在培养更多女医生的学校任教就太过分了。

在这种压力下，“医学界的男士需要有很大的勇气，才能宣布自己是这场运动的盟友”，伊莎贝尔解释说。[17]

尽管有了整套规划，但学校仍然没有落实一个具体的地点。她们几乎已经完成了讲师队伍的组建工作，才找到能开办学校的地方。9月，经过苦苦搜寻，索菲娅终于找到了合适的场所，那是一座“非常古雅的房子”，位于布伦瑞克广场。

这座大宅的一楼有许多宽敞的房间，它们被改造成了教室，外面就是宽阔的门廊。至于楼上的一排房间，索菲娅说它们很适合作为博物馆、图书馆和阅览室。大宅前面是一个长长的围墙花园，其面积之大在市中心实属罕见。房子位于马里波恩的东南部，距离莉齐的医院大约 2.5 英里。

这栋奇特的老房子“位于中心地带，博物馆和图书馆近在咫尺，却又远离喧闹的大路；一个个宽敞的房间一字排开，通往一座绿草如茵的老式花园”，一家报纸写道。[18]在这里，非常适合投入专注的思考和艰苦的学习。

9 月 15 日，索菲娅在日记中兴奋地写道，她们已经签署租约，正式拥有了亨丽埃塔街 30 号。她兴高采烈，立刻铺好几张床，当晚就在那里睡下。她开办学校的梦想终于变成了现实——没有医学博士学位又如何！

不到一个月，1874 年 10 月 12 日，伦敦女子医学院正式开学，场面低调。但据伊莎贝尔说，它将成为“英国医学界所有女性的母校”。[19]

当规划完成、教学启动的时候，伊丽莎白已经感到晕头转向，更糟糕的是不被重视。开学那天，她对芭芭拉抱怨：“我一直为学校的事忙得焦头烂额，都是我一个人在做，因为安德森夫人明天才回来；当然了，我们的‘积极分子’并不欣赏我为学校提供的真正有价值的服务。”[20]

不幸的是，她们最重要的支持者之一安斯蒂没有看到学校的开学典礼。他在 9 月不幸死于败血症。莉齐的女儿悲叹：“在当时所有与学校有关联的人中，他可能是最关键的一个。”[21]安斯蒂去世时年仅 41 岁，留下了妻子和三个年幼的孩子。他很可能是在进行尸检时意外刺破手指而感染的，那次尸检是为了更好地了解在一所孤儿院的儿童中肆虐的疾病。他是一位备受爱戴的同事和朋友，受到深切缅怀。

诺顿英勇地接任了院长一职，并证明自己是坚定的接班人。开学第二天，诺顿就写信给 14 家审查机构，要求将学校列入认可医疗机构名单。这些机构全都拒绝了他。

学校的招生简章显示，每门课程学费为 8 英镑；如果全额支付，完成全部三年课程的学费为 80 英镑。如果分期付款，全部费用为：第一年 40 英镑，第二年 30 英镑，第三年 15 英镑。索菲娅被列为受托人之一。首届共有 14 名学生，包括索菲娅、伊莎贝尔、伊迪丝、阿格尼丝、安妮·克拉克，以及莉齐的大姑子、来自爱丁堡小团体的玛丽。安妮和阿格尼丝取代了“爱丁堡七女杰”中因结婚而退出的两位。

唉，可怜的玛丽。婚后仅仅几个月，她就成了怀孕的寡妇，而她的孩子在出生不久就夭折了。但她还在这里，向着成为医生的目标努力。除两人外，其他所有学生都在爱丁堡上过课（尽管有些只是旁听校外课程）。每周一、三、五下午2点30分，她们挤在花园入口左侧的小房间里上化学课。这所学校的课程设置远远超出了需要：她们的动物学、精神病理学和眼科手术课程在大多数医学院都没有开设，因为它们不在审查机构的要求之内。

尽管学校没有足够的资金同时开设所有所需课程，但它可以在三年间提供完整的教学。现在，随着规划阶段的结束和运营工作的开始，临时理事会将学校交给了一个管理机构。新的理事会成员包括查尔斯·达尔文、赫胥黎教授、奥尔德利的斯坦利男爵遗孀亨丽埃塔·斯坦利、沙夫茨伯里伯爵，还有莉齐的小妹妹米莉。

伦敦女子医学院遭到了大半个医学界的冷嘲热讽。开学五天后，《柳叶刀》发文称，学校的讲师没有一个是“杰出的一流教师”。作者还对学校全面开设种种医学课程表示震惊，因为女医生的职责肯定仅限于治疗妇女疾病：“女学生们不得不学习令人不快的实用解剖学细节，这会令她们倍感恶心。”[22]想想吧！

“我不知道医学教育中有什么是女学生特别讨厌的，”莉齐曾说，“每个人都以为自己不会喜欢解剖，但事实上没人不喜欢——大家都发现它特别有趣。”[23]

《柳叶刀》文章总结，索菲娅的学校和整个女医生群体都将走向“毁灭”，因为“英国男人和英国主妇在情感上都坚决反对培养女医生的机构”。

但这篇文章也提出了一个实际问题：学校并未与一家大型医院建立合作关系，无法满足学生的临床实践需求。没有医院，学校就得不到考试机构的认可。尽管她们想尽了办法，但没有一家当地医院愿意向女学生敞开大门。莉齐的医院当然很乐意，但那里只有 26 张床位，达不到 100 张床位的最低要求。与伦敦医院的谈判最终破裂。皇家自由医院断然拒绝，尽管它目前没有与任何一所大学建立联系。伊丽莎白和莉齐还得继续操心。

莉齐知道，如果没有医院病房可供实习，也没有与考试机构签订协议，学校将无法长久生存下去。这样的公开失败，而且是这么早的失败，会给她原本卓越的声誉抹上相当大的污点。学校有三个选择：1. 新建一家医院（初始成本为 16 000 英镑，预计年收入为 5 000 英镑）；2. 搬到能找到合作医院的地方；3. 关门大吉。[24]

她们不能再让女学生花费时间和金钱接受教育，却一无所获了。莉齐认为，在保证学生能接受完整的教育，并有资格参加医学博士考试之前，继续招收新生是不合情理的。

索菲娅开始利用她在爱丁堡的人脉开展工作。她联系了一个小型委员会，它原本是为了帮助七姐妹收集签名请愿和公开筹款而成立的。委员会向爱丁堡皇家医院施压，要求向女学生全面开放病房。由此一来，女子医学院的学生就可以在伦敦完成所有课程，然后前往爱丁堡进行考试委员会要求的所有实习内容。这并不是最好的解决方案，但也是个不错的临时补救措施，可以让学生们稍稍安心一些。

夏季学期结束时，学校共有 23 名学生。在学校的首次颁奖仪式上，索菲娅感谢在场的爱丁堡委员会成员帮助她取得医院的实习机会。她宣布："有了这样的朋友，得到了这样的大力帮助，我相信考试和注册问题一定同样能够成功解决。"[25] 而莉齐的发言谈到了学生们。她敦促她们不要因为考试委员会的拒绝而失去希望，并保证只要她们勤奋努力，使自己成为合格的执业医师，就一定能取得成功。

解剖学、生理学和化学的一等奖都被伊迪丝·肖夫包揽，真是个出色的学生。在随后的会考中，她又在比较解剖学、植物学、外科学、法医学、眼科外科学和病理学这些科目上获得了最高分。第二天，《泰晤士报》、《晨邮报》、《晨报》、《旗帜报》、《电讯报》、《时报》和《每日新闻》都报道了这一典礼。

第二学年伊始，又有五名新生入学。学校开设了解剖学、生理学和医学实践课程。但情况再次变得不容乐观。在提供必要的本地临床培训方面，她们和开学时相比没什么进展，学生们开始离开。学校似乎到了关闭的边缘。

学校派出一个代表团，前去恳求政府出面干预。莉齐、索菲娅、诺顿、斯坦斯菲尔德、金·钱伯斯和阿贝代尔勋爵挤进了里士满公爵的办公室。莉齐指出，他们并不是在要求特权，只是在要求消除故意在他们的道路上设置的特殊障碍。他们的请求被置之不理，学校确定将在下一个冬季学期结束后关闭。

不过，政府还是做了一件事，那就是要求英国医学总会在1875年6月的下一次会议上审议女医师注册问题。于是，在为时6天的会议中，大约20名男子花了一半的时间辩论“妇女问题”。在这里，我们再次发现，“爱丁堡七女杰”的一些敌人能够对女医生能否存在做出决定，那就是伍兹医生和特纳教授。

“无论有多少特殊请求或巧妙论证，也无法打破将两性隔开的生理屏障，”特纳在会议上发起攻击，“女性的生理结构在能力和力量上都不如男性。”他推断，女性的大脑较小，这意味着她们“集中精神的能力、智力和长时间进行脑力或体力劳动的能力都较为低下”。此外，“女性天性中情感特质占主导地位，因而不适合从事医学专业”。[26]

一名会员提醒特纳，论大脑与体型的比例，女性和男性是一样的。一名机智的观察家后来指出：“根据特纳的理论，最好的医学生应该是大象和鲸鱼！”[27]

安德鲁·伍德医生解释说，他长期以来一直反对女性从医，并因此受到不少批评。在担任爱丁堡皇家外科学院院长期间，伍德也与索菲娅发生过冲突。索菲娅说，当热心的詹姆斯·辛普森爵士介绍他们认识的时候，她“请求伍德医生和我聊五分钟，他回答说他不愿意，然后转身就走”。[28]

伍德同意特纳关于女性身体劣势的观点：“想想看，叫一个女人去修复髋关节脱位！女人能做到吗？”伍德认为，他设法彻底阻止这些可怜的女人行医，实际上是在帮她们的忙：“我是这些女人最诚实的朋友，我告诉她们：‘不要从事我知道不适合你们的职业。’我想我们已经在爱丁堡得到了一点教训，那就是把妇女引向一个错误的位置会造成怎样的恶果。我们中的一些教授把这些妇女领到了冰面上。”

他还声称，如果人们知道医学意味着什么，就不会呼吁让妇女参与了：“他们不知道解剖室里的一切恶心的东西。他们不知道手术室里的血腥场面。”他继续长篇大论，描述妇女的活动领域——在她的领域里，“她的职责是怀孕和哺育子女”！他还抱怨妇女为什么偏偏从**他的**职业开刀，而不是去从事法律或神职工作。[29]

汉弗莱医生插话提醒大家，现在讨论的问题不是该不该鼓励妇女学医，而是要不要把她们排除在外。谢天谢地，克里斯蒂森已于两年前从学会退休。可惜现场没有人能指出，这些男人也许根本不知道一个女病人和无礼又粗心的男医生打交道是什么滋味。

学会最终决定正式采纳一项意见，即虽然妇女在医学的学习和实践方面存在特殊困难，但他们并不准备宣称妇女应该被排除在这个行业之外。此外，他们还建议男女应参加相同的执业医师资格考试。如果考试机构拒绝接受女性考生，就为她们单独设立一个“持证医务人员”资格。[30]尽管会议上出现了很多歧视女性的闲言碎语，但这一裁决是个了不起的胜利。

同月，索菲娅、伊莎贝尔和伊迪丝尝试了另一条通往行医执照的道路。她们向英格兰皇家外科学院申请参加助产士资格考试。女性当然不会被禁止参加**助产士**考试。虽然她们中没有人想要专门从事助产士工作，但执照就是执照，能让她们进入注册医生名录。更重要的是，执照的要求是以男性为中心制定的，因此没有人会认为她们的资历低人一等。索菲娅说，任何现有的考试都比专门新设的考试要好。

学院感到惊讶又困惑，咨询了律师，得到的答案是他们没有法律依据拒绝这些女士的申请。事实上，她们三人在爱丁堡完成的课程和临床工作远远超出了学院的考核要求。新年的头两个月，三名女士兴致勃勃地复习备考。

这么多年过去了，这个小小的缺口也显得像一次巨大的胜利。在复习备考期间，索菲娅庆祝了自己的三十六岁生日。她满怀希望地说：“今年好像真的是时候获得我在英国为之奋斗了七年的东西了：注册执照！”[31]

与此同时，她们的主考官正忙着向产科学会的同僚寻求建议。学会的人敦促他们，一定要抵制女性接管你们职业的任何企图。考试前几天，学院发布了一则公告。他们接受几个女学生的报名，但整个考试委员会将集体辞职。他们宁可辞职也不愿意为妇女主持考试，况且还是助产士考试！

“学会实际上是在要求考试委员会协助，将仅拥有零星医疗技能的‘人’列入注册，”第三名也是最后一名辞职的主考官罗伯特·巴恩斯称，“我深感这样做存在导致妇女和儿童承受低劣医术的危险，出于我的正义感，我无法予以协助。我带着极大的遗憾，但毫不犹豫，在此辞去主考官一职。”[32]

这是医学界男士又一次下意识的过激反应，他们还真是不知天高地厚。而这一次，这种坏脾气将带来深远的影响。没有人站出来接替主考官的位置，于是在英国，助产士执照在很多年里都变得遥不可及，谁都无法获得。索菲娅和其他人又一次被意外夺走了证明自己的机会，这令她们非常沮丧。

可怜的莉齐也在面对私人生活中的心碎时刻。10月，莉齐的第二个孩子、美丽的玛格丽特生了重病，她只有13个月大。孩子昏昏欲睡，无精打采，一连几天高热不退。“可怜的小家伙现在病得很重，”莉齐慌忙写信给在格拉斯哥打理船厂的杰米，“抱着她在房间里，一个小时接一个小时地踱来踱去，真是辛苦极了。”[33]

杰米的弟弟福特认为孩子可能患了脑膜炎，但莉齐没有看到任何证据。两位名医也无能为力，只能给出悲观的预后。福特悄悄来到婴儿室，在玛格丽特的小床边蹲下来，把手指按在她的额头，留下一道镰刀状的印痕。他等待着，看着那道明显的白色痕迹浮现出来，那是脑膜炎的确凿迹象。莉齐悄悄地跟在他身后爬上了楼梯。她马上意识到他在做什么，泪水夺眶而出，对他发出了愤怒的咆哮。脑膜炎意味着死亡，而她无法面对。

12 月 15 日清晨，玛格丽特的小脑袋无力地靠在父亲的脸颊上，离开了这个世界。此后的几个月里，蹒跚学步的小路易莎在家里转来转去，徒劳地寻找着，喊着："宝宝？宝宝？"一个孩子的夭折会给父母的心灵投下一块阴影，令这个地方永远无法重获光明。而对于医生来说，无法挽救自己生病的孩子是一段格外令人心痛、充满内疚和羞愧的经历。

葬礼那天，莉齐向福特道歉。"你是对的，我错了。"[34] 随后她埋头于医院的运营工作，不再像从前那样投入学校的事务。

尽管面临重重困难，但伊丽莎白从未对学校失去希望。她开始与老朋友拉塞尔·格尼商讨对策，格尼的妻子埃米莉亚曾在 1859 年为伊丽莎白在伦敦创办的委员会担任主席。伊丽莎白需要帮助，以便组建一个团体，向议会提交一项法案，规定"任何大学章程或考试委员会都不得以性别为由，阻止女性参加考试"。[35]

尽管格尼的健康状况正每况愈下，但他还是在 1876 年 5 月再次提出了《授权法案》，该法案将批准考试机构允许女性参加考试。议会为此进行了几个月的辩论。据报道，在下议院的讨论中，沃德医生描绘了一幅令人毛骨悚然的行医图景："如果让这类不快乐的人来接受如此危险的教育，似乎还不如让我们‘像绅士一样’死去，得不到水蛭的治疗[1]。”[36]

出人意料的是，到8月，该法案已经获得通过，成为法律。现在，所有19个英国考试委员会只要愿意，就可以接受所有满足要求的申请人参加考试，无论性别男女。对女学生们来说，这是一次明确的胜利。

索菲娅知道，她们在伦敦大学的考试委员会那里不会有好运气，至少现在还不会，而且她们在苏格兰已经用尽了所有的善意。她们要前往爱尔兰。明星学生伊迪丝·皮奇和伊迪丝·肖夫直接前往爱尔兰，希望说服爱尔兰皇家医学院允许她们在伦敦开办的学校的学生利用这项新法律，参加考试。他们同意了——她们将获准参加医学博士考试。又一次胜利！

最后，索菲娅这所小小的学校获得了生存所需的两个关键要素之一。更重要的是，索菲娅自己终于可以参加医学博士考试了。

“皮奇小姐创造了奇迹。我真没想到，考试机构对我们完全敞开大门，”伊莎贝尔兴奋地告诉索菲娅，“你是这七年奋斗的动力之源，为此我们深深地感激你。”[37]

有三名女学生完成了足够的培训和课程，可以马上去都柏林参加考试，她们是索菲娅、伊迪丝和安妮。伊莎贝尔也符合条件，但她得在家照顾孩子。为了复习备考，她们花了两个月的时间到医院参观实习，到瑞士伯尔尼参加讲座。三人甚至还

---

1 水蛭的治疗，指当时流行的放血疗法。

参加了伯尔尼的医学博士考试。索菲娅的论文内容是产褥热，她在波士顿期间曾遇到过一次产褥热暴发。种种压力触发了索菲娅的神经痛，她失眠得厉害。

那年冬天，她们在伦敦的学校开设了病理学、解剖学演示和医学实践课程。斯坦斯菲尔德从伦敦传来最新消息，打断了索菲娅的复习。他以名誉司库的身份向索菲娅报告了他为学校在伦敦争取设立附属医院的努力。

“有一次我在晚宴上见到了加勒特·安德森夫人，她似乎对学校不抱什么希望，也没有什么计划。我多么希望你能在这里。”[38]斯坦斯菲尔德在给索菲娅的信中沮丧地写道。另一个朋友的来信劝她不要急着参加医学博士考试，因为如果她考砸了，她的敌人永远不会放过她。

这可不是她想要的鼓励之词。“他们都约好了要来刺激我吗？”[39]索菲娅问道。这基本上就是一次测试。如果她没能通过伯尔尼的考试，她还可以参加都柏林的考试。但如果第一次就失败了，她可能会失去再次尝试的勇气。1877年1月9日，也就是考试的前一天，她在日记中写道：“明天的这个时候，我要么无比幸福，要么无比悲惨！”

很快，一切都结束了：她通过了考试！“快看哪！医学博士比谁都睡得香！”[40]索菲娅喊道。几周后，伊迪丝和安妮也通过了考试。她们终于成了医生。但要想在英国注册，她们还需要在都柏林通过**另一场**医学博士考试。

就在这个时候，斯坦斯菲尔德碰巧遇到了皇家自由医院的董事会主席，当时他们都在度假。他答应考虑与伦敦女子医学院建立联系，尽管他似乎对学校的员工没有多少尊重。斯坦斯菲尔德着手为学校宣传。

此时索菲娅正在布赖顿的家中陪伴生病的母亲，斯坦斯菲尔德再次给她写信，告诉她这个好消息：伦敦皇家自由医院一致同意，接受他的临床教学提案。学院必须每年向他们支付 300 基尼，以补偿与一所女子医学院建立关系可能带来的损失，并将学生的临床教学费用全部交给他们，承诺每年不少于 700 英镑。董事会主席的妻子热切盼望着这项运动的成功，捐出 100 英镑。

终于，伦敦女子医学院可以为学生提供完整的学位课程，并在当地医院进行临床培训了。英国妇女可以在自己的国家获得医学博士学位了。

斯坦斯菲尔德的好消息传到莉齐那里时，她正在休养。[41] 她的第三个孩子刚刚出生，他们给他取名艾伦，他有着“和他父亲一模一样的鼻子”。莉齐在给斯坦斯菲尔德的信中写道：“我很高兴听闻你在周六给学校带来了好消息，可惜我不在现场，请让我对你的巨大成功表示衷心的感谢。我们对你的感激之情比对任何人都要多。我希望我也能出一份力，每年捐出 50 英镑。”[42] 她的心情一定很愉快，因为在分娩前一周，她还组织了一场由德国著名钢琴家和作曲家克拉拉·舒曼主演的慈善音乐会。这次活动为莉齐的医院筹集了 600 英镑，这家医院最近刚搬进格雷旅馆路的场地，那里以前是军营。她自己就卖出了价值 400 英镑的门票。

5 月，伊迪丝和索菲娅在伦敦的皇家布朗普顿医院短暂学习后，前往都柏林参加医学博士考试。路易莎·阿特金斯很快也加入了她们的行列。“各种各样的考试极大地困扰着我，”索菲娅在日记中写道，“临床诊断真可怕，尽管布朗普顿的经验给了我很大帮助。在显微镜下识别药物和其他东西。四门笔试。两小时口试（背诵）。”[43]

弗朗西丝·摩根和伊丽莎·沃克·邓巴在三个月前通过了都柏林的考试，但她们仍在为自己的能力辩护。在她们的考试成绩传开后，《旗帜报》刊出一封信，宣称爱尔兰皇家医学院对女学生采用了经过调整的考试。弗朗西丝向编辑去信反驳这一说法。

“作为仅有的两名利用爱尔兰皇家医学院的慷慨之举获得执照的女性之一，我不得不说，就我的经验看来，我接受的考试的严格程度不亚于男性的考试，而且我还必须接受两次考试，一次是临床考试，另一次是笔试。而如果我是一名男性，我本可以凭借六年的从业经历免于这两次考试，”弗朗西丝反驳道，“这与那封信所说的完全相反。我参加的笔试用的是一样的试卷，临床考试和口头答辩是与男性考生在同一时间、同一考场进行的。”[44]

至于索菲娅、伊迪丝和路易莎，她们三人都通过了都柏林的考试。又一次胜利！现在她们可以在英国行医了。1877 年，历经 12 年之久，英国注册医生名录上首次出现了女性的名字。英国合法行医的女医生人数增加到此前的三倍多：莉齐和伊丽莎白的行列中加入了五位女性。

现在，有了医学博士学位，索菲娅可以公开她和学校的联系了。她也许期待着在学校的管理中发挥更大的作用。也许她甚至能担任教授呢！当然，她现在可以正式、公开地担任名誉秘书一职了。此前大多数人只知道她是学校的受托人。

索菲娅从都柏林返回时快乐得如在云端，如今却重重地摔在地上。她在爱尔兰期间，学校管理层采取措施，夺走了她手中的所有控制权。他们自作主张，正式任命了名誉秘书，而索菲娅一直是以非正式身份履行这一职责的。（他们还决定聘用一名文职秘书，以便让名誉秘书专注于更大的行政事务。）伊莎贝尔提名索菲娅，还有人提名莉齐，两个提名都得到了支持。

斯坦斯菲尔德钦佩索菲娅，断言她“为实现最终目标做出了最大的贡献”，但他支持任命莉齐，因为他认识到，学校正在向相对稳定状态过渡，这意味着他们现在需要的是一名外交代表，而不是无畏的斗士。[45] 斯坦斯菲尔德认为，组织秘书需要“智谋和判断力”，“确保学校和学生能够顺利与医院开展工作”。他们与医院的协议还处于临时状态，他不希望它有任何破坏的风险。[46]

莉齐大声质疑为什么需要有人担任这个职位，以及他们是否至少应该等到索菲娅出席后再投票。她告诉他们，这让她的处境非常尴尬——这是要她取代这所学校的创始人和组织者。莉齐知道自己的性格更适合这个职位，但她也知道索菲娅有多么渴望它，知道索菲娅回来后发现莉齐抢走了这个位置会多么生气。

老实说，莉齐甚至不是真的想要这个职位，她忙于打理自己的医院，照顾年幼的孩子。表决推迟到了下一次会议。索菲娅回来了。她和金·钱伯斯都认为伊莎贝尔是这个职位的最佳人选。伊莎贝尔很乐意接受这个挑战，尤其是如果这样做能维持和平的话，但这也意味着她将结束学业，彻底告别医学博士学位。露西·休厄尔曾宣称，在爱丁堡的所有学生中，伊莎贝尔将成为最好的医生。现在孩子们都大了，她希望能重新开始上医学院，但如果要担任名誉秘书，她就没有足够的时间兼顾学业了。

关于伊莎贝尔的正式就职，索菲娅在日记中写道："她大概是最好的（人选），头脑聪明，脾气好。比我强多了。"[47]

现在他们面临着一个新问题——学校的钱花光了。1 219英镑的学费收入和1 903英镑的捐款已全部用于教学和维护，因此那个夏天无法开课。这对学校的长远发展来说不是个好兆头。

莉齐实际上一定对学校的成功抱有更大的希望，她在暑假抽时间编制了一份疾病名称索引，印成口袋书，供学生们随身携带。就像玩关于疾病的宾果游戏一样，学生们可以在清单上的"已阅"一栏中标出自己所了解的疾病。当时，内科医学院定义的已知疾病共有 1 146 种。

“毫不夸张地说，一个受过良好教育的学生应该知道其中每一种疾病的性质和症状，”莉齐对学生们说，“我所列出的清单并不包括全部 1 146 种疾病，否则对于一本口袋书来说体量就太庞大了。但它几乎包括了内科病房的所有病症，以及外科病房的一小部分重要病症。”[48]

学校的行政委员会决定筹集 5 000 英镑。他们在圣乔治大厅举行了一场规模浩大的募捐活动，索菲娅、莉齐、金・钱伯斯、安娜・戈尔・兰顿女爵和国会议员 W. 考珀・坦普尔都作为演讲嘉宾出席了活动。索菲娅又捐了 52 英镑，她的母亲捐了 105 英镑。莉齐和杰米捐了 250 英镑。几个月内，学校就筹到了足够的资金。

更加激动人心的是，伦敦大学同意招收女学生参加医学博士考试。也就是说，女子学校的学生不必再前往爱尔兰了。这正好赶上首届 34 名学生完成 3 年的理论学习。

带着全新的安全感和希望，学校于 10 月的秋季学期重新启动。莉齐教授医学实践，伊迪丝和索菲娅被任命为卫生学名誉教授。福特・安德森和路易莎・阿特金斯也加入了教师队伍，分别教授助产术和妇女疾病。现在，学校的成功之路不再渺茫，莉齐重新对它产生了兴趣。

在为了准备一次面向学生的演讲而写下的笔记中，莉齐解释了自己的经历如何使她获得了独特的优势，以帮助其他年轻女性找到自己的使命。在这些笔记中，她的字迹比年轻时更加宽大而松散。

“我当时是个无所事事的年轻女子，住在家里，作家们称之为‘舒适的环境’。我精力充沛，朝气蓬勃，对不受雇用的活动心怀不满。在与其他同样心怀不满的年轻女子打交道时，我常常受益于对那段时间的回忆。我能够真诚地告诉她们：‘亲爱的，振作起来。只要找到工作，世界就不会那么糟糕。我在你们这个年龄的时候，感到一切都不对劲。但从我开始稳定投入工作的那一刻起，天空就放晴了，持续到现在。’”[49]

莉齐、伊丽莎白和索菲娅共同取得的这些重大胜利，为想要从医的女性开辟了一条清晰的道路。天真的放晴了。

第十九章　分道扬镳

索菲娅从未完全接受这个事实：这是她一手创办的学校，她毕生心血的结晶，她的夙愿结出的果实，而管理层竟要如此冷酷地把她赶走。这件事带来的痛苦比她自己所承认的还要深。她亲爱的盟友伊迪丝也无法在身边安慰她；伊迪丝已经离开了，在利兹开了一家私人诊所。

于是，1878 年，索菲娅人生中第二次离开伦敦，搬到爱丁堡，希望能把心碎抛诸脑后。临行前，她千方百计地避免与莉齐见面。索菲娅仍然留在学校的管理层中，但不再是一个积极的参与者。伊莎贝尔对她选择离开而不是留下来为学校奋斗感到不满。

索菲娅决定在爱丁堡开设私人诊所。她在自己的房子上挂上铜牌匾，宣布开业，成为苏格兰第一位也是当时唯一一位女医生。她的老朋友阿格尼丝和海伦欢迎她的归来。阿格尼丝已经快完成医学博士的学习了，但可怜的海伦忙于独自抚养三个年幼的孩子，她的丈夫、《苏格兰人报》编辑亚历山大两年前因心脏病发作骤然离世。她们以前的导师沃森和鲍尔弗很高兴能帮助索菲娅建立职业关系网，发展事业。

坏名声既成就了索菲娅，又妨碍着她的成功。她的诊所发展缓慢，但很稳定。作为一名女士，她驾驶自己的小马车出行，为了专心工作避开了大多数社交邀请，这令她显得古怪而离经叛道。朋友们劝她定期参加宗教仪式，以便更多地得到当地人的接纳。但与莉齐不同，她对讨好城里的阔太太们毫无兴趣。众所周知，每当索菲娅发现哪个来找她看病的上层妇女其实并没有生病，只是出于无聊，她就会夸张地看看怀表，向门口走去。

那些真正要找她看病的人大多是工人阶级妇女，她们简直被她迷倒了。一个病人对她感叹："看到你那亲切而充满关怀的脸，真令人感到安慰。"[1] 1878 年 3 月，索菲娅接诊的一个急诊病人感叹："当你张开鹰一般的双翼，只花了别人三分之一的时间就赶到这里，迈着矫健的步伐走进来，我感觉自己就像被彗星的尾巴稳稳托起。"[2]

很快，她的业务蒸蒸日上，足以支持她为穷人开一家慈善药房。她在给母亲的信中写道："我想你一定很高兴听到，我昨天收到的费用令我赚到了第一笔 50 英镑，这个过程只花了不到三个月。我认为所谓的'需求'和我的发展前景没有太大问题。"[3]

23 名病人在她的私人诊所就诊了近 100 次。在慈善药房开业的头两周里，她接待了更多的病人。尽管她没有成为校长，但她成了一名成功的执业内科医师。“更加令我高兴的是，我的病人每一个都恢复得不错，”索菲娅夸耀道，“有几个在我的治疗下痊愈了。其中有两个病例，我被叫去的时候病人都‘快死了’（两人都好起来了），我想我应该十分知足才是。”[4]

她唯一允许自己享受的世俗乐趣就是偶尔去剧院看戏。当演员亨利·欧文来到镇上时，她每周都要和朋友们看三场演出。在索菲娅看来，欧文扮演起专制的法国国王路易十一来惟妙惟肖。不久后，欧文成了德古拉伯爵这个角色的灵感来源。

索菲娅的女仆艾丽斯已经退休，但她现在还雇用了其他仆人，有厨师、女佣和马车夫各一名。在一起生活了 13 年之后，她最忠诚的伴侣去世了：她的宝贝宠物狗特克死在了她的怀里。但最糟糕的事情还在后面。1881 年，她的母亲死于肾结石并发症。紧接着，一名在慈善药房为索菲娅担任助手的年轻女子突然去世。有传言说，这是因为她在工作中经常接触乙醚。索菲娅担心自己是否让这个可怜的女孩工作得太辛苦了。

在这么短的时间里经历这些丧失，实在是太沉重了。索菲娅的朋友们一拥而上，帮她关闭了诊所，并找到了能替代她在慈善药房工作的人。她的老朋友厄休拉·杜普雷带她去乡下好好哀悼和休养。在这段时间里，她几乎与世隔绝，抑郁反复发作，过了将近两年才完全恢复正常的职业生活。

索菲娅最终在爱丁堡从朋友那里租来一间小屋，重新开起了私人诊所。病人也越来越敢于找她看病了。很快，就像之前的伊丽莎白和莉齐一样，她扩建了慈善药房，以增加住院床位：爱丁堡妇女儿童医院和慈善药房诞生了。伦敦女子医学院的校友凯瑟琳·厄克特医生成为医院的第一位常驻医务官。

索菲娅举办了一系列健康讲座，仅限女性参加。主办方希望收取一先令的费用，但索菲娅坚持要免费。“我的讲座进行得非常顺利，大厅里（可容纳近 2 000 人）满满当当，连门口和楼梯上都挤满了人，而且我演讲的时候只参考了简短的笔记，厄休拉说这比念演讲稿要强多了，”她告诉一个朋友，“这场讲座已经给我带来了四个新病人。”[5]

在爱丁堡和格拉斯哥的各个皇家医学院宣布允许女性参加内科和外科考试后，新一代女性燃起了报考爱丁堡大学的热情。但她们遇到了与“爱丁堡七女杰”同样的老问题，于是向索菲娅求助。索菲娅再次出面与教授们协商，要求允许女学生进入他们的班级，并保证会支付学费。这次有八名女学生入学。

这些学生中的一个就是玛格丽特·托德，她是害羞而富有书卷气的淑女，27 岁，有着一头鬈发和薄薄的嘴唇。她辞去了在格拉斯哥的教师工作，转而学习医学。她在爱丁堡举目无亲，于是索菲娅邀请玛格丽特和她住在一起。尽管年龄相差 19 岁，但两人很快就建立了亲密的友谊，并最终发展成恋人关系。

1886 年至 1887 年的冬季学期，刚刚进入爱丁堡大学的女学生在一所男校单独上课，但据玛格丽特说，“她们很快发现，如果有单独的场所供学生们学习、解剖、更衣，让她们感觉像在自己家一样自在，这并非绝对必要，却也十分可取”。[6]

索菲娅想起她和几个朋友早在1876年就在附近买下一处房产，那里至今空置着。这将是一个完美的学习空间。这座年久失修的建筑位于外科医生广场，它过去是一所臭名昭著的医学院，罗伯特·诺克斯教授曾在这里用凶手伯克和黑尔“搞到”的新鲜尸体给学生们讲课。

但是，为什么要让爱丁堡的学生使用她们的房产呢？为什么不成立自己的学校呢？在新成立的执行委员会（成员包括阿格尼丝、海伦、厄休拉、鲍尔弗医生和沃森医生）的帮助下，索菲娅成立了爱丁堡女子医学院。她任命自己为院长。

伊迪丝此时正在印度工作，无法参与这项新的事业。伊莎贝尔打心底里反对索菲娅再开办一所学校，而不是坚守此前在伦敦开创的事业。伊莎贝尔肯定觉得自己被抛弃了。

索菲娅指导工匠们对教学楼的阶梯教室和实验室进行了精心修复。现在，阳光从屋顶一长排的窗户洒进学校宽敞的解剖室。这里摆放着许多宽大的锌合金桌子，上面很快就会摆上一具具尸体，覆盖在织物之下。墙上挂满了解剖图，支架上挂着一副人体骨架。学生们的起居室狭小却舒适，配备了温暖的壁炉，墙边摆满了书架，挂满了图画，还有一盏漂亮的台灯。晚上，窗户上拉着深红色的窗帘，挡住城市的烟囱和屋顶。

安排临床培训轻而易举。利斯医院现在的规模已经足以接纳医学生，得到了皇家医学院的充分认可，并且院方认为与学校建立这样的联系将对医院大有裨益。爱丁堡女子医学院第一届有 8 名学生；在 12 年的办学过程中，有 33 名女学生在索菲娅的学校获得了学位，共有 80 名学生在这里接受了全部或部分教育。

索菲娅很快遇到了麻烦，她的几名学生对她对待另一名学生的做法感到愤怒。那名学生在一次考试中不及格，但她向主考官提出申诉，说自己在考试时身体不适。她获得了及格的分数。索菲娅不喜欢女性寻求这样的特殊待遇，并向这名学生表达了自己的感想。其他学生认为她过于苛刻，于是发起反抗。主要的反对者艾娜·卡德尔和格蕾丝·卡德尔姐妹被开除，她们立即起诉了学校。

索菲娅最聪明的学生之一埃尔茜·英格利斯也对开除事件感到愤怒，决定成立一所对立的机构，名为女子医学院。其他学生被说服了，集体叛逃，卡德尔姐妹也加入其中。索菲娅的学校无法与之竞争，很快倒闭。

现在，爱丁堡人记住的是埃尔茜：外科医生大厅博物馆里有一个纪念她的展览，以她命名的事物包括爱丁堡大学的一栋建筑和一座庭院，爱丁堡市中央图书馆的一块牌匾，以及一家妇产医院。是的，作为支持妇女参政论的外科医生、塞尔维亚的战地医生以及苏格兰妇女对外服务医院的创始人，埃尔茜的确值得称赞，但走在这座城市里，看到有那么多关于她的痕迹，而几乎没有索菲娅的痕迹，真令人寒心。当时的报纸可能会因为索菲娅制造的话题而喜爱她，但一旦她的新闻价值消失，媒体对她的兴趣也随之消失。

人们常说，循规蹈矩的女性很少能创造历史。事实上，历史更青睐值得关注的女性中最符合社会定义的理想女性身份的那一群。18世纪多产的翻译家和圣经学者伊丽莎白·史密斯的观点不那么容易被贴在保险杠上广为传播，却更加准确："一个女人必须拥有格外甜美的性格和举止，才能被原谅拥有卓越的才华和学识。"[7]

莉齐的故事就是一个明确的注脚：作为一位端庄贤淑、尽职尽责的妻子和母亲，当她冒险打破性别歧视的阻碍，成为"第一人"的时候，她并没有对现状造成太大的冲击。她比索菲娅更容易受到称赞，而索菲娅是个直言不讳、性格暴躁的女同性恋者，她脾气暴躁，觊觎主导者的位置，对每件事情都义愤填膺。但蔑视社会规范并不能否定你的贡献。它只会让你更有人性。索菲娅为推动这一事业做出了巨大的贡献，因此我们很难认为她的缺点会玷污她的遗产，尤其是考虑到许多男性的遗产从未因他们的糟糕观点或不良行为而遭到磨灭。

"人们可能喜欢她，也可能不喜欢她，而她只顾走自己的路，做自己的事，毫不声张，"玛格丽特后来这样描述索菲娅，"她很冲动，也会犯错。她有时对小事斤斤计较，却看不到那些**都是**小事；有时她令人害怕而不自知。她确实可以说是特立独行之人。但事情还有另一面。在她那无比坦诚、坚定不移的生活面前，许多在细节上批评她的人都不得不低下头来。"[8]

玛格丽特花了八年时间才完成学业，因为她一边学习，一边写作。她用男性化的笔名格雷厄姆·特拉弗斯出版了小说

《医学生莫娜·麦克莱恩》，讲述了女医生的不可或缺。接下来，她一共创作了六部小说、一部索菲娅的传记和几部短篇小说。此外，她还创造了“同位素”一词。

在布鲁塞尔通过医学博士考试后，玛格丽特成为索菲娅在爱丁堡妇女儿童医院和慈善药房的助理医师。两人在密切合作的过程中深深坠入爱河。索菲娅的学校正在溃败，她的妇女医院却蒸蒸日上。

“我的生活再一次变得充实而完整了，尽管因为过去的种种痛苦而有些灰暗。”[9]索菲娅在日记中写道。

虽然找到了一份充实而专一的感情，但索菲娅从未忘记奥克塔维娅，甚至仍然在远方饶有兴趣地关注着她的事业。在她们分手大约20年后，她在日记中写道，她始终保持着一种“不切实际的忠诚”，认为她们也许今生还能重建友谊。[10]

1883年，诺顿宣布辞去伦敦女子医学院的职务，因此索菲娅和其他许多通常缺席的理事会成员都回来参加会议，以决定下一任院长的人选。会议通常有6名成员出席，而这次有15名。莉齐知道自己很可能会被推举为院长候选人，所以没有出席。索菲娅和金·钱伯斯建议将伊迪丝也列为候选人，但他们没有获得足够的支持。莉齐的提名以14票对1票获得通过。

莉齐担任院长后的第一件事，就是将最先通过伦敦大学医学博士考试的两名女学生介绍给格兰维尔勋爵，祝贺她们毕业。她邀请了自己的父亲，以感谢他为她取得今天的成就所提供的帮助。

1896年，索菲娅最终退出了伦敦女子医学院的管理委员会，因为他们在使用资金扩建校舍的计划上存在分歧。三年后，她从爱丁堡的医院退休。这所医院搬进她的住所，成为布伦兹菲尔德医院，继续为这座城市的女病人服务了80年。在索菲娅于1912年去世后，玛格丽特利用索菲娅的私人日记和文件撰写了她的传记，然后按照索菲娅的要求将私人文件销毁。书出版后，玛格丽特自杀身亡。

回到纽约那边，埃米莉在纽约医院女子医学院担任院长和妇产科教授长达30年。她甚至最终邀请伊丽莎白·库希尔搬来与她同住。尽管在美国，女性并不需要被正规大学录取才能合法行医，但她们仍然希望能自由入学。埃米莉、玛丽·扎克热夫斯卡、露西和玛丽·普特南·雅各比为哈佛大学募集了5万美元捐款，用于在该校为女性开设医学学位课程。她们还号召全国妇女游说各州的顶尖医学院招收女生。到1899年纽约医院女子医学院关闭时，已有364名女性在那里获得了学位。[11]

1877年秋季学期结束时，伊丽莎白辞去了伦敦女子医学院妇女疾病教授的职务，但她仍在该校管理层任职，直至1899年。伊丽莎白和姬蒂最后一次搬家，搬到英格兰东南海岸小镇黑斯廷斯，住进一座俯瞰大海的房子（这是索菲娅出生的地方）。不久，她的姐妹玛丽安和安娜也搬到了镇上，三姐妹一同度过了最后的时光。当伊丽莎白于1910年5月31日去世时，美国已有近7 400名女性成为持证内科医生和外科医生。

埃米莉也在几个月后离世。[12]

“加勒特·安德森医生和索菲娅·杰克斯·布莱克医生的工作将被永远铭记，”伊丽莎白深情怀念道，“我很荣幸也很高兴能尽绵薄之力，鼓励这些勇敢的实干家在英国开拓进取。”[13]

伦敦女子医学院长盛不衰。它始终是英国唯一一所为女性提供医学教育的学校，直到1886年。莉齐担任讲师长达23年，并担任院长至1903年。学生数量大幅增长。1887年，学校共有77名学生。1914年，300名学生把校舍挤得满满当当，学校再次扩建。到1917年，学生人数达到了441人。1998年，学校与大学学院医院医学院合并，成为皇家自由大学医学院，并运转至今。

莉齐的职业生涯漫长而稳定，她在自己的医院工作了24年，是一位备受尊敬的资深医生。她还担任英国医学会东英安格利亚分会主席。即使在退休后，她也仍然没有停下开创先例的事业。她回到家乡奥尔德堡，随后在1908年，71岁的莉齐成为英国第一位女市长。1918年，也就是莉齐去世的第二年，新妇女医院更名为伊丽莎白·加勒特·安德森医院。

莉齐的女儿路易莎在伦敦女子医学院学习后，成长为一名出色的外科医生。她和校友弗洛拉·默里在伦敦的一个工人阶级社区成立了一家妇女和儿童医院。在第一次世界大战期间，她们还创办了一家军事医院，为女性治疗成年男性患者铺平了道路。

多亏了伦敦女子医学院，英国的执业女医生的数量最终赶上了美国。1881 年，英格兰和威尔士仅有 25 名注册女医生；到 1911 年，注册女医生人数已达 495 人。[14]

大约从 19 世纪 80 年代起，医生们穿上了白大褂。白大褂标志着医生们新发现的“科学性”，象征着细菌理论和无菌操作带来的清洁和纯净。医学现在植根于实验室，因此其从业者必须创造一种鲜明的形象，将自己与过去那些操着江湖医术、水蛭和粗劣刀剪的黑衣人区分开来。虽然尚不清楚这三位女性在自己的职业生涯中是否穿着白大褂，但是当这股潮流到来时，她们中较年轻的两位仍在执业，所以很有可能。可以肯定的是，她们为一大群医学生打开了大门，而这些学生将成为一批穿上白大褂的女性。

结语　光辉传承

这些先驱女性的辛勤努力没有白费。如果这些维多利亚时代的女士没有站出来宣称，**女性和男性一样能干**，有多少突破性的成就将永远无法实现？如果女性没有力证她们的声音同样有力，她们的头脑同样聪明，又有多少医药发现、治疗创新、仪器发明、医疗技术将无法面世？

女医生的人数越多，她们就越得到社会的接纳，社会也越能从中受益。在这些最早的女子医学院和医院接受培训的女性走向全球，开办了自己的诊所和医院，让妇女，尤其是贫困妇女得到更好的医疗服务。其中许多人还为医学做出了重大贡献。

珍妮特·莱恩-克莱彭于1898年进入伦敦女子医学院，她参与创立了流行病学，率先开展队列研究和病例对照研究。[1]埃莉诺·戴维斯-科莱从伦敦女子医学院毕业后，参与创办了南伦敦妇女儿童医院，并成为皇家外科学院的首位女性成员。她们的校友露西·威尔斯在20世纪20年代发现了叶酸对孕妇的保护作用。多亏了她，如今所有的孕妇仍然被鼓励服用叶酸，以预防贫血和胎儿神经管畸形。

莉齐的门徒伊丽莎·沃克·邓巴在英格兰布里斯托尔建立了一家妇女儿童医院，团队全部由女医生组成。[2]最初的“爱丁堡七女杰”之一玛蒂尔达·查普林在东京创办了一所助产士学校。[3]格特鲁德·赫茨菲尔德成为第一位在苏格兰执业的女外科医生，于 1920 年至 1955 年在索菲娅在爱丁堡开设的医院工作。她后来成为小儿外科权威，尤其擅长新生儿手术。[4]

玛丽·普特南·雅各比出版了 9 本书，发表了超过 120 篇科学论文。其中一篇论文基于充分研究，证明了女性的活力不受月经周期的影响，帮助女性争取更好的教育机会。[5]丽贝卡·科尔先是在纽约妇幼保健院担任卫生巡视员，然后回到费城开设了一家机构，为贫困妇女儿童提供医疗和法律服务。[6]玛丽·哈里斯·汤普森曾在布莱克韦尔的医院实习，后来于 1865 年创办了芝加哥妇女儿童医院。[7]

从布莱克韦尔的医学院毕业三年后，安娜·韦塞尔斯·威廉斯分离出一株白喉杆菌，研制出治疗这种致命疾病的抗毒素。[8]校友萨拉·约瑟芬·贝克于 1908 年成为纽约儿童卫生局的第一任局长。作为公共卫生领域的创新者，她在改善该市儿童和孕产妇健康方面的工作成为全国典范。贝克采集了“伤寒玛丽”的样本，厨师玛丽是个超级传播者，至少感染了 48 人。她还设计了一种傻瓜式器具，用于给新生儿施用预防失明的药物。[9]

几十年来，女性一直是种种医学进步的推动力。如果你曾接受X射线检查、巴氏涂片检查、输血、放疗、百白破疫苗接种、化疗、器官移植、开胸手术、生育治疗，或者曾因糖尿病、白血病、疟疾、疱疹、痛风、老年痴呆症、脑瘫、帕金森病或精神分裂症接受治疗，那么你就受益于医学科学中的女性。

晚近的研究表明，女性实际上可能更适合当医生。与男性同行相比，她们更有可能遵循临床指导建议，并提供预防性护理。来自150万次住院治疗的数据显示，接受女医生治疗的患者死亡或再次入院的概率大大降低。由女外科医生操刀手术的患者死亡率也更低。[10] 2017年，美国历史上首次出现医学专业女生人数多于男生的情况。对于维多利亚时代那些声称女性完全不适合行医的卑鄙的反对者来说，这是一记多么响亮的耳光。[11]

1892年，爱丁堡大学终于开始招收女学生。[12] 2019年，在“爱丁堡七女杰”入学150周年之际，她们终于被追授荣誉学位，她们是索菲娅·杰克斯-布莱克、伊莎贝尔·索恩、伊迪丝·皮奇、玛蒂尔达·查普林、海伦·埃文斯、玛丽·安德森·马歇尔和埃米莉·博韦尔。[13]

“我认为这段时间并没有白白浪费，”伊莎贝尔在谈到爱丁堡的尝试时说，“在我看来，正是由于在爱丁堡的奋斗，如今女性才有可能获得完全合格的医学教育。”[14]

如今我们几乎无法想象一个只有男性才能成为医生的世

界。但如果没有这些雄心勃勃、顽强拼搏、坚持不懈的女性，我们可能仍然生活在这样的世界里。她们随时都可以轻易放弃，没有人会因此责备她们，但她们从未动摇。我们要感谢这些女性，如今，如果一个小女孩梦想成为医生，她的梦想完全可能变成现实。

后记

本书是多年研究的成果。虽然数字化使得许多重要的档案可以远程调取，但并非所有资料都能在线查阅。我很幸运能够前往美国和英国的相关档案馆，为这些女性拼凑出一幅幅清晰的画像。（索菲娅是最难写的一位，因为她要求在她去世后销毁所有私人文件。）手持这些女性亲笔书写的信件和笔记真是激动人心的体验，这让我感到自己与她们以及她们的生活紧密相连。我希望我对她们做出了公正的描述。

本书的引语中删减了许多词语或小节。在所有情况下，删节的目的仅仅是让现代读者更容易理解引文，绝非改变其含义或意图。我基本没有使用省略号，以免分散读者的注意力。只有极少数例外情况，这是因为我引用的手写文本包含难以解读的字词。所有引文均未经过刻意改动。

部分参考文献

图 书

Abram, Ruth J., ed. *Send Us a Lady Physician: Women Doctors in America, 1835–1920*. New York: W.W. Norton & Company, Inc., 1985.

Blackwell, Elizabeth. *Pioneer Work in Opening the Medical Profession to Women*. London, 1895.

Boyd, Julia. *The Excellent Doctor Blackwell: The Life of the First Woman Physician*. London: Thistle Publishing, 2013.

Brock, Claire. *British Women Surgeons and their Patients, 1860–1918*. New York: Cambridge University Press, 2017.

Ehrenreich, Barbara, and Deirdre English. *Witches, Midwives, & Nurses: A History of Women Healers*. 2nd ed. New York: The Feminist Press at CUNY, 2010.

Fitzharris, Lindsey. *The Butchering Art: Joseph Lister's Quest to Transform the Grisly World of Victorian Medicine*. New York: Scientific American / Farrar, Straus and Giroux, 2017.

Garrett Anderson, Louisa. *Elizabeth Garrett Anderson, 1836–1917*. London: Faber and Faber, 1939.

Hays, Elinor Rice. *Those Extraordinary Blackwells: The Story of a Journey to a Better World*. New York: Harcourt, Brace & Ward, Inc., 1967.

James, Edward T., Janet Wilson James, and Paul S. Boyer, eds. *Notable American Women, 1607–1950: A Biographical Dictionary, Volume 2*. Cambridge, MA: Harvard University Press, Radcliffe College, 1971.

Jex-Blake, Sophia. *Medical Women: Two Essays*. Edinburgh, 1872. (And Second Edition: Medical Women: A Thesis and a History, Edinburgh, 1886.)

Kang, Lydia, and Nate Pedersen. *Quackery: A Brief History of the Worst Ways to Cure Everything*. New York: Workman Publishing, 2017.

Manton, Jo. *Elizabeth Garrett Anderson*. New York: E. P. Dutton & Co., Inc., 1965.

Morantz-Sanchez, Regina. *Sympathy and Science: Women Physicians in American Medicine*. Chapel Hill, NC: University of North Carolina Press, 2000.

Roberts, Shirley. *Sophia Jex-Blake: A Woman Pioneer in Nineteenth Century Medical Reform*. New York: Routledge, 1993.

Thorne, Isabel. *Sketch of the Foundation and Development of the London School of Medicine for Women*. London: G. Sharrow, 1905.

Todd, Margaret G. (Graham Travers, pseud.). *The Life of Sophia Jex-Blake*. London: Macmillan and Co., Limited, 1918.

Tuchman, Arleen. *Science Has No Sex: The Life of Marie Zakrzewska, M.D*. Chapel Hill, NC. University of North Carolina Press, 2006.

Zakrzewska, Marie Elizabeth. *A Woman's Quest: The Life of Marie E. Zakrzewska, M.D*. New York: D. Appleton and Company, 1924.

手稿

Bethesda, MD. National Library of Medicine (NLM).

Elizabeth Blackwell Papers; New York Infirmary for Women and Children Records; Woman's Medical College of the New York Infirmary Records.

Cambridge, MA. Schlesinger Library, Harvard University Radcliffe Institute for Advanced Study (HU).

Blackwell Family Papers. http://schlesinger.radcliffe.harvard.edu/onlinecollections/blackwell.

Edinburgh. University of Edinburgh Library Centre for Research Collections, Special Collections (UE).

Edinburgh School of Medicine for Women Records; Isabel J. Thorne Diary; Sir Henry Littlejohn Lecture Notes; Sophia Jex-Blake Papers.

London. Women's Library Archives, London School of Economics (LSE).

Autograph Letter Collection: Women in Medicine; Elizabeth Garrett Anderson Papers.

London. London Metropolitan Archives (LMA).

Elizabeth Garrett Anderson Papers; London School of Medicine for Women: 1874–1998 Records; New Hospital for Women Records; Sophia Jex-Blake Papers; St. Mary's Dispensary for Women and Children Records.

New York. Rare Book & Manuscript Library, Columbia University (CU).

Elinor Rice Hays papers; Elizabeth Blackwell Papers; Emily Blackwell Diary.

Washington, D.C. Library of Congress (LOC).

Blackwell Family Papers.

注释

序言　被遗忘的疗愈史

[1] Elisabeth Brooke, *Women Healers: Portraits of Herbalists, Physicians, and Midwives*. Rochester, VT, Healing Arts Press, 1995, pp. 6–9.

[2] Brooke, Women Healers, 11–12; Helen King, "Agnodike and The Profession of Medicine," *Proceedings of the Cambridge Philological Society*, New Series, No. 32 (212) (1986), pp. 53–77. JSTOR, www.jstor.org/stable/44696917.

[3] Mary E. Fissell, "Introduction: Women, Health, and Healing in Early Modern Europe," *Bulletin of the History of Medicine*, Vol. 82, No. 1, Special Issue: Women, Health, and Healing in Early Modern Europe, Spring 2008, pp. 1–17, www.jstor.org/stable/44448504.

[4] "A Pioneer of Modern Medical Women and Her Predecessors of the Middle Ages," *The Lancet*, January 18, 1908, pp. 173–174, https://doi.org/10.1016/S0140-6736(01)61655-6.

[5] Monica Green, "Women's Medical Practice and Health Care in

Medieval Europe," *Signs*, Vol. 14, No. 2, Working Together in the Middle Ages: Perspectives on Women's Communities (Winter, 1989), pp. 434–473, www.jstor.org/stable/3174557.

[6] John Augustine Zahm, *Woman in Science*, New York: D. Appleton and Company, 1913, pp. 274–281.

[7] Barbara Ehrenreich et al., *Witches, Midwives, & Nurses*, 53–54.

[8] Leigh Whaley, *Women and the Practice of Medical Care in Early Modern Europe, 1400–1800*, London: Palgrave Macmillian, 2011.

[9] Ehrenreich et al., *Witches, Midwives, & Nurses*, 55.

[10] Ehrenreich et al., *Witches, Midwives, & Nurses,* 14, 31–49.

第一章　一位女医生

[1] Leo Trachtenberg, "New York's First 'Lady Doctor'," *City Journal*, Winter 2000, www.city-journal.org/html/new-york's-first— "lady-doctor"-11937.html.

[2] Anna Blackwell, "Elizabeth Blackwell, M.D.," *The English Woman's Journal*, April 1, 1858, pp. 80–100, https://ncse.ac.uk/periodicals/ewj/issues/ewj_01041858.

[3] Anna Blackwell, "Elizabeth Blackwell, M.D.," *The English Woman's Journal*, April 1, 1858, p. 81. https://ncse.ac.uk/periodicals/ewj/issues/ewj_01041858.

[4] Elizabeth Blackwell, *Pioneer Work*, chap. 2.

[5] Robert B. Sullivan, "Sanguine Practices: A Historical and Historiographic Reconsideration of Heroic Therapy in the Age of Rush," *Bulletin of the History of Medicine*, Vol. 68, No. 2, Summer 1994, pp. 211–234, www.jstor.org/stable/44444366.

[6] "'And there's the humor of it,' Shakespeare and the Four

Humors," National Library of Medicine exhibition, www.nlm.nih.gov/exhibition/shakespeare/fourhumors.html.

[7] Cristie Columbus, "In a world with no antibiotics, how did doctors treat infections?" *The Conversation*, January 29, 2016, https://theconversation.com/in-a-world-with-no-antibiotics-how-did-doctors-treat-infections-53376.

[8] Kang et al., *Quackery*, 3–14.

[9] Guenter B. Risse, "Calomel and the American Medical Sects during the Nineteenth Century," *Mayo Clinic Proceedings*, Vol. 48, January 1973, pp. 57–64.

[10] J. C. Saha, "A Review of Arsenic Poisoning And Its Effects on Human Health," Environmental Protection Agency, March 2014, www.epa.gov/sites/production/files/2014-03/documents/a_review_of_arsenic_poisoning_and_its_effects_on_human_health_3v.pd

[11] Kang et al., *Quackery*, 20–21.

[12] Ornella Moscucci, "Gender and Cancer in Britain, 1860–1910: The Emergence of Cancer as a Public Health Concern," *American Journal of Public Health*, August 2005, 95(8): 1312–1321, https://doi.org/10.2105/AJPH.2004.046458.

[13] Shannon Selin, "Cancer Treatment in the 19th Century," https://shannonselin.com/2017/08/cancer-treatment-19th-century.

[14] Blackwell, *Pioneer Work*, chap. 2.

[15] Blackwell, *Pioneer Work*, chap. 2.

[16] Anna Blackwell, "Elizabeth Blackwell, M.D."

[17] Boyd, *Excellent Doctor Blackwell*, 50.

[18] Elizabeth Blackwell to Emily Collins, August 12, 1848 in *History Of Woman Suffrage—Part 1, 1848–1861*, 2nd ed., eds. Elizabeth

Cady Stanton, Susan B. Anthony, and Matilda Joslyn Gage, Rochester, 1899, pp. 90–91.

[19] Blackwell, *Pioneer Work*, chap. 2.

[20] Blackwell, *Pioneer Work*, chap. 2.

[21] Blackwell, *Pioneer Work*, chap. 2.

[22] Blackwell, *Pioneer Work*, chap. 2.

第二章　这是个玩笑，对吧？

[1] "Medical Women," *The Australian Medical Journal*, July 1865, pp. 233–235, https://digitised-collections.unimelb.edu.au/bitstream/handle/11343/23129/267469_UDS2010779-115.pdf.

[2] Blackwell, *Pioneer Work*, chap. 2.

[3] Elizabeth Blackwell to Marian Blackwell, March 22, 1846, HU.

[4] Elizabeth Blackwell to Marian Blackwell, November 7, 1846, HU.

[5] J. Collins Warren, "Medical Education in the United States," *Journal of the American Medical Association*, Volume 21, September 9, 1893, pp. 375–382.

[6] Penn University Archives & Records Center, "Brief Histories of the Schools of the University of Pennsylvania, School of Medicine: A Brief History," https://archives.upenn.edu/exhibits/penn-history/school-histories/medicine.

[7] Penn Medicine, History of Pennsylvania Hospital, "Obstetrics: A Brief History of Obstetrical Care at Pennsylvania Hospital," www.uphs.upenn.edu/paharc/timeline/1801/tline10.html.

[8] Blackwell, *Pioneer Work*, chap. 2.

[9] Blackwell, *Pioneer Work*, chap. 3.

[10] Blackwell, *Pioneer Work*, chap. 3.

[11] Blackwell, *Pioneer Work*, chap. 3.

[12] Elizabeth Blackwell to Marian Blackwell, June 27, 1847, Blackwell Family Papers, Library of Congress.

[13] Ronald L. Numbers, "Do-It-Yourself the Sectarian Way," in *Send Us a Lady Physician*, ed. Ruth J. Abram.

[14] Boyd, *Excellent Doctor Blackwell*, 54.

[15] Blackwell, *Pioneer Work*, chap. 3.

[16] Blackwell, *Pioneer Work*, chap. 3.

[17] Blackwell, *Pioneer Work*, chap. 3.

[18] Blackwell, *Pioneer Work*, chap. 3.

[19] Stephen Smith, "The Co-education of the Sexes," *Physician and Surgeon, a Journal of the Medical Sciences*, Vol. 13, 1891, pp. 45–48.

[20] Boyd, *Excellent Doctor Blackwell*, 78.

[21] Meryl S. Justin, "The Entry of Women into Medicine in America: Education and Obstacles 1847–1910," Hobart and William Smith Colleges, History of the Colleges, www.hws.edu/about/blackwell/articles/womenmedicine.aspx.

[22] Nathan Smith Davis, *History of the American Medical Association from Its Organization Up to January 1855*, Philadelphia: Lippincott, Grambo & Company, 1855.

[23] Stephen Smith, "The Co-education of the Sexes," *Physician and Surgeon, a Journal of the Medical Sciences*, Vol. 13, 1891, pp. 45–48.

[24] Blackwell, *Pioneer Work*, chap. 3.

[25] Blackwell, *Pioneer Work*, chap. 3.

[26] Blackwell, *Pioneer Work*, chap. 3.

[27] Anna Blackwell, "Elizabeth Blackwell, M.D."

[28] Blackwell, *Pioneer Work*, chap. 3.

[29] Anna Blackwell, "Elizabeth Blackwell, M.D."

[30] Blackwell, *Pioneer Work*, chap. 3.

[31] Blackwell, *Pioneer Work*, chap. 3.

[32] Blackwell, *Pioneer Work*, chap. 3.

[33] Boyd, *Excellent Doctor Blackwell*, 84.

[34] Blackwell, *Pioneer Work*, chap. 3.

[35] Blackwell, *Pioneer Work*, chap. 3.

[36] Elizabeth Blackwell to George Washington Blackwell, undated, HU.

[37] Elizabeth Blackwell, notes from Materia Medica lecture given by Charles Lee, undated, Blackwell Family Papers, Library of Congress.

[38] Blackwell, *Pioneer Work*, chap. 3.

[39] Blackwell, *Pioneer Work*, chap. 3.

[40] Blackwell, *Pioneer Work*, chap. 3.

[41] Anna Blackwell, "Elizabeth Blackwell, M.D."

[42] Blackwell, *Pioneer Work*, chap. 3.

第三章　另一位开路的伊丽莎白

[1] Jo Manton, *Elizabeth Garrett Anderson*, 44–45.

[2] Beverley Cook et al., "Breathing in London's History: From the Great Stink to the Great Smog," Museum of London, August 24, 2017, www.museumoflondon.org.uk/discover/londons-past-air.

[3] Michael J. D. Roberts, "The Politics of Professionalization: MPs, Medical Men, and the 1858 Medical Act," Medical History, January 2009, 53(1), pp. 37–56, https://doi.org/10.1017/s0025727300003306.

[4] Jim Mussell, "The English Woman's Journal," Nineteenth Century Serials Edition, https://ncse.ac.uk/headnotes/ewj.html.

[5] *The English Woman's Journal*, Vol. 1, No. 2, April 1, 1858, https://ncse.ac.uk/periodicals/ewj.

[6] Anna Blackwell, "Elizabeth Blackwell, M.D."

[7] Barbara Welter, "The Cult of True Womanhood: 1820–1860," American Quarterly, Vol. 18, No. 2, Part 1, Summer, 1966, pp. 151–174, https://doi.org/10.2307/2711179, www.jstor.org/stable/2711179.

[8] *The Young Lady's Book: A manual of elegant recreations, exercises, and pursuits*, London, 1829, https://books.google.com/books?id=-8p-9OoTSLIC.

[9] Manton, *Elizabeth Garrett Anderson*, 27.

[10] Max Roser and Esteban Ortiz-Ospina, "Literacy," Our World In Data, https://ourworldindata.org/literacy.

[11] Louisa Garrett Anderson, *Elizabeth Garrett Anderson*, 33.

[12] Manton, *Elizabeth Garrett Anderson*, 36.

[13] Manton, *Elizabeth Garrett Anderson*, 46.

[14] Boyd, *Excellent Doctor Blackwell*, 198.

[15] Boyd, *Excellent Doctor Blackwell*, 219.

[16] C. Willett Cunnington, *Feminine Attitudes in the Nineteenth Century*, New York: Macmillan, 1936, p. 144.

[17] C. Willett Cunnington, *Feminine Attitudes in the Nineteenth Century*, 144.

[18] Manton, *Elizabeth Garrett Anderson*, 47.

[19] Manton, *Elizabeth Garrett Anderson*, 48.

[20] Hester Burton, Barbara Bodichon: 1827–1891, London: J. Murray, 1949.

[21] Bessie Rayner Parkes "Association for Promoting the Employment

of Women," *The English Woman's Journal*, Vol. 4, No. 19, September 1, 1859, p. 54, https://ncse.ac.uk/periodicals/ewj/.

[22] Blackwell, *Pioneer Work*, chap. 6.

[23] Blackwell, *Pioneer Work*, chap. 6.

[24] Boyd, *Excellent Doctor Blackwell*, 197.

[25] Elizabeth and Emily Blackwell, *Medicine as a Profession for Women*, New York, 1860.

[26] Garrett Anderson, *Elizabeth Garrett Anderson*, 42.

[27] Manton, *Elizabeth Garrett Anderson*, 52.

[28] Manton, *Elizabeth Garrett Anderson*, 53–54.

[29] Manton, *Elizabeth Garrett Anderson*, 54.

[30] Garrett Anderson, *Elizabeth Garrett Anderson*, 48.

[31] Blackwell, *Pioneer Work*, chap. 6.

[32] Elizabeth Blackwell, "Letter to Ladies Desirous of Studying Medicine," *The English Woman's Journal*, January 23, 1860, pp. 329–332.

[33] Elizabeth Garrett to Emily Davies, June 15, 1860, LSE; Manton, *Elizabeth Garrett Anderson*, 73–74.

[34] Garrett Anderson, *Elizabeth Garrett Anderson*, 47.

[35] Manton, *Elizabeth Garrett Anderson*, 75.

[36] Garrett Anderson, *Elizabeth Garrett Anderson*, 46–47.

[37] Manton, *Elizabeth Garrett Anderson*, 75.

[38] The street was…: "History of Harley Street," www.harleystreet.com/why-harley-street/history

[39] Garrett Anderson, *Elizabeth Garrett Anderson*, 50.

[40] Elizabeth Garrett to her aunt, Mrs. Richard Garrett, July 13, 1860, LSE.

[41] Garrett Anderson, *Elizabeth Garrett Anderson*, 51–52.

[42] Garrett Anderson, *Elizabeth Garrett Anderson*, 55.

第四章　不仅仅是护士

[1] Fitzharris, *The Butchering Art*.

[2] Edward H. Clarke, "Practical Medicine," in *A Century of American Medicine, 1776–1876*, Philadelphia, 1876, p. 67.

[3] Fitzharris, The Butchering Art; Tom Koch, "Mapping the Miasma: Air, Health, and Place in Early Medical Mapping," *Cartographic Perspectives*, No. 52, Fall 2005, https://doi.org/10.14714/CP52.376.

[4] William Charney, ed., *Epidemic of Medical Errors and Hospital-Acquired Infections: Systemic and Social Causes*, Boca Raton, FL: CRC Press, 2012, p. 81.

[5] Fitzharris, *The Butchering Art*, 139.

[6] Elizabeth Garrett to Emily Davies, August 7, 1860, LSE.

[7] Garrett Anderson, *Elizabeth Garrett Anderson*, 59.

[8] Elizabeth Garrett to Emily Davies, August 7, 1860, LSE.

[9] Elizabeth Garrett to Emily Davies, March 6, 1861, LSE.

[10] Elizabeth Garrett to Emily Davies, August 17, 1860, LSE.

[11] Elizabeth Garrett to Emily Davies, August 17, 1860, LSE.

[12] Elizabeth Garrett to Emily Davies, August 17, 1860, LSE.

[13] Yasuko Shidara, "'The Shadow-Line's' 'Sympathetic Doctor': Dr William Willis in Bangkok, 1888," *The Conradian*, Vol. 30, No. 1, Spring 2005, pp. 97–110, www.jstor.org/stable/20873541.

[14] Elizabeth Garrett to Emily Davies, September 5, 1860, LSE.

[15] Elizabeth Garrett to Emily Davies, September 9, 1860, LSE.

[16] Blackwell, *Pioneer Work*, chap. 6.

[17] Garrett Anderson, *Elizabeth Garrett Anderson*, 68.

[18] Garrett Anderson, *Elizabeth Garrett Anderson*, 67.

[19] Garrett Anderson, *Elizabeth Garrett Anderson*, 70.

[20] Elizabeth Garrett to Emily Davies, November 18, 1860, LSE.

[21] Blackwell, *Pioneer Work*, chap. 6.

[22] Elizabeth Garrett to Emily Davies, March 19, 1861, LSE.

[23] Elizabeth Garrett to Emily Davies, March 23, 1861, LSE.

[24] Elizabeth Garrett to Emily Davies, March 23, 1861, LSE.

[25] Elizabeth Garrett to Emily Davies, March 23, 1861, LSE.

[26] Letter to the Editors, Elizabeth Garrett, *English Woman's Journal*, Vol. 7, No. 40, June 1, 1861, pp. 282–283, https://ncse.ac.uk/ periodicals/ewj/.

[27] Carolyn Heilbrun, *Writing a Woman's Life*, New York: Ballantine Books, 1988, p. 81.

[28] Elizabeth Garrett to Emily Davies, March 23, 1861, LSE

[29] Elizabeth Garrett to Emily Davies, March 19, 1861, LSE.

[30] Garrett Anderson, *Elizabeth Garrett Anderson*, 68.

[31] Garrett Anderson, *Elizabeth Garrett Anderson*, 77.

[32] Garrett Anderson, *Elizabeth Garrett Anderson*, 77.

[33] Elizabeth Garrett to Emily Davies, March 19, 1861, LSE.

[34] Elizabeth Garrett to Emily Davies, November 18, 1860, LSE.

[35] Elizabeth Garrett to Newson Garrett, date unknown, 1861, LMA.

[36] Elizabeth Garrett to Emily Davies, June 11, 1861, LSE.

[37] Manton, *Elizabeth Garrett Anderson*, 106.

[38] Elizabeth Garrett to Emily Davies, June 11, 1861, LSE.

[39] Elizabeth Garrett to Emily Davies, June 14, 1861, LSE.

[40] Manton, *Elizabeth Garrett Anderson*, 110.

[41] Garrett Anderson, *Elizabeth Garrett Anderson*, 81.

[42] Elizabeth Garrett to Newson Garrett, date unknown, 1861, LMA.
[43] "A Lady Amongst the Students," *The Lancet*, July 6, 1861, p. 16, https://books.google.com/books?id=44hMAQAAMAAJ.
[44] Elizabeth Garrett to Emily Davies, August 21, 1861, LSE.
[45] "Female Medical Students," *The Lancet*, August 3, 1861, p. 116, https://books.google.com/books?id=44hMAQAAMAAJ.
[46] Elizabeth Garrett to Emily Davies, August 21, 1861, LSE.
[47] Elizabeth Garrett to Emily Davies, October 8, 1861, LSE.
[48] Thomas Henry Huxley, "Emancipation—Black and White," (1865), *Science & Education: Essays*, New York: 1904, https://books.google.com/books?id=XOhKAAAAYAAJ.
[49] Manton, *Elizabeth Garrett Anderson*, 128.
[50] Elizabeth Garrett to Emily Davies, October 19, 1861, LSE.

第五章　年轻的索菲娅

[1] Margaret G. Todd, *The Life of Sophia Jex-Blake*, 63.
[2] Todd, *The Life of Sophia Jex-Blake*, 4.
[3] Shirley Roberts, *Sophia Jex-Blake: A Woman Pioneer in Nineteenth Century Medical Reform*, 9.
[4] Todd, *The Life of Sophia Jex-Blake*, 25.
[5] Todd, *The Life of Sophia Jex-Blake*, 17.
[6] Todd, *The Life of Sophia Jex-Blake*, 33.
[7] Todd, *The Life of Sophia Jex-Blake*, 65.
[8] Todd, *The Life of Sophia Jex-Blake*, 86.
[9] Todd, *The Life of Sophia Jex-Blake*, footnote 26.
[10] Todd, *The Life of Sophia Jex-Blake*, 116.
[11] Todd, *The Life of Sophia Jex-Blake*, 118.

[12] Todd, *The Life of Sophia Jex-Blake*, 117.
[13] Tilda Swinton biography, IMDB, www.imdb.com/name/nm0842770/bio.
[14] "Medicine at the University of Edinburgh," www.ed.ac.uk/medicine-vet-medicine/about/history/medicine.
[15] Todd, *The Life of Sophia Jex-Blake*, 119.
[16] Manton, *Elizabeth Garrett Anderson*, 129.
[17] Todd, *The Life of Sophia Jex-Blake*, 120.
[18] Todd, *The Life of Sophia Jex-Blake*, 119.
[19] Todd, *The Life of Sophia Jex-Blake*, 130.
[20] Todd, *The Life of Sophia Jex-Blake*, 128.
[21] Todd, *The Life of Sophia Jex-Blake*, 128.
[22] Todd, *The Life of Sophia Jex-Blake*, 135.
[23] Todd, *The Life of Sophia Jex-Blake*, 136.
[24] Todd, *The Life of Sophia Jex-Blake*, 135.

第六章　索菲娅在美国

[1] Todd, *The Life of Sophia Jex-Blake*, 160.
[2] Ralph Waldo Emerson, Academy of American Poets, https://poets.org/poet/ralph-waldo-emerson.
[3] Roberts, *Sophia Jex-Blake*, 47; "Anglo-American relations during the Civil War," British Library, www.bl.uk/onlinegallery/onlineex/uscivilwar/britain/britainamericancivilwar.html.
[4] Chloe Morse-Harding, "Elizabeth Palmer Peabody," *Boston Athenaeum*, July 2013, www.bostonathenaeum.org/library/book-recommendations/athenaeum-authors/elizabeth-palmer-peabody.
[5] Edward T. James, et al., eds. *Notable American Women*, p. 268.

[6] Morantz-Sanchez, *Sympathy and Science*, 81.

[7] Morantz-Sanchez, *Sympathy and Science*, 76.

[8] Kate Campbell Hurd-Mead, *Medical women of America: A short history of the pioneer medical women of America and a few of their colleagues in England*, New York: Froben Press, 1933, p. 33.

[9] Todd, *The Life of Sophia Jex-Blake*, 163.

[10] Todd, *The Life of Sophia Jex-Blake*, 173.

[11] Anna Wexler, "The Medical Battery in The United States (1870–1920): Electrotherapy at Home and in the Clinic," *Journal of the History of Medicine and Allied Sciences*, Volume 72, Issue 2, April 2017, pp. 166–192, https://doi.org/10.1093/jhmas/jrx001.

[12] Todd, *The Life of Sophia Jex-Blake*, 164.

[13] Todd, *The Life of Sophia Jex-Blake*, 173.

[14] Todd, *The Life of Sophia Jex-Blake*, 185.

[15] Todd, *The Life of Sophia Jex-Blake*, 172.

[16] Todd, *The Life of Sophia Jex-Blake*, 174.

[17] Todd, *The Life of Sophia Jex-Blake*, 173.

[18] Sophia Jex-Blake, *Medical Women*, 41.

[19] Todd, *The Life of Sophia Jex–Blake*, 174.

[20] Jex-Blake, *Medical Women*, 42.

[21] Helen King, "Once Upon a Text: Hysteria From Hippocrates," in *Hysteria Beyond Freud*, Sander L. Gilman, et al., Berkeley: University of California Press, pp. 3–90. https://books.google.com/books?id=LdxmV5J0pPkC.

[22] Edward Shorter, "Paralysis: The Rise and Fall of a 'Hysterical' Symptom," *Journal of Social History*, Volume 19, Issue 4, Summer 1986, pp. 549–582, https://doi.org/10.1353/jsh/19.4.549.

[23] Kathleen E. McCrone, *Playing the Game: Sport and the Physical*

Emancipation of English Women, 1870–1914, Lexington, KY: University Press of Kentucky, 1988.

[24] Ben Rooney "Women And Children First: Technology And Moral Panic," *The Wall Street Journal*, July 11, 2011, https://blogs.wsj.com/tech-europe/2011/07/11/women-and-children-first-technology-and-moral-panic.

[25] Anita M. Harris, *Broken Patterns: Professional Women and the Quest for a New Feminine Identity*. Detroit, MI: Wayne State University Press, 1995, p. 46.

[26] Edward John Tilt, *Handbook of Uterine Therapeutics*, New York, 1869.

[27] Todd, *The Life of Sophia Jex-Blake*, 176.

[28] Paul A. Gilje, "Infant Abandonment in Early Nineteenth-Century New York City: Three Cases." *Signs* Vol. 8, No. 3, 1983: 580–590, www.jstor.org/stable/3173958.

[29] Sarah Handley-Cousins, "Abortion in the 19th Century," National Museum of Civil War Medicine, February 9, 2016, www.civilwarmed.org/abortion1.

[30] Todd, *The Life of Sophia Jex-Blake*, 173.

[31] Todd, *The Life of Sophia Jex-Blake*, 184.

[32] Todd, *The Life of Sophia Jex-Blake*, 183.

[33] Todd, *The Life of Sophia Jex-Blake*, 186.

[34] Todd, *The Life of Sophia Jex-Blake*, 186.

[35] Arleen Tuchman, *Science Has No Sex*, 115.

[36] Tuchman, *Science Has No Sex*, 114–118.

[37] Todd, *The Life of Sophia Jex-Blake*, endnote 43.

[38] Abram, "Will There Be a Monument? Six Pioneer Women Doctors Tell Their Own Stories," in *Send Us a Lady Physician*,

ed. Abram, 71–74.

[39] Todd, *The Life of Sophia Jex-Blake*, 191.

第七章 美国第一位女医生披荆斩棘

[1] Letter to the Editor from "D.K." "The Late Medical Degree to a Female," *Boston Medical and Surgical Journal*, Vol. 40, No. 3, February 21, 1849, pp. 58–59, https://books.google.com/books?id=U7YEAAAAYAAJ.

[2] John Ware, "Success in the medical profession," an introductory lecture delivered at the Massachusetts Medical College, November 6, 1850, https://books.google.com/books?id=_wYJAAAAIAAJ.

[3] Blackwell, *Pioneer Work*, chap. 3; appendix 2.

[4] Ariel Roguin, "Rene Theophile Hyacinthe Laënnec (1781—1826): The Man Behind the Stethoscope," *Clinical Medicine and Research*, September 2006, 4(3): 230—235, https://doi.org/10.3121/cmr.4.3.230.

[5] John Duffy, *From Humors to Medical Science: A History of American Medicine*, Urbana: University of Illinois Press, 2nd ed., 1993 (McGraw-Hill 1976), pp. 72–73.

[6] Blackwell, *Pioneer Work*, chap. 4.

[7] Blackwell, *Pioneer Work*, chap. 4.

[8] Blackwell, *Pioneer Work*, chap. 4.

[9] Blackwell, *Pioneer Work*, chap. 4.

[10] Adela Matejcek, "Treatment and prevention of ophthalmia neonatorum," *Canadian Family Physician*, November 2013, 59(11),1187–1190. https://www.ncbi.nlm.nih.gov/pmc/articles/

PMC3828094.

[11] Boyd, *Excellent Doctor Blackwell*,138.

[12] Boyd, *Excellent Doctor Blackwell*,135–137.

[13] Blackwell, *Pioneer Work*, chap. 4.

[14] Florence Nightingale, *Notes on Hospitals*, London: 1863.

[15] Louisa Martindale, *The Woman Doctor And Her Future*, The Mayflower Press, Plymouth, 1922, p. 39.

[16] Karen Abbott, "Madame Restell: The Abortionist of Fifth Avenue," *Smithsonian Magazine*, November 27, 2012, www.smithsonianmag.com/history/madame-restell-the-abortionist-of-fifth-avenue-145109198.

[17] Karen Weingarten, *Abortion in the American Imagination Before Life and Choice*, 1880–1940, New Brunswick, NJ: Rutgers University Press, 2014.

[18] Boyd, *Excellent Doctor Blackwell*, 154.

[19] Boyd, *Excellent Doctor Blackwell*, 155.

[20] Blackwell, *Pioneer Work*, chap. 5.

[21] Blackwell, *Pioneer Work*, chap. 5.

[22] Blackwell, *Pioneer Work*, chap. 5.

[23] Blackwell, *Pioneer Work*, chap. 5.

[24] Edward T. James, et al., eds. *Notable American Women*, 165.

[25] Anna Blackwell, "Elizabeth Blackwell, M.D."

[26] Abram, *Send Us a Lady Physician*, 81.

第八章　改变从每一名病人开始

[1] Elizabeth Blackwell, *The Laws of Life, With Special Reference to the Physical Education of Girls*, New York, 1852.

[2] Anna Blackwell, "Elizabeth Blackwell, M.D.," 95.

[3] Blackwell, *Pioneer Work*, chap. 5.

[4] Jane McHugh, et al., "Death in the White House: President William Henry Harrison's Atypical Pneumonia," *Clinical Infectious Diseases*, Vol. 59, Issue 7, October 1, 2014, pp. 990–995, https://doi.org/10.1093/cid/ciu470.

[5] Boyd, *Excellent Doctor Blackwell*, 160.

[6] James, et al., eds., *Notable American Women*, 165.

[7] S. Josephine Baker, *Fighting for Life*, New York Review of Books, 1939, pp. 33–35.

[8] Blackwell, *Pioneer Work*, appendix 3.

[9] Blackwell, *Pioneer Work*, chap. 5.

[10] "Dr. Marie E. Zakrzewska," Changing the Face of Medicine series, National Library of Medicine, https://cfmedicine.nlm.nih.gov/physicians/biography_338.html.

[11] Blackwell, *Pioneer Work*, chap. 5.

[12] Boyd, *Excellent Doctor Blackwell*, 174.

[13] Boyd, *Excellent Doctor Blackwell*, 174.

[14] Blackwell, *Pioneer Work*, chap. 5.

[15] Blackwell, *Pioneer Work*, chap. 5.

[16] James, et al., eds., *Notable American Women*, 165–166.

[17] Blackwell, *Pioneer Work*, chap. 5.

[18] "James Young Simpson," Wikipedia, https://en.wikipedia.org/wiki/James_Young_Simpson.

[19] Blackwell, *Pioneer Work*, chap. 5.

[20] Sarah J. McNutt, "Response to the Toast 'Pioneers of Yesterday in Medicine,'" *The Woman's Medical Journal*, Vol. 29, Issue 9, September 1919, pp. 191–192.

[21] Kenneth M. Ludmerer, *Let Me Heal: The Opportunity to Preserve Excellence in American Medicine,* New York: Oxford University Press, 2015, p. 10.
[22] Kenneth M. Ludmerer, *Learning to Heal: The Development of American Medical Education*, New York: Basic Books, 1985.
[23] Susan Wells, *Out of the Dead House: Nineteenth-Century Women Physicians and the Writing of Medicine*, Madison, WI: The University of Wisconsin Press, 2001, p. 4.
[24] Boyd, *Excellent Doctor Blackwell*, 188.
[25] Boyd, *Excellent Doctor Blackwell*, 188.
[26] Abram, Send Us a Lady Physician, 87.
[27] Boyd, *Excellent Doctor Blackwell*, 188.
[28] Five Points, Wikipedia, https://en.wikipedia.org/wiki/Five_Points,_Manhattan.
[29] Boyd, *Excellent Doctor Blackwell*, 190–191.
[30] Blackwell, *Pioneer Work*, chap. 5.
[31] Blackwell, *Pioneer Work*, chap. 6.
[32] Marie Zakrzewska, *A Woman's Quest*, pp. 213–214.
[33] Elizabeth Blackwell to Barbara Bodichon, May 25, 1860, CU.
[34] Zakrzewska, *A Woman's Quest*, 211.
[35] Richard W. Wertz and Dorothy C. Wertz, *Lying-in: A History of Childbirth in America*, expanded edition, New Haven, CT: Yale University Press, 1989, p. 63.
[36] Deborah Kuhn McGregor, *From Midwives to Medicine: The Birth of American Gynecology*, New Brunswick, NJ: Rutgers University Press, 1998, pp. 139–140; Vaginal speculum for applying leeches, Science Museum Group, https://collection.sciencemuseumgroup.org.uk/objects/co91167/vaginal-speculum-

for-applying-leeches-vaginal-speculum.
[37] *Medicine as a Profession for Women*, address delivered by Elizabeth Blackwell at Clinton Hall, December 2, 1859, prepared by Elizabeth and Emily Blackwell, published New York, 1860.
[38] Blackwell, *Pioneer Work*, chap. 5.
[39] Zakrzewska, *A Woman's Quest*, 218–219.
[40] Brynn Holland, "The 'Father of Modern Gynecology' Performed Shocking Experiments On Slaves," History.com, August 29, 2017, updated December 4, 2018, www.history.com/news/the-father-of-modern-gynecology-performed-shocking-experiments-on-slaves.
[41] Boyd, *Excellent Doctor Blackwell*, 230–231.
[42] New York City draft riots, Wikipedia, https://en.wikipedia.org/wiki/New_York_City_draft_riots.
[43] Zakrzewska, *A Woman's Quest*, 250–251.
[44] James, et al., eds. *Notable American Women*, 166.
[45] Damien Farley, "Orpheum Theatre," Cinema Treasures, http://cinematreasures.org/theaters/13829.
[46] Elizabeth Blackwell to Barbara Bodichon, April 25, 1860, CU.
[47] James, et al., eds. *Notable American Women*, 166.
[48] Boyd, *Excellent Doctor Blackwell*, 235–236.
[49] Boyd, *Excellent Doctor Blackwell*, 235–236.
[50] Elizabeth Blackwell to Barbara Bodichon, January 18, 1865, CU.
[51] Elizabeth and Emily Blackwell, *Medicine as a Profession for Women*.

第九章　莉齐转向私人课程

[1] Elizabeth Garrett to Louisa Garrett, June 18, 1862, LMA.
[2] Manton, *Elizabeth Garrett Anderson*, 130.

[3] Elizabeth Garrett to Louisa Garrett, June 18, 1862, LMA.

[4] Manton, *Elizabeth Garrett Anderson*, 123.

[5] W. M. Moorman, "The Medical Profession And Women's Rights," *The Lancet*, Vol. 80, Issue 2036, pp. 268–269, September 6, 1862.

[6] Manton, *Elizabeth Garrett Anderson*, 132.

[7] Garrett Anderson, *Elizabeth Garrett Anderson*, 98.

[8] Garrett Anderson, *Elizabeth Garrett Anderson*, 281.

[9] Manton, *Elizabeth Garrett Anderson*, 134.

[10] Manton, *Elizabeth Garrett Anderson*, 135.

[11] Manton, *Elizabeth Garrett Anderson*, 136.

[12] Manton, *Elizabeth Garrett Anderson*, 138.

[13] Manton, *Elizabeth Garrett Anderson*, 138–139.

[14] Elizabeth Garrett to Louisa Smith, (undated) 1863, LSE.

[15] Geoffrey Chamberlain, "British maternal mortality in the 19th and early 20th centuries," *Journal of the Royal Society of Medicine*, vol. 99, 11, 2006, pp. 559–563, https://doi.org/10.1258/jrsm.99.11.559.

[16] Elizabeth Garrett Anderson, "Deaths in childbirth," *British Medical Journal*, October 15, 1898, 2, p. 1198, https://doi.org/10.1136/ bmj.2.1972.1198.

[17] Garrett Anderson, *Elizabeth Garrett Anderson*, 108.

[18] Manton, *Elizabeth Garrett Anderson*, 146.

[19] E. W. Morris, *A History of the London Hospital*, London: Edward Arnold, 1910.

[20] E. W. Morris, *A History of the London Hospital*.

[21] Garrett Anderson, *Elizabeth Garrett Anderson*, 111.

[22] James A. Low, "Operative Delivery: Yesterday and Today," *Journal of Obstetrics and Gynecology Canada*, February 2009, Vol. 31, Issue 2, pp. 132–141, https://doi.org/10.1016/S1701-

2163(16)34097-X.
[23] "Cesarean Section-A Brief History," Part 2, National Library of Medicine, History of Medicine series, www.nlm.nih.gov/exhibition/cesarean/part2.html.
[24] Elizabeth Garrett to Emily Davies February 3, 1864, LSE.
[25] Garrett Anderson, *Elizabeth Garrett Anderson*, 112.
[26] Garrett Anderson, *Elizabeth Garrett Anderson*, 111.
[27] Garrett Anderson, *Elizabeth Garrett Anderson*, 113.
[28] Garrett Anderson, *Elizabeth Garrett Anderson*, 113.
[29] Manton, *Elizabeth Garrett Anderson*, 156.
[30] Manton, *Elizabeth Garrett Anderson*, 159.
[31] Claudette Fillard, et al., ed. *Exchanges and Correspondence: The Construction of Feminism*, Newcastle upon Tyne: Cambridge Scholars Publishing, 2010, p. 196.
[32] Manton, *Elizabeth Garrett Anderson*, 162.
[33] Apothecaries' Hall, London, Wikipedia, https://en.wikipedia.org/wiki/Apothecaries%27_Hall,_London.

第十章　布莱克韦尔姐妹欢迎索菲娅来到纽约

[1] Blackwell, *Pioneer Work*, chap. 5.
[2] Elizabeth and Emily Blackwell, *Address on the Medical Education of Women*, read at a meeting at The New York Infirmary for Women and Children on December 19, 1863, published New York, 1864, https://en.wikisource.org/wiki/Address_on_the_Medical_Education_of_Women.
[3] "New York Infirmary for Women and Children Annual Report," *The New York Times*, March 31, 1869, p. 4, https://timesmachine.

nytimes.com/timesmachine/1869/03/31/issue.html; Boyd, *Excellent Doctor Blackwell*, 246.

[4] Elizabeth Blackwell, *Address delivered at the opening of the Woman's Medical College of the New York Infirmary*, November 2, 1868, published New York, 1869. https://guides.upstate.edu/ld.php?content_id=28856148.

[5] "Saint Bartholomew's Hospital and Medical College Brief History During The Snow Era (1813 – 1858)," UCLA Fielding School of Public Health, Epidemiology, www.ph.ucla.edu/epi/snow/1859map/stbartholomews_hosp.html.

[6] Elinor Rice Hays, *Those Extraordinary Blackwells*, 163 – 164.

[7] Boyd, *Excellent Doctor Blackwell*, 227.

[8] Philip A. Mackowiak, "Florence Nightingale's Syphilis That Wasn't," Oxford University Press Blog, August 13, 2015, https://blog.oup.com/2015/08/florence-nightingale-syphilis-death.

[9] Morantz-Sanchez, *Sympathy and Science*, 73 – 78.

[10] Blackwell, *Address delivered at the opening of the Woman's Medical College of the New York Infirmary.*

[11] Boyd, *Excellent Doctor Blackwell*, 238 – 239.

[12] Hays, *Those Extraordinary Blackwells*, 164.

[13] The History of Vaccines, An Educational Resource by the College of Physicians of Philadelphia, www.historyofvaccines.org/timeline/all.

[14] Todd, *The Life of Sophia Jex-Blake*, 199.

[15] Todd, The Life of Sophia Jex-Blake, 199; Dorothy Clarke Wilson, *Lone Woman: The Story of Elizabeth Blackwell, the First Woman Doctor*, Boston: Little, Brown & Company, 1970, p. 404.

[16] Trachtenberg, "New York's First 'Lady Doctor'."

[17] Todd, *The Life of Sophia Jex-Blake*, 199.

[18] Todd, *The Life of Sophia Jex-Blake*, 205.

[19] Todd, *The Life of Sophia Jex-Blake*, 205.

[20] Blackwell, *Address delivered at the opening of the Woman's Medical College of the New York Infirmary.*

[21] "Medical Women," *The Australian Medical Journal*, July 1865.

[22] Sophia Jex-Blake, "The Medical Education of Women," *Transactions of the National Association for the Promotion of Social Science, London*, 1874, pp. 385–393, https://books.google.com/books?id=JHQzAQAAMAAJ.

[23] Joseph Shannon, "New York Infirmary and Women's Medical College," *Manual of the Corporation of the City of New York*, 1868, pp. 363–366, https://books.google.com/books?id=XwoAAAAAMAAJ.

[24] Todd, *The Life of Sophia Jex-Blake*, 207.

[25] Elizabeth Blackwell to Barbara Bodichon, October 28, 1868, CU.

[26] Shannon, "New York Infirmary and Women's Medical College," *Manual of the Corporation of the City of New York.*

[27] Elizabeth Blackwell to Barbara Bodichon, January 18, 1865, CU.

[28] "Only Heroic Women Were Doctors Then," *The New York Times*, April 9, 1916, p. 10, https://timesmachine.nytimes.com/timesmachine/1916/04/09/104022125.html.

[29] Todd, *The Life of Sophia Jex-Blake*, 207.

[30] Wilson, *Lone Woman*, 419.

[31] Todd, *The Life of Sophia Jex-Blake*, 213.

[32] Todd, *The Life of Sophia Jex-Blake*, 209.

[33] Todd, *The Life of Sophia Jex-Blake*, 215.

第十一章　莉齐征服伦敦

[1] "Frocks and Gowns," *The Lancet*, October 7, 1865, pp. 415–416. https://books.google.com/books?id=mLM1AQAAMAAJ.

[2] Garrett Anderson, *Elizabeth Garrett Anderson*, 118.

[3] Garrett Anderson, *Elizabeth Garrett Anderson*, 118.

[4] Elizabeth Crawford, *The Women's Suffrage Movement: A Reference Guide 1866–1928*, London: UCL Press, 1999, p. 10.

[5] Manton, *Elizabeth Garrett Anderson*, 170.

[6] Manton, *Elizabeth Garrett Anderson*, 163.

[7] Cook, "Breathing in London's history," Museum of London, August 24, 2017.

[8] Cook, "Breathing in London's history," Museum of London, August 24, 2017.

[9] Charles Dickens, "Health by Act of Parliament," *Household Words*, Vol. 1, No. 20, August 10, 1850, pp. 460–463, https://books.google.com/books?id=mofice8Ca7cC.

[10] Octavia Hill, "Organized Work Among the Poor," *Macmillian's Magazine*, Vol. 20, July 1869, pp. 219–226, https://books.google.com/books?id=V7YZAQAAIAAJ.

[11] Jan Marsh, "Health & Medicine in the 19th Century," Victoria and Albert Museum, www.vam.ac.uk/content/articles/h/health-and-medicine-in-the-19th-century.

[12] Marsh, "Health & Medicine in the 19th Century," Victoria and Albert Museum.

[13] Judith Summers, "Broad Street Pump Outbreak," UCLA Fielding School of Public Health, Epidemiology, www.ph.ucla.edu/epi/

snow/broadstreetpump.html.

[14] Manton, *Elizabeth Garrett Anderson*, 174.

[15] Manton, *Elizabeth Garrett Anderson*, 175.

[16] Manton, *Elizabeth Garrett Anderson*, 174–175.

[17] Manton, *Elizabeth Garrett Anderson*, 175.

[18] Manton, *Elizabeth Garrett Anderson*, 172.

[19] Patricia A. Vertinsky, *The Eternally Wounded Woman: Women, Doctors, and Exercise in the Late Nineteenth Century*, Urbana: University of Illinois Press, 1994, p. 113.

[20] Josephine Butler ("An English Mother"), *An Appeal to the People of England on the Recognition and Superintendence of Prostitution by Governments*, Nottingham, 1869.

[21] Blackwell, *Pioneer Work*, chap. 7.

[22] Manton, *Elizabeth Garrett Anderson*, 180.

[23] New Hospital for Women Annual Report: 1872, LMA.

第十二章　索菲娅横扫爱丁堡

[1] Todd, *The Life of Sophia Jex-Blake*, 214.

[2] Todd, *The Life of Sophia Jex-Blake*, 219.

[3] Todd, *The Life of Sophia Jex-Blake*, 233.

[4] Todd, *The Life of Sophia Jex-Blake*, 233.

[5] Todd, *The Life of Sophia Jex-Blake*, 234–238.

[6] Adam Nightingale, *Masters of Crime: Fiction's Finest Villains and Their Real-life Inspirations*, Stroud, UK: The History Press, 2011, chap. 6, https://books.google.com/books?id=WFODDQAAQBAJ.

[7] Roberts, *Sophia Jex-Blake*, 85.

[8] Todd, *The Life of Sophia Jex-Blake*, 248.

[9] Elizabeth Blackwell to Barbara Bodichon, August 30, 1869, CU.

[10] Sophia Jex-Blake, "Medicine as a Profession for Women," *Medical Women: Two Essays*, Footnote 4.

[11] Jex-Blake, *Medical Women.*

[12] Jex-Blake, *Medical Women.*

[13] Diary of Isabel Jane Thorne, 1887, UE.

[14] Diary of Isabel Jane Thorne, 1887, UE.

[15] Diary of Isabel Jane Thorne, 1887, UE.

[16] Helen Evans, Wikipedia, https://en.wikipedia.org/wiki/Helen_Evans.

[17] Todd, *The Life of Sophia Jex-Blake*, 255.

[18] Lauren Fuge, "The Wake of the Edinburgh Seven," *Lateral Magazine*, February 26, 2018, www.lateralmag.com/articles/issue-25/the-wake-of-the-edinburgh-seven.

[19] Todd, *The Life of Sophia Jex-Blake*, 264.

[20] Steve J. Peitzman, *A New and Untried Course: Women's Medical College and Medical College of Pennsylvania*, 1850–1998. New Brunswick, NJ: Rutgers University Press, 2000.

[21] *The Scotsman*, December 4, 1869, p. 2.

[22] Dr. Thomas Charles Hope, Wikipedia, https://en.wikipedia.org/wiki/Thomas_Charles_Hope.

[23] Todd, *The Life of Sophia Jex-Blake*, 269.

[24] Jex-Blake, *Medical Women*, Note I, p. 145.

[25] Jex-Blake, *Medical Women*, Note I, p. 145.

[26] Jex-Blake, *Medical Women*, Note I, p. 145.

[27] Jex-Blake, *Medical Women*, 94.

[28] Todd, *The Life of Sophia Jex-Blake*, 273.

[29] Joseph Lister, Letter to the Editor, *British Medical Journal*,

February 9, 1878, p. 213.
[30] Roberts, Sophia Jex-Blake, 133.
[31] Alison Moulds, "The Woman (Doctor) Question and Nineteenth-Century Medical Journals," January 30, 2015, and "Why Women Shouldn't be Doctors (According to Victorian medical men)," June 28, 2015, The Victorian Clinic, https://victorianclinic.wordpress.com/; Moulds, "Women: Perspectives from the Victorian medical profession," Royal College of Surgeons of England, *The Bulletin*, July 2017, Vol. 99, Issue 7, https://publishing.rcseng.ac.uk/doi/pdf/10.1308/rcsbull.2017.255, pp. 255–257; "The Medical Education of Women," *The Lancet*, May 7, 1870, p. 673; "The Female Physician," *The Medical Times and Register*, Vol. 24, March 5, 1892.
[32] Letter to the Editor from "Mater," "A Lady on Lady Doctors," *The Lancet*, May 7, 1870, p. 680, https://books.google.com/books?id=SHdMAQAAMAAJ.
[33] "Lady Surgeons," *British Medical Journal*, April 2, 1870, pp. 338–339.
[34] "Notes and Comments: Female Physicians," *Medical Mirror*, December 1, 1869, p. 173.
[35] Letter to the Editor from "A Country Gentleman, and MRCS," *Medical Press and Circular*, January 5, 1870.
[36] "Lady Doctors," *Medical Press and Circular*, February 23, 1870.
[37] Garrett Anderson, *Elizabeth Garrett Anderson*, 136.
[38] Henry Bennet, "Women as Practitioners of Midwifery," *The Lancet*, Vol. 95, Issue 2442, June 18, 1870, pp. 887–888, https://doi.org/10.1016/S0140-6736(02)68011-0.
[39] Jex-Blake, *Medical Women*, Note B, p. 138.

[40] Jex-Blake, *Medical Women*, 97.

[41] Jex-Blake, *Medical Women*, 98–99.

[42] Sanjib Kumar Ghosh, “Human cadaveric dissection: a historical account from ancient Greece to the modern era,” *Anatomy & Cell Biology*, September 2015, 48(3), pp. 153–169, https://doi.org/10.5115/acb.2015.48.3.153.

[43] Erich Brenner, “Human body preservation—old and new techniques,” *Journal of Anatomy*, January 18, 2014, https://doi.org/10.1111/joa.12160.

[44] Elizabeth H. Oakes, Encyclopedia of World Scientists, Revised Edition, New York: Infobase Publishing, 2007, pp. 273–274, https://books.google.com/books?id=uPRB-OED1bcC.

[45] Jex-Blake, *Medical Women*, 100.

[46] Todd, *The Life of Sopha Jex-Blake*, 299.

[47] Todd, *The Life of Sophia Jex-Blake*, 290.

[48] Jex-Blake, *Medical Women*, 101–102.

[49] Todd, *The Life of Sophia Jex-Blake*, 290–292; Roberts, *Sophia Jex-Blake*, 103.

[50] Todd, *The Life of Sophia Jex-Blake*, 291.

[51] Jex-Blake, *Medical Women*, Footnote 90.

[52] Isabel Thorne, *London School of Medicine for Women*, 10.

[53] *The Scotsman* November 23, 1870.

[54] Todd, *The Life of Sophia Jex-Blake*, 318–319.

[55] Jex-Blake, *Medical Women*, 160.

第十三章　轮到埃米莉闪耀纽约

[1] Blackwell, *Pioneer Work*, chap. 6.

[2] Boyd, *Excellent Doctor Blackwell*, 245.

[3] Boyd, *Excellent Doctor Blackwell*, 245.

[4] Baker, *Fighting for Life*, 33.

[5] Emily Blackwell to Elizabeth Blackwell, December 20, 1852, HU.

[6] Emily Blackwell to Elizabeth Blackwell, December 1852, HU.

[7] Boyd, *Excellent Doctor Blackwell*, 166.

[8] Emily Blackwell diary, January 9, 1853, HU.

[9] James, et al., eds., *Notable American Women*, 165–166.

[10] Lillian Faderman, *To Believe in Women: What Lesbians Have Done For America-A History*, New York: Houghton Mifflin Company, 1999, pp. 281–282.

[11] Mary Putnam Jacobi to Elizabeth Blackwell, December 25, 1888, LOC.

[12] Carla Bittel, *Mary Putnam Jacobi and the Politics of Medicine in Nineteenth-Century America*, Chapel Hill: University of North Carolina Press, 2009, p. 84.

[13] Mary Putnam Jacobi, "Woman in Medicine," in *Woman's Work in America*, ed. Annie Nathan Meyer, Henry Holt & Co. 1891, pp. 139–205.

[14] Abram, "Will There Be a Monument?" in *Send Us a Lady Physician*, ed. Abram, 97.

[15] *The Scotsman*, December 4, 1869.

[16] Emily Blackwell, "Women in Medicine," speech read at the 40th anniversary of the first National Woman's Rights Convention, *The Woman's Journal*, February 14, 1891, Vol. 22, No. 7, https://iiif.lib.harvard.edu/manifests/view/drs:49186399$57i.

[17] Susan Wells, *Out of the Dead House*, 4–5.

[18] Mary Ann Lewes to Elizabeth Blackwell, February 27, 1859,

LOC.

[19] Blackwell, *Pioneer Work*, chap. 7.

[20] Blackwell, *Pioneer Work*, chap. 7.

[21] Boyd, *Excellent Doctor Blackwell*, 265.

[22] Elizabeth Blackwell to Barbara Bodichon, June 16, 1869, CU.

第十四章　一位女医生结婚了

[1] Blackwell, *Pioneer Work*, chap. 6.

[2] Manton, *Elizabeth Garrett Anderson*, 187.

[3] Manton, *Elizabeth Garrett Anderson*, 184.

[4] Manton, *Elizabeth Garrett Anderson*, 185.

[5] Manton, *Elizabeth Garrett Anderson*, 190.

[6] Manton, *Elizabeth Garrett Anderson*, 189.

[7] Garrett Anderson, *Elizabeth Garrett Anderson*, 129.

[8] Manton, *Elizabeth Garrett Anderson*, 195.

[9] Manton, *Elizabeth Garrett Anderson*, 198.

[10] Garrett Anderson, *Elizabeth Garrett Anderson*, 143.

[11] Manton, *Elizabeth Garrett Anderson*, 192.

[12] "Miss Garrett, M.D." *The Lancet*, October 29, 1870, p. 615, https://books.google.com/books?id=n3hMAQAAMAAJ.

[13] "Miss Garrett," *British Medical Journal*, June 18, 1870, p. 636, https://books.google.com/books?id=9DFHAAAAYAAJ.

[14] Garrett Anderson, *Elizabeth Garrett Anderson*, 133.

[15] Manton, *Elizabeth Garrett Anderson*, 193.

[16] Garrett Anderson, *Elizabeth Garrett Anderson*, 150.

[17] Elizabeth Garrett Anderson, "Sex in Mind and Education: A Reply," *Fortnightly Review*, May 1874, pp. 583–594, https://

babel.hathitrust.org/cgi/pt?id=inu.30000070083922.
[18] Sally Mitchell, *Frances Power Cobbe: Victorian Feminist, Journalist, Reformer*, Charlottesville, VA: University of Virginia Press, 2004, p. 205.
[19] Manton, *Elizabeth Garrett Anderson*, 210.
[20] Manton, *Elizabeth Garrett Anderson*, 215.
[21] Elizabeth Garrett to Millicent Garrett Fawcett, December 25, 1870, LSE.
[22] Elizabeth Garrett to Millicent Garrett Fawcett, December 25, 1870, LSE.
[23] Manton, *Elizabeth Garrett Anderson*, 261.
[24] *British Medical Journal*, January 7, 1871, p. 16.
[25] "Minerva Medica Nupta," *The Lancet*, January 7, 1871, p. 22.
[26] Garrett Anderson, *Elizabeth Garrett Anderson*, 170.
[27] Garrett Anderson, *Elizabeth Garrett Anderson*, 173.
[28] Elizabeth Garrett to James Skelton Anderson, December 28, 1870, LSE.
[29] Garrett Anderson, *Elizabeth Garrett Anderson*, 173–174.
[30] "A New Hospital for Women," *The Lancet*, July 11, 1874, pp. 56–57.
[31] Manton, *Elizabeth Garrett Anderson*, 226–227.
[32] New Hospital for Women Annual Reports, 1872–1877, LMA.
[33] Letter to the Editor from "M.D." "Medical Education for Women," *The Times*, March 4, 1875, London School of Medicine for Women press clippings, LMA.
[34] New Hospital for Women Annual Reports, 1872–1877, LMA.
[35] Joseph Lister, *The Lancet*, www.thelancet.com/action/doSearch?searchType=authorLookUp&author=Lister,Joseph.

[36] Manton, *Elizabeth Garrett Anderson*, 229.

[37] Elizabeth Garrett Anderson, "Clot in the Heart and Cerebral Embolism," *British Medical Journal*, December 14, 1872, p. 669, https://books.google.com/books?id=uHNMAQAAMAAJ.

[38] JMS Pearce, "Bromide, the first effective antiepileptic agent," *Journal of Neurology, Neurosurgery & Psychiatry*, 2002, 72: 412.

[39] A.N.M. Alamgir, *Therapeutic Use of Medicinal Plants and Their Extracts: Volume 1, Pharmacognosy*, Springer International Publishing AG, 2017, https://doi.org/10.1007/978-3-319-63862-1.

[40] Kang et al.,Quackery, 65–68.

[41] Elizabeth Garrett Anderson, "Clot in the Heart and Cerebral Embolism," *British Medical Journal*, December 14, 1872, p. 669.

[42] Elizabeth Garrett Anderson, *British Medical Journal*, www.bmj.com/search/advanced/author1%3Agarrett%252C%2Belizabeth.

[43] Manton, *Elizabeth Garrett Anderson*, 243–244.

[44] Garrett Anderson, *Elizabeth Garrett Anderson*, 192.

[45] Louise Martindale, *The Woman Doctor and Her Future*, Plymouth, UK: The Mayflower Press, 1922, p. 61.

第十五章　爱丁堡运动的落幕

[1] Anna Blackwell, "Elizabeth Blackwell, M.D.," *The English Woman's Journal*.

[2] Jex-Blake, *Medical Women*, Footnote 114.

[3] Jex-Blake, *Medical Women*, Note A.

[4] Jex-Blake, *Medical Women*, Note H.

[5] Jex-Blake, *Medical Women*, Note H.

[6] Todd, *The Life of Sophia Jex-Blake*, 294.

[7] Todd, *The Life of Sophia Jex-Blake*, 299.

[8] *The Revolution*, January 26, 1871.

[9] Todd, *The Life of Sophia Jex-Blake*, 311.

[10] Todd, *The Life of Sophia Jex-Blake*, 311.

[11] Todd, *The Life of Sophia Jex-Blake*, 263.

[12] Roberts, *Sophia Jex-Blake*, 113–114.

[13] Jex-Blake, *Medical Women*, Note R.

[14] Jex-Blake, *Medical Women*, 107.

[15] Thorne, *London School of Medicine for Women*, 14.

[16] Todd, *The Life of Sophia Jex-Blake*, 327.

[17] Jex-Blake, *Medical Women*, Note A.

[18] Jex-Blake, *Medical Women*, Note A.

[19] Jex-Blake, *Medical Women*, Note A.

[20] Tuchman, *Science Has No Sex*, 209–210.

[21] Todd, *The Life of Sophia Jex-Blake*, 329.

[22] Todd, *The Life of Sophia Jex-Blake*, 329.

[23] Todd, *The Life of Sophia Jex-Blake*, 417.

[24] "The Cost of Notoriety," *The Lancet*, November 30, 1872, pp. 793–794.

[25] Todd, *The Life of Sophia Jex-Blake*, 364–365.

[26] Jex-Blake, *Medical Women*, Footnote 104.

[27] Todd, *The Life of Sophia Jex-Blake*, 337.

[28] Jex-Blake, *Medical Women*, Note T.

[29] Jex-Blake, *Medical Women*, 124.

[30] Todd, *The Life of Sophia Jex-Blake*, 372.

[31] Todd, *The Life of Sophia Jex-Blake*, 340–341.

[32] Todd, *The Life of Sophia Jex-Blake*, 341.

[33] Todd, *The Life of Sophia Jex-Blake*, 386.

[34] Todd, *The Life of Sophia Jex-Blake*, 362.

[35] Jex-Blake, *Medical Women*, 85.

[36] Todd, *The Life of Sophia Jex-Blake*, 379.

[37] Todd, *The Life of Sophia Jex-Blake*, 378.

[38] Thorne, *London School of Medicine for Women*, 14.

[39] James O'Brien, *The Scientific Sherlock Holmes: Cracking the Case with Science and Forensics*, New York: Oxford University Press, 2013, pp. 14–15.

[40] "Sir Henry D. Littlejohn, M.D., Ll.D.Edin., F.R.C.S.E." *The British Medical Journal*, Vol. 2, No. 2806, October 10, 1914, pp. 648–650, www.jstor.org/stable/25311426.

[41] Student lecture notes, University of Edinburgh forensic medicine class taught by Henry Littlejohn, UE.

[42] Todd, *The Life of Sophia Jex-Blake*, 404.

[43] Robert Christison, *The Life of Sir Robert Christison, Bart.*, Edinburgh, 1876, p. 44.

[44] Todd, *The Life of Sophia Jex-Blake*, 395.

[45] Todd, *The Life of Sophia Jex-Blake*, 395.

[46] Todd, *The Life of Sophia Jex-Blake*, Footnote 119.

[47] Jex-Blake, *Medical Women*, 153.

[48] Thorne, *London School of Medicine for Women*, 16.

第十六章　开辟道路

[1] Richard Symonds, "Medicine," *Inside the Citadel*, London: Palgrave Macmillan, 1999, pp. 100–123.

[2] Jex-Blake, *Medical Women*, Preface to Second Edition.

[3] Jex-Blake, *Medical Women*, Note EE.
[4] Todd, *The Life of Sophia Jex-Blake*, Appendix E.
[5] Todd, *The Life of Sophia Jex-Blake*, 424.
[6] Todd, *The Life of Sophia Jex-Blake*, 450.
[7] Roberts, *Sophia Jex-Blake*, 161.
[8] "Minerva Medica," *British Medical Journal*, September 23, 1871, p. 356.
[9] Jex-Blake, *Medical Women*, 62.
[10] Jex-Blake, *Medical Women*, 132.
[11] Jex-Blake, *Medical Women*, 133.
[12] Todd, *The Life of Sophia Jex-Blake*, 419.

第十七章　门派之争

[1] Garrett Anderson, *Elizabeth Garrett Anderson*, 255.
[2] Manton, *Elizabeth Garrett Anderson*, 245.
[3] Elizabeth Garrett Anderson to James Skelton Anderson, August 4, 1875, LSE.
[4] Garrett Anderson, *Elizabeth Garrett Anderson*, 255–256.
[5] Garrett Anderson, *Elizabeth Garrett Anderson*, 255.
[6] Obstetrical Society of London, Special Meeting March 4, 1874, p. 83, https://books.google.com/books?id=k3QFAAAAQAAJ.
[7] Manton, *Elizabeth Garrett Anderson*, 236.
[8] Elizabeth Garrett Anderson, "The Proposed Admission of Women to the Obstetrical Society," *British Medical Journal*, March 14, 1874, p. 365.
[9] Joseph Lister, Letter to the Editor, *British Medical Journal*, February 2, 1878.

[10] Elizabeth Garrett Anderson, Inaugural Address, London School of Medicine for Women, October 1, 1877.

[11] Tara Lamont, "The Amazons within: women in the BMA 100 years ago," *British Medical Journal*, Vol. 305, December 19, 1992, pp. 1529 – 1532, https://doi.org/10.1136/bmj.305.6868.1529.

[12] Elizabeth Garrett to Millicent Garrett Fawcett, October 22, 1890, LSE.

[13] JF Geddes, "'Too high a percentage of failures'? Coverup at the New Hospital for Women," *Journal of the Royal Society of Medicine*, Vol. 103, 9, 2010, pp. 348 – 351, https://doi.org/10.1258/jrsm.2010.100064.

[14] Brock, *British Women Surgeons and their Patients*, 38.

[15] JF Geddes, "'Too high a percentage of failures'?" *Journal of the Royal Society of Medicine*.

[16] JF Geddes, "'Too high a percentage of failures'?" *Journal of the Royal Society of Medicine*.

[17] Boyd, *Excellent Doctor Blackwell*, 321.

[18] Morantz-Sanchez, *Sympathy and Science*, 195.

[19] JF Geddes, "'Too high a percentage of failures'?" *Journal of the Royal Society of Medicine*.

[20] Boyd, *Excellent Doctor Blackwell*, 321.

[21] Brock, *British Women Surgeons and their Patients*, 32.

第十八章　在伦敦，一间自己的学校

[1] Hays, *Those Extraordinary Blackwells*, 192.

[2] Boyd, *Excellent Doctor Blackwell*, 259.

[3] Hays, *Those Extraordinary Blackwells*, 193.

[4] Elizabeth Blackwell to Barbara Bodichon, January 18, 1865, CU.

[5] Todd, *The Life of Sophia Jex-Blake*, 447, 483.

[6] Elizabeth Blackwell to Kitty Barry Blackwell, undated 1874, HU.

[7] Todd, *The Life of Sophia Jex-Blake*, 424–425.

[8] Elizabeth Blackwell to Barbara Bodichon, August 28, 1874, CU.

[9] Garrett Anderson, Inaugural Address, London School of Medicine for Women, October 1, 1877.

[10] Garrett Anderson, *Elizabeth Garrett Anderson*, 210.

[11] Todd, *The Life of Sophia Jex-Blake*, 427.

[12] Todd, *The Life of Sophia Jex-Blake*, 424.

[13] Mary Putnam Jacobi, "Shall Women Practice Medicine?" *The North American Review*, 134, no. 302, 1882, pp. 52–75.

[14] Boyd, *Excellent Doctor Blackwell*, 259.

[15] Boyd, *Excellent Doctor Blackwell*, 261.

[16] Manton, *Elizabeth Garrett Anderson*, 243.

[17] Thorne, *London School of Medicine for Women*, 19.

[18] Daily News, March 13, 1877, London School of Medicine for Women press clippings, LMA.

[19] Thorne, *London School of Medicine for Women*, 19.

[20] Elizabeth Blackwell to Barbara Bodichon, October 12, 1874, CU.

[21] Garrett Anderson, *Elizabeth Garrett Anderson*, 218.

[22] "London School of Medicine for Women," *The Lancet*, October 17, 1874, pp. 561–562.

[23] Elizabeth Garrett Anderson, "A special chapter for ladies who propose to study medicine," in Charles Bell Keetley, *The Student's Guide to the Medical Profession*, London, 1878, pp. 42–48.

[24] New Hospital for Women Annual Report 1875, LMA.

[25] Collection of press clippings on London School of Medicine for Women Annual Prizegiving Ceremony, June 2, 1875, LMA.

[26] "General Council of Medical Education Session, 1875: Discussion on the Admission of Women to the Medical Profession," *British Medical Journal*, July 3, 1875.

[27] Roberts, *Sophia Jex-Blake*, 150.

[28] "The Edinburgh Medical Students," *The Englishwoman's Review*, No. 6, April 1871.

[29] "General Council of Medical Education Session, 1875: Discussion on the Admission of Women to the Medical Profession," *British Medical Journal*, July 3, 1875.

[30] "General Council of Medical Education Session, 1875: Discussion on the Admission of Women to the Medical Profession," *British Medical Journal*, July 3, 1875.

[31] Todd, *The Life of Sophia Jex-Blake*, 432.

[32] Letter from Robert Barnes, "The College of Surgeons and its Midwifery Board," *The Medical Times and Gazette*, March 25, 1876, p. 343.

[33] Manton, *Elizabeth Garrett Anderson*, 247.

[34] Manton, *Elizabeth Garrett Anderson*, 248.

[35] Boyd, *Excellent Doctor Blackwell*, 257.

[36] Discussion of the medical act amendment (foriegn uni bill) in house of commons, LMA.

[37] Todd, *The Life of Sophia Jex-Blake*, 435.

[38] Roberts, *Sophia Jex-Blake*, 155.

[39] Roberts, *Sophia Jex-Blake*, 155.

[40] Todd, *The Life of Sophia Jex-Blake*, 438.

[41] Manton, *Elizabeth Garrett Anderson*, 251.

[42] Todd, *The Life of Sophia Jex-Blake*, 444.

[43] Todd, *The Life of Sophia Jex-Blake*, 439.

[44] Letter to the Editor from Frances Elizabeth Hoggan, *The Standard*, March 6, 1877, LMA.

[45] Roberts, *Sophia Jex-Blake*, 161.

[46] Roberts, *Sophia Jex-Blake*, 159.

[47] Todd, *The Life of Sophia Jex-Blake*, 448.

[48] Garrett Anderson, Inaugural Address, London School of Medicine for Women, October 1, 1877.

[49] Elizabeth Garrett Anderson, notes for a speech, LMA.

第十九章　分道扬镳

[1] Todd, *The Life of Sophia Jex-Blake*, 458.

[2] Todd, *The Life of Sophia Jex-Blake*, 456.

[3] Todd, *The Life of Sophia Jex-Blake*, 460.

[4] Todd, *The Life of Sophia Jex-Blake*, 460.

[5] Todd, *The Life of Sophia Jex-Blake*, 495.

[6] Todd, *The Life of Sophia Jex-Blake*, 497.

[7] Elizabeth Smith, *Fragments, in Prose and Verse*, Boston, 1810, p. 131.

[8] Todd, *The Life of Sophia Jex-Blake*, 525–526.

[9] Todd, *The Life of Sophia Jex-Blake*, 468.

[10] Todd, *The Life of Sophia Jex-Blake*, 94.

[11] Emily Blackwell, Wikipedia, https://en.wikipedia.org/wiki/Emily_Blackwell.

[12] Dean Smith, "A Persistent Rebel," *American History Illustrated*,

January 1981, www.hws.edu/about/blackwell/articles/amhistory.aspx.

[13] Blackwell, *Pioneer Work*, chap. 7.

[14] Laura Jefferson, et al., "Women in medicine: historical perspectives and recent trends," *British Medical Bulletin*, Vol. 114, Issue 1, June 2015, pp. 5–15, https://doi.org/10.1093/bmb/ldv007.

结语　光辉传承

[1] London School of Medicine for Women, Notable Graduates, Wikipedia, https://en.wikipedia.org/wiki/London_School_of_Medicine_for_Women#Notable_graduates.

[2] "Eliza Walker Dunbar, M.D." *British Medical Journal*, vol. 2, 3376, September 12, 1925, pp. 496–497.

[3] "Matilda Chaplin," The University of Edinburgh, January 5, 2018, www.ed.ac.uk/equality-diversity/celebrating-diversity/inspiring-women/women-in-history/edinburgh-seven/matilda-chaplin.

[4] "'I wanted to do medicine when I was aged 5': Gertrude Herzfeld (1890–1981), Scotland's first practising female surgeon," The Royal College of Surgeons of Edinburgh Library and Archive, March 8, 2018, https://rcsedlibraryandarchive.wordpress.com/2018/03/08/i-wanted-to-do-medicine-when-i-was-aged-5-gertrude-herzfeld-1890-1981-scotlands-first-practising-femal-surgeon.

[5] "Dr. Mary Corrina Putnam Jacobi," Changing the Face of Medicine, U.S. National Library of Medicine, National Institutes of Health, https://cfmedicine.nlm.nih.gov/physicians/biography_163.html.

[6] "Dr. Rebecca J. Cole," Changing the Face of Medicine, U.S. National Library of Medicine, National Institutes of Health, https://cfmedicine.nlm.nih.gov/physicians/biography_66.html.

[7] "Mary Harris Thompson," Wikipedia, https://en.wikipedia.org/wiki/Mary_Harris_Thompson.

[8] "Dr. Anna Wessels Williams," Changing the Face of Medicine, U.S. National Library of Medicine, National Institutes of Health, https://cfmedicine.nlm.nih.gov/physicians/biography_331.html.

[9] "Dr. S. Josephine Baker," Changing the Face of Medicine, U.S. National Library of Medicine, National Institutes of Health, https://cfmedicine.nlm.nih.gov/physicians/biography_19.html.

[10] Tara Parker-Pope, "Should You Choose a Female Doctor?" *The New York Times*, August 14, 2018, www.nytimes.com/2018/08/14/well/doctors-male-female-women-men-heart.html.

[11] Eve Glicksman, "A First: Women Outnumber Men in 2017 Entering Medical School Class," Association of American Medical Colleges News, December 18, 2017, www.aamc.org/news-insights/first-women-outnumber-men-2017-entering-medical-school-class.

[12] "First Graduation of Female Students, 1893," The University of Edinburgh, Our History, http://ourhistory.is.ed.ac.uk/index.php/First_Graduation_of_Female_Students,_1893.

[13] Brian Ferguson, "'Edinburgh Seven' to finally get degrees 150 years after campaign to allow women to study medicine," *The Scotsman*, April 4, 2019, www.scotsman.com/regions/edinburgh-seven-finally-get-degrees-150-years-after-campaign-allow-women-study-medicine-548642.

[14] Thorne, *London School of Medicine for Women*, 16–17.